KUWEI

酷威文化

图书 影视

愿好春光

云拿月

著

四川文艺出版社

目录

CONTENTS

第 1 章

霍观起的霍

望京的夏，毒辣异常。

路秾秾光着脚窝在沙发上翻杂志，正对客厅的室内电梯"叮"的一声打开，程小夏到了。

手里拎着原木衣架，程小夏一边入内，一边叫她："老板。"

路秾秾点了点头，说："来了？"

几套衣裙罩在透明防尘罩下，一丝不苟，程小夏轻车熟路，把衣服挂进她卧室的超大衣橱，再出来就见路秾秾放下杂志，起身开始收拾自己。程小夏给她取来包，不多时后，路秾秾穿戴整齐，两人一同搭电梯下楼。

上车坐稳，程小夏确认："傍晚需要来接您吗？"

"不用。"

"好的。"在电子备忘录上做好记录，程小夏又说，"餐厅那边，三楼装潢不满意的部分和施工团队沟通过了，大概一周半就会重新处理好。"

"能按时开业吗？"

"可以。"

路秾秾点头，如此她便没有意见。

私人助理的职责可大可小，有时琐碎得连生活起居也要照料。程小夏拣有价值的事说了，后半路稍作休息，她们很快就到达了维纳斯。

在门口停下，里头立刻有人出来相迎。

路秾秾和唐纭约好做美容，余下不需程小夏陪，就对她说："你先回去吧。"路秾秾墨镜一推，朝后摆摆手作别，直接令人下班。

店内冷气温度适宜，一叠欢迎声中，路秾秾摘下墨镜，问："唐纭在哪儿？"

"唐小姐在这边，您跟我来。"

店员殷勤带路，拐过几道廊，轻敲两声，推开大油画框般略显浮夸的门。

唐纭已经等候多时。

路稣稣快步到她对面坐下："挺悠闲？"

唐纭没好气："大小姐，你倒是比我还忙。十周年的事弄得我焦头烂额，约你做个美容你还拖拖拉拉！"

路稣稣见势一笑，殷勤地端起描金边的白色英式茶壶，往唐纭半空的杯里添水："哎呀，意外意外。"

唐纭也没真生气，随口数落两句，就叫来美容师，两人起身到内间的美容床上躺下，美容师在另一侧准备，她俩一边在脸上涂满白色乳状膏体，一边闲聊。

"昨天送去的礼服合身吗？"唐纭问。

"合身。"

"庆典那天你可千万打扮得美一点。"

路稣稣毫不客气："比脸，我还是有自信的，就怕美得收不住，到时候连带着你们博唐一块上热搜。"

"上热搜就上热搜呗，不要钱的免费热搜来了我就接着，又不是什么负面新闻。"

路稣稣哼笑："那么多名人、明星，还缺这点热度？你快得了吧，怕不是忘了我什么体质，一上热搜准没好事。你好好的十周年庆典，我可不想给你搞砸了。"

唐纭一噎，倒忘了这个。

这话不假，凡是路稣稣的名字出现在热搜上，就意味着她新一轮的挨骂开始。

唐纭奇怪道："国外读书那会儿你人缘挺好的，我看你准是八字和这个圈相冲。"

"谁知道呢？"路稣稣闭眼，毫不在意。

要说这望京城十大名媛，路稣稣可是榜上最"红"的一个——虽然不知这榜是谁吃饱了太闲没事儿干排出来的——总之，她在网上热度不小，比一般的三四线明星还有存在感。

因着唐纭的关系，路稣稣认识不少明星，又多的是小艺人和网红试图和她攀交情，因此她在网上的知名度还挺高，加上之前又客串过两部电影，她便时常出现在各路八卦中。

用流行的话来说路秾秾就是"腥风血雨体质"，她无论是发日常微博，还是上热搜，是是非非总少不了。

好在路秾秾心宽，有次还跟唐纭开玩笑："要不然你们公司以后签人比照着我签算了，一点动静就能在热搜上待半天。"

惹得唐纭啐她不要脸。

说话间，美容师过来，往她俩脸上又敷了点东西。

唐纭躺着无聊，拿起手机开始愉快吃瓜。

路秾秾瞥见，不由开口："少刷点微博吧你。"

"你不懂，我这是工作需要，一个娱乐公司负责人不时刻把握网络动向怎么行？"唐纭说得冠冕堂皇，毫不脸红。

路秾秾哪还不知道她："把握网络动向就是一得空就在网上到处游窜吃瓜？我看你还是工作太少。"

"去！"唐纭目不转睛盯着手机道，"你又不是不清楚，我爷爷我爸我全家都盯着我，我要是一个做不好，分分钟就失去人生掌控权。每天为了公司累死累活，就这么点闲暇时间还是从缝里挤的……"

唐纭热爱吃瓜且热爱打假，下一句立刻话锋一转："我晕，十一台那个恋爱节目还没黄啊？剧本都快撑观众脸上了。"

路秾秾："……"

来了，又开始了。

高档私人美容院保密性高，且唐纭的朋友还是大股东，路秾秾不担心有什么不能说的，只是唐纭于吃瓜一道热情十足，她有时实在跟不上。

当然，唐纭也不需要配合，自顾自就能说个尽兴，从卖人设的到劈腿的，瓜一个接一个。

路秾秾还在消化八卦，唐纭说着说着就从网络论坛切进微博，手指滑动屏幕没几下，忽然顿住："嗯？"

"怎么了？"

"我才要问你，你怎么又上热搜了？"唐纭诧异。

"哦，热搜啊？"路秾秾了然，猜这是吃瓜吃到自己头上了，淡定道，"被骂上去的。"

唐纭："……"

还真是一上热搜就没好事。

粗略看过几眼，唐纭很快理清来龙去脉，原来又是路秾秾之前的"老仇家"，难怪呢。得罪当红流量就是这样，粉丝体量大，一人一句，路秾秾不想上热搜也由不得她。

唐纭比较在意她被骂的惨况，点进评论一看，她的微博里全是声讨大军，唐纭指尖滑动速度不由加快再加快，简直让人不忍直视。

"你的微博评论简直没法看了。"

"骂得再凶我又不会掉块肉。"路秾秾不在乎，抬指抹掉脸颊一侧快要越界的膏体。

唐纭继续刷微博，没几秒又喊她："哎？那些人怎么连你和霍观起的恩怨都搬出来说？"

路秾秾还在匀另一侧脸颊上的膏体，听到这话动作一顿，睫毛颤了颤。

——霍观起。

路秾秾和他的"恩怨"，在望京这些人家的交际圈里，不算什么秘密。

最早最早，有人曾在某场宴会上看见他们之间似乎发生了点不愉快。当时以为是小事，却不知从什么时候开始，不管酒会、拍卖会又或是谁家宴客，但凡路秾秾出席，霍观起必然不到，反之，只要霍观起在哪儿，路秾秾同样也绝不露面。

大前年，路秾秾迷上油画，某次特意飞到巴黎，结果拍卖会前一天忽然听说霍观起要来，她一声不吭，直接飞回国。

前年望京"白鹭慈善晚会"，霍观起捐了最多的一笔，按照惯例，当晚的"璀璨之瞬"合影该请他站最中间，所有到场的大牌明星嘉宾都会作为陪衬和他站在一块儿，就因为路秾秾会去，霍观起早早捐了钱，却愣是连脸都没露，根本没出席这个晚会。

这样你来我往，不止一两次。

这些常被圈里人议论的谈资，传多了知道的人也就多了，前两年网友们扒豪门逸闻时就吃过一次瓜。

眼下这些人疯狂拣着霍观起避开她的事件说，偏偏她躲着霍观起的事却当"看不见"，还整合出一个"黑料"合集，意味不明地补充几句，就成了她人品不好的"铁证"，到处扩散。

路秾秾沉默半晌，不知想到什么，只说："算了，我等会儿关评论。"

唐纭以为她坏了心情，把手机一抛，宽慰："不看了，你也别想了。今晚想吃什么？我请！"

做完美容，她们找了个常去的餐厅，落座点完菜，前菜刚上，唐纭她哥就打来电话。

唐纭出去一圈，接完电话回来，端起杯子喝了小半杯，感叹："真是绝了，白天不能说人晚上不能说鬼，这话真没错。"

路秾秾不明所以。

唐纭告诉她："我哥刚跟我说，霍观起回国了。你说说，下午我俩刚说到他，他就回来了，这还真巧。"

路秾秾眼神闪了闪，垂头吃东西，含糊地"嗯"了声。

唐纭又道："我哥让我试试十周年庆典能不能请到他。要我说费什么劲，博唐影业虽然是我们博唐集团旗下的重要产业，可霍家又不搞娱乐这一块儿。"

"你哥让你请霍观起出席？"路秾秾闻言挑眉。

唐纭怕她不高兴，解释："是我家那些大人想请他，我没想啊！我早就下了邀请函，肯定要请你来的，哪还会自讨没趣吃他的闭门羹。"

路秾秾促狭反问："这么说还是怪我咯？圈里都知道我跟你走得近，要不然霍观起未必不会给面子。"

"我什么时候怪你了，你可别挤对我！"唐纭讨饶，"也不知道霍观起到底有什么魔力，长辈们都喜欢他，我爷爷总拿他当榜样教育我们，烦都烦死了。"

好姐妹的对头就是自己的对头，唐纭深谙这个道理，向来坚定地和路秾秾站在一个阵营。

说话间正餐上桌，两人稍稍吃了几口。

"我是觉得他这个人，真有点小心眼。"唐纭执餐具，略带不满地道，"不就是那年宴会，你泼了他点酒嘛，至于记恨这么久吗？"

她感慨着，怎么想都觉得不至于，忽地又道："就为这个他就开始避你，然后你又避他，真是……难道越漂亮的女人他越讨厌？别是他有点什么毛病吧？"

路秾秾刚端起杯子，听见这话差点呛到，对唐纭嗔道："瞎说什么？！"言毕她敛下眉眼，情绪被遮挡住，有些看不分明。

唐纭撇嘴，就此打住，在嘴上做了个拉紧拉链的动作，不再聊霍观起的话题。

一餐饭毕，唐纭叫来服务员买好单，而后起身："等我一会儿，我上洗手间。"

路秾秾点头。

没半分钟，手机"嗡嗡"振动，路秾秾拿起一看，愣了一瞬。

他回来的行程定下之前，就跟她说过，她早已有心理准备，但这瞬间她还是免不了有些许的愣怔。

来电显示只一个字：霍。

霍观起的霍。

临近十点，夏天夜晚的风凉爽温和，不像白日那样，让人感觉似活在蒸笼里一般又热又闷。

路秾秾说要自己回，唐纭没多问，两人在餐厅前道别分开。

高行跟司机一起来接路秾秾，半个小时后到喆园，两层半的别墅灯明火亮。路秾秾进门径自换鞋上楼，知道高行不敢也不会跟来，没去管，行至二层厅前，她停住脚。

沙发上，男人一身白色浴袍，领口微敞，发丝水汽仍有少许没干，不知手里拿着什么书，看得眉头微拧，面庞线条清隽凌厉。听见动静，他朝厅前看过来。

金边白瓷的咖啡杯里飘起袅袅热气，香味微苦。

霍观起端起咖啡抿了一口，墨色的眼里清冽一片："回来了？"

"嗯。"路秾秾抿抿唇角，走到他对面的沙发坐下。

她粗略一看，发现二楼多了些装饰和摆设。

她和霍观起结婚不到半年，他这趟出国办事一去就是两个多月。

霍氏人丁不兴，早年是靠霍倚山一手创办兴起，渐渐做大，如今主营进出口贸易，房地产、医药、零售、金融……各个领域均有涉足。

这一辈长房、二房都是一个儿子，说是三世同堂，可明眼人都知道，霍倚山的两个孙子相差甚远，无论能力、手段，霍观起都要强过他堂哥霍见明百倍。

就像这次，路秾秾听说了，被霍见明弄得一团糟的霍氏航运，绕了一大圈，最后还是要靠霍观起去收拾烂摊子。

近两年霍倚山越发对霍观起寄予厚望，霍家这一辈兄弟间的继承人之争，眼看着是要落下帷幕。

她正出神，就听霍观起问："在外面吃过了？"

路秾秾道："和朋友吃过了。"

霍观起没说什么，又翻了一页书，但没怎么看，很快就合上起身。

他回了卧室，没多久，换了身衣服出来："我有事情要去公司，晚上不回来了。"顿了一下，他加上一句，"你早点休息。"

路秾秾一时也不知说什么，抿唇低低地应了声。

霍观起一边打着领带，一边道："明天白天会有人来。"

"干什么？"

"国外住处的东西，我让人运回来了。"

没等路秾秾开口，霍观起又道："明天高行会在，有什么事你跟他说。"

整理完走到厅前，临下楼，他停了停，最后说："梳妆台上有样东西，给你的。"言毕他未再多做停留，身影和脚步声一起渐渐消失。

路秾秾矜持地坐了会儿，最终还是没能按捺住好奇，到卧室一看，梳妆台上果真放着一个首饰盒。

她打开盒子，只见里面卧着一枚由钻石镶嵌而成的胸针，是玫瑰形状，漂亮的色泽熠熠生光。

看了两眼，她忽地顿住。

这枚胸针材质并不怎么突出，特别是设计风格——纯而又纯的靡丽，是设计师墨涅独有的审美。

别的可能会认错，但这个，路秾秾绝不可能认不出来。

她以前很喜欢墨涅的设计，不论是珠宝还是别的。〇八、〇九年那会儿，墨涅辞世，他生前的作品和收藏之物便陆续见于拍卖会，时至今日已所剩不多。

去年苏富比秋拍她没去，听说有几件墨涅改造过的作品，她还可惜了两天。

后来她才知道，霍观起虽没去，但委托别人进行了代拍。为期六天的拍卖会，他似乎拍了两样东西：一样是在艺术品专场上拍的一幅当代水墨画，另一样没听说是什么。

原来竟是这个。

拿在手中的胸针触感冰凉。

她都快忘了，中学那段时间，自己曾经那样痴迷过墨涅，也快忘了，除了她，还有人记得这件事。

手指无意识地摩挲着胸针，路秾秾垂着眼。许久，她不再看，把东西放回首饰盒，"啪"的一声合上，在安静的室内这声响显得格外重。

一觉醒来，飘动的窗帘外已经天光大亮，床大得足够路秾秾一个人变着花样睡，她伸伸懒腰，下床趿着拖鞋进浴室洗漱。

早饭和午饭并作一餐吃完，路秾秾换好衣服正准备梳妆，高行带着人来了，随他来的工人陆续往一二层搬进许多东西，有画，有摆件，有器具。

路秾秾端坐在沙发上喝咖啡。

高行记得老板的嘱咐，询问："太太有什么要搬的或者添置的东西？"

她别的住处也多，一个人的时候，一向奉行就近原则，哪里方便住哪里。

路秾秾皱眉想了想："晚些让我助理跟你说吧。"

高行道："好。"

霍观起的东西不少，光是搬上二楼的画就有三幅，应该都是他的藏品。

工人陆续把画往墙上挂，待高行等人差不多忙完，路秾秾也接到了霍观起的电话。

他言简意赅："十五分钟后，门口等你。"说完他直接挂断，也没说去哪儿。

路秾秾看向手机屏幕，当成是他般瞪了一眼。

十五分钟后，霍观起的车停在门口。

路秾秾收拾妥当出来，款款坐进后座，她故意不往他的方向看，只问："去哪儿？"

他说："荣园。"

路秾秾不由侧目："回我家？"

霍观起颔首："已经和舅舅联系过了，我这么久才回来，怎么都应该去一趟。"

这她知道，但她以为该先回他家："你爷爷那边？"

"不要紧，他老人家让我们先去荣园见你舅舅。"他说。

他不急，路秾秾自然也不急，两家做了亲戚，时不时地总是要走动，她还没和霍家人一起吃过饭，迟早也要安排。

车开到荣园，开进路家大门，只见舅妈戴芝苓在台阶上等候。

路秾秾她妈把她扔回国后，自己在国外自在潇洒，这么多年下来，路秾秾和戴芝苓的感情倒是比亲母女还深。

下了车，路秾秾小跑上去，被戴芝苓伸手揽住。

"我看看我看看，你怎么变得这么瘦？"戴芝苓握着她的肩来回打量，而后佯装生气地拍她的手臂，"整天不回家，没点什么事，我和你舅舅见你比登天还难！要是观起不回来，你就不回来了是不是？"

"疼，疼。"路秾秾佯装躲闪，辩驳，"我哪有不回来？"

"少装。"戴芝苓瞪她，"我根本没碰着你。"

路秾秾笑着抱住她的胳膊："舅妈……"正预备撒娇，门里蹿出一只大金毛。

金毛扑到她脚边，热情地摇起尾巴。

路秾秾微微俯身摸它的脑袋："哎呀又长胖了啊！"

这狗名字起得随便，就叫"哎呀"，路秾秾读书时一直是自己在养它，高中毕业后，就把哎呀交给了戴芝苓。

路秾秾正想蹲下和它叙叙旧情，谁知哎呀望见她身后，登时"汪"地叫了声，下一秒像离弦的箭般飞快越过她，冲到台阶下。

和她飞奔下车不一样，霍观起慢条斯理地下来，刚要上台阶，猝不及防就被金毛扑了一腿。

哎呀咧着嘴，冲霍观起笑得没有一点矜持的狗样，尾巴更是像安了马达，摇得毛都快掉了。

路秾秾心里不平。

哎呀是她一手养大的，散步、喂食、陪着玩，那几年费了多少心，可哎呀从前就着了魔似的喜欢霍观起，这么多年过去，一点没变！

路秾秾不信邪，清了清嗓子，站在台阶上喊它："哎呀，过来——"

听见路秾秾叫自己，哎呀看了她一眼，却对她招手的动作视若无睹，扭头继续对着霍观起拼命摇尾巴，像是还嫌不够，它咧着嘴扬起灿烂的狗笑，激动地又汪了两声。

路秾秾心里低骂："这没良心的。"

"好了好了。"戴芝苓笑吟吟地招呼他们，"先进门再说。"

路秾秾只好放弃较劲。

霍观起提步上来，略一颔首："舅妈。"

戴芝苓笑得更热情："快进屋。"

哎呀亦步亦趋，跟着一起往大门里跑。

路闻道等候已久，家里的阿姨去书房叫他，不多时，大家在客厅落座。

照惯例又是以数落路秾秾开头，一直是这样，每次回来，总是舅妈念叨几句，舅舅再念叨几句，路秾秾老老实实听着，当然，她听完怎么做又是另一回事。

后边他们说起生意上的事，路秾秾插不上嘴，随手从戴芝苓端来的点心里又起一块蜜瓜，尝了尝，又甜又水，于是安心吃起来。

"等过阵子君驰回来，一起上家来吃个饭。"路闻道笑着道，"你们好好聊聊。"

终于说到生意以外的事，路秾秾看过去，只见路闻道脸上笑意明显，满脸都写着对霍观起的满意，不由撇了撇嘴。

霍观起感受到她的视线，淡淡瞥来，路秾秾忙收回目光。

"舅舅，"她问路闻道，"大哥什么时候回来？"

路闻道说："下个礼拜，要是早些忙完，应该能早回。"

说话间，阿姨端上烘焙好的点心。

戴芝苓给他们添茶："先别说君驰了。观起刚回国，这两天怕是很忙吧？今天晚饭我们早点开席，我这就让他们准备起来，现在先吃点东西垫垫肚子。"

霍观起双手接过续杯的茶水，道谢。

戴芝苓去厨房看汤煮得如何，路秾秾坐不住，趁机开溜，跟着一块儿去了。她到厨房转一圈回来，见客厅里的两人继续聊上了，脚下绕开，冲趴在地上的哎呀招手。

大概也嫌客厅里无趣，哎呀立刻跟上她。

一人一狗去院子里玩球。

路秾秾将球扔出去，才几个回合，哎呀就不肯再捡，它年纪大了，体力有限，路秾秾让阿姨拿来小零食，坐下喂它。

院子里绿植茂盛，温度恰好，虽是午后但不太热。路秾秾坐在荫蔽处，哎呀趴在她脚边，她一边看手机，一边有一搭没一搭地喂哎呀，哎呀也不急，有一口吃一口，自在惬意。

微博上还没消停。

路秾秾一登录微博，消息多得让手机差点卡住，她的名字倒是从热搜上下来了，只是评论和转发全部沦陷，什么难听话都有。

作为顶流艺人兼她的"仇家"，段靖言的粉丝战斗力果真强，娱乐圈里怕是没多少人比得上。

此刻微信里还有昨晚程小夏发来的消息，那会儿微博上正闹得凶，怕是以为她忘了，特意来提醒她删微博。

路秾秾没打算删，因为又不是她先开始的。

就连唐纭也说："虽然你们针锋相对不是一天两天，但他这也太能找事了。"

如今圈内最红的男艺人，段靖言当属其中之一。

前天半夜，他点赞了一条黑路秾秾的微博，后来很快取消，他的团队出来澄清说是"手滑"。

路秾秾又岂是忍气吞声的性子，昨天去见唐纭之前，一不做二不休，发了条微博隔空喊话：

手滑是病，帕金森早治早好。

如此直白，瞬间就惹毛了段靖言的粉丝。她和霍观起的恩怨就是被这些人翻出来的，一个个把这当成了不得的证据，说她和这个不和，跟那个不对付，肯定是她的问题，她的微博评论瞬间被段靖言的粉丝占领了。

段靖言"手滑"这个起因，倒让他们摘得一干二净。

段靖言不是没有在别的公开场合表达过对她的不喜，这已经不是第一次，路秾秾懒得和他的粉丝纠缠，多说无益，心情好，她就当不知道；心情不好，她想回击就回击，谁都拦不住。

看了几眼评论，感觉无趣，路秾秾退出登录，将手机往石桌上一放，这时她感觉脚边有东西挨蹭，低头一看，哎呀正望着她，晃动的尾巴一下下扫过她的腿。

路秾秾心里一动，将剩余的宠物零食全喂给它，蹲下摸它的脑袋。

"哎呀担心我啊？"

哎呀当然不会说话，只是冲她摇尾巴。

她搔搔它脑袋上的毛，自顾自地夸奖："还是你懂事，知道心疼我……"

摸了两下，路秾秾玩心起来，忽的一把捧住它的脸："哎呀喜不喜欢我？"

哎呀摇尾巴。

"喜欢啊！"可想到它冲霍观起也是这样热情，她皱眉，又问，"喜欢我还是霍观起？"

它仍然一个劲摇尾巴。

路秾秾眯了眯眼，捏起它脸颊两侧的肉，在大狗澄澈的眼神中，俨然一副追问到底的架势："我和霍观起，你选谁？"

能有回答就有鬼了。

一人一狗相顾无言，哎呀给不了答案，傻兮兮地冲她笑，因哎呀的脸颊被她捏在手中，那笑容弧度比以往大得多，显得热烈极了。

路秾秾还欲再说，余光瞥见台阶上有道人影，一看，霍观起长身玉立站在那儿，不知什么时候来的。

她一愣。

那厢霍观起眼神淡淡，道："舅妈让你进去吃水果。"

"哦。"暗咳一声，她赶紧撇开哎呀，佯装无事地站起身，"来了。"

她走到台阶上，见霍观起似是在等她，她抬眸还没说话，哎呀就跟过来，在他们腿边凑热闹。

霍观起瞥她一眼，道："我们才结婚多久？这种离婚时候问小孩跟爸爸还是跟妈妈一样的问题，没必要为难它。"言毕，他冲哎呀轻轻招手，率先提步。

哎呀毫无原则，立刻屁颠颠跟在他身后。

路秾秾微愣，回过神来，还来不及想别的，见养大的狗又跟人跑了，忍不住又是一阵气闷。

在路家吃过晚饭离开。

回去的路上一阵安静，好一会儿，路秾秾想起之前唐纭说的，先打破沉默："博唐影业十周年庆典邀请了你？"

霍观起瞥她一眼，点头。

"不打算去？"

"不去。"

路秾秾不知这话怎么接。

"你希望我去？"不等她回答，霍观起又道，"你不是一向不愿意在公开场合见到我？"

路秾秾一噎，话卡在喉咙里，微微别开头，看向窗外轻声道："我随便问问。"

车开到喆园，霍观起稳坐不动。

见开车门的路秾秾动作稍顿，他说："我还有事去公司，你先回去休息。"

"知道了。"抿了下唇，路秾秾懒得多言，潇洒下车。

霍观起忙得不见人影，路秾秾乐得独自占据大床，索性将他抛到脑后。

霍观起回国没几天，博唐影业十周年庆典如期而至。

别看唐绘这人平时不着调，为了不做吃白饭的从而被家里随意决定人生大事，自从进入博唐影业坐上副总位置开始，她就拿出了十分的干劲，工作起来那可是一等一的认真。高层的老油条们不好应付，但这两年博唐影业在她手里经营得还算不错。

姐妹的大日子，路秾秾一早起来，喝了杯黑咖啡去水肿，就开始认真护肤。

上午十点有媒体见面会，中午招待媒体吃过午餐，稍作休息，两点钟召开战略发布会。博唐影业下半年有好几个重点项目，一应都赶在这次十周年上宣布启动。

这些都是唐绘要忙的。

路秾秾作为她的"女伴"，下午打扮好，在五点钟红毯开始前，提早一个小时过去与她会合就好。

红毯全程摄像机直播，由她们开场。

唐绘仍是白天那副打扮，修身西装，干练马尾，整个人利落简洁，而路秾秾一身合体礼服，长发披肩，艳光四射。

两人手挽着手，画面十分养眼。

自己人的场子，出问题的概率比别处小得多，路秾秾全程放松。七点半晚宴开始，路秾秾入了座，不似别的女明星顾虑多多，自在地吃起小点心。

程小夏一直在休息室候着，这会儿怕路秾秾吹空调着凉，特意送来外套。

路秾秾披上外套，让她吃点东西："休息室里有送餐进去吧？没有的话去自助台上取几盘吃的垫垫肚子，别饿着。"

程小夏说"不饿"，走之前小声道："老板，你是不是没看手机？你又上热搜了……"

路秾秾愣了一下，而后道："上就上呗。今天这场合不是很正常？"

"不是。"程小夏摆手，指了指她礼服胸口处，"是因为那个。"

路秾秾低头一瞥，视线落在胸口别着的胸针上——她今天戴了霍观起送的玫瑰胸针。

　　路稀稀微微蹙眉，拿起手机，点进微博一看，原来是个懂点门道的博主"扒"了她今天的这身打扮，给吃瓜网友做科普。在提到她戴的胸针的时候，博主说："这枚胸针的做工非常精致，整体跟'瑟兰森'那套珠宝很像，比照了一下图片，大致可以确定是'瑟兰森'婚礼系列里的那一枚（但细节有点不同？稍微存疑）。"

　　这条微博下，点赞最多的热评第一条就是反驳：

　　　　博主搞笑吗？你说的胸针是墨涅设计的，去年苏富比拍卖的墨涅作品里就有这个，最后成交的买家是霍观起的代理人。代理人只拍下两件东西，另一样是水墨画，那幅水墨画霍观起公开过，网上能查到确实在他手里。你说的胸针九成可能也是他的，现在说是路稀稀这枚。你知道霍观起和路稀稀什么关系吗？

　　路稀稀还挺佩服这个网友，神通广大，不像自己，要不是亲眼看见胸针送到手上，还不知道是霍观起拍了。网友从拍卖代理人的身份竟然就能扒出来，不可谓不厉害。

　　博主对热评第一条进行了回复：

　　　　一开始找的对比图是旧的，我又去特意查了，比对细节确实是这个没错。

　　评论里闹哄哄，连带着转发列表，清一色都在笑话该博主死鸭子嘴硬。经过段靖言粉丝这两天的努力，谁不知道霍观起和路稀稀不对付？他俩连见面都要避开，还胸针呢！

　　于是路稀稀也被好一通嘲讽，都在质疑她的胸针是不是赝品。

　　热搜话题——#路稀稀胸针#也飞快上升至第三位。

第 2 章

本来就是买给她的

　　结了仇又岂是一天两天能够化解的?

　　让网友吃了好一通瓜的路、段两人"手滑事件"看似结束,实则在粉丝心里根本没有翻篇。这不,转发里、热搜话题中,话里有话内涵路秾秾的比比皆是,就连在原博下反驳的那条热评主人都是段靖言的"路人粉"。

　　博唐十周年晚宴临近结束,论坛里出了不少帖子,关于"胸针"的竟然是回复和热度最高的一个帖,帖里各路人都有。

　　她那么有钱,不至于戴假的吧。

　　我怎么觉得红毯图和拍卖图里的胸针长得一样,是我视力有问题吗?

　　有可能是她不知道从哪儿搞了个仿品,本来想炫一下,没注意正品在谁手里,好死不死还是和她有过节的那位。又想装又不舍得花钱,结果翻车了。

　　这种珠宝要几百万吧?不舍得买的话就别戴呗,虽说我们吃瓜群众也分不清真假,何必呢?

　　霍观起得知此事,已是发展得极热闹的时候。

　　他一整天没离开公司,见高行忽然敲门进来,以为有什么事,谁知高行近前低声一通叙述,听得他微微蹙眉,暂停了手头工作。

　　稍稍思忖,霍观起沉眸:"知道了,你先出去。"

　　高行一离开,他立刻拿起手机给路秾秾打电话,没人接。

　　过了一小会儿,他正预备打第二通,那边回电。

　　路秾秾的声音听起来有些不舒服,清了清嗓:"喂?"

霍观起问："在哪儿？"

"在博唐十周年宴会现场，怎么了？"

她语气平静，没有多余情绪，似乎没被外界影响。

霍观起说："一会儿高行有东西送去给你。"

"送东西？"路秾秾道，"那你让他送去家里。我今晚不回去，明天再看。"

霍观起眉头不由皱起些许，还未说话，那边先道："就这样，我有点累，你忙吧。"她说着，下一秒就挂断。

霍观起耳边只剩一串忙音，他顿了顿，将手机搁至一旁。

面前摊开的文件上小字一行一行，细细密密。这些天他连轴工作积压着的疲惫，突然一下就涌了上来。

路秾秾并未生气。

宴会上虽然也有好事者不时打量她，但都不敢近前生事，她在晚宴上待到差不多的时间就退场出来，坐进商务车里。

霍观起的电话倒是让她意外，只是她真的累了，被束缚在礼服裙里，高跟鞋穿了好几个小时，顾不得多聊。她三两句结束对话，将手机扔到旁边座上，双肩放松，这才舒了口气，将胸针摘下丢给程小夏。

程小夏吓一跳，连忙接过，翻包找出平时装耳钉用的透明塑封小袋，小心地装好。

自家老板就不是个会委屈自己的主儿，什么假货、赝品，根本不可能。程小夏打理过她的首饰柜，长长的一张清单，没有一件次品，程小夏不用问也知道，这胸针肯定不便宜。

路秾秾闭眼刚休息一会儿，唐纭打来电话："你人呢？"

"我在车上。"

唐纭不放心："你没事吧？"

路秾秾道："能有什么事？就是脚疼而已。"

"那你在车上等我一会儿。"唐纭说，"我很快过来。"

路秾秾道："好。"

斜后座的程小夏瞧着，俯身凑近，轻声问："老板，你不开心是因为热搜的事吗？"

路秾秾闻言回头："我有不开心？"

程小夏打量她的脸色："还好，但是有一点点，看起来好像不是很高兴。"

路秾秾失笑。

网上那些事，她早都习惯了，从没真的放心里，嬉笑怒骂，她一向随心而为。于她而言，这些东西调剂多过别的，让她将网络凌驾于现实之上，本末倒置，那是绝不可能的。

路秾秾伸手，拍拍程小夏的肩："别多想，你老板只是累了。"

车里空调温度正好，她等了十几分钟，唐纭还没来。

安静间，手机振了振，路秾秾以为是唐纭，拿起一看，是季听秋发来的微信消息：

> 最近忙吗？我发现一家很好吃的川菜，要不要去尝尝？

路秾秾拧眉，默了默，问程小夏："季听秋最近什么情况？"

程小夏想了想，答："他经纪人好像对《遮天》这部戏很中意，一直在为手下几个艺人接洽。"

"《遮天》？是那个……"

程小夏点头："就是唐总公司下半年要开的项目。"

《遮天》是博唐影业下半年的重点项目之一，今天下午的战略发布会上，已经正式宣布启动。

见她没回应，程小夏出声："老板？"

路秾秾没多说，脑海里闪过那张脸，只摇了摇头："没事。"

唐纭半天才上车，见路秾秾面色不错，松了口气："我还怕你被那些乌七八糟的一闹，坏了心情。"

路秾秾轻轻勾唇："手机一关，世界清静。"

她胸前那枚惹事的胸针已经不见踪影。

唐纭没在意，走红毯时就没多看，一枚胸针而已，不过是首饰，路秾秾难道花不起这个钱？说她戴赝品未免太过好笑。

当然，唐纭同样不觉得她会和霍观起扯上关系，只当是她不小心买了枚款式相似的胸针而已。

唐纭打趣她："那你可得冷静久一点，别到半夜冷不丁又发个微博。"

"发什么微博，要发也明天再说。"路秾秾自有成算，也不多聊，只吩咐司机，"开车。"

晚宴后的娱乐项目只有路秾秾和唐纭两人，地点就在唐纭那间高得不行的公寓里。

璀璨夜幕，楼层高，底下的车水马龙全都听不见，仿佛离天也近了。

泡过澡的两人穿着浴袍躺在露天阳台的躺椅上，喝酒看星星，老式唱机播放着爵士乐，从敞开的厅门流淌而出，无比惬意。

三两杯酒下肚，路秾秾忽地问："你们公司那部《遮天》，下半年是不是要拍了？"

"是啊。"

"还缺人吗？"

唐纭侧目："干什么？你该不会是想……"

路秾秾并未遮掩："给季听秋安排个角色，大小都行，你看着给，有合适的就让他试试。"

唐纭晃着杯中酒，盯着她似笑非笑："你知不知道，外面可都说你是季听秋的金主。"

"外面还说我私下乱撩男明星呢，你信吗？"路秾秾回她一个白眼。

唐纭语塞，轻咳一声，小声挤对："我以前怎么没看出你好季听秋这口？"

"少胡说八道。"路秾秾嗔她一眼，将酒杯送到唇边。

说归说，路秾秾的面子唐纭不可能不给，这事算是应下了。

喝到彼此都微醺，时间也差不多了，两人准备休息。

唐纭先去洗脸，路秾秾躺在躺椅上没动，打算等她好了再起身。

勤奋的程小夏还没睡，深夜发来微信，汇报工作。

路秾秾一看，一则是告诉她胸针收好了，还有东西搬进新家的进程——首饰柜之类的还没整理完；二则道："餐厅那边进度有加快，晚上我和负责人对接聊过，说是很快就能完工。"

近来也就这点事要处理。

路秾秾回语音："好，我知道了，早点休息。"

停顿几秒，想了想，她又加一条："你抽空去趟酒庄，拿两瓶帕图斯送去给季听秋。"

发完，她不看程小夏回复，点开季听秋的头像。

对话最后一句还是两三个小时前晚宴结束那会儿他发来的那句"要不要去尝尝"。

淡淡看了两秒，路秾秾在对话框输入文字，点下发送：

最近没空，川菜就不吃了。朋友送了两瓶酒，我让助理送去给你。

借着酒意，一夜好眠。

路秾秾离开唐纭公寓，回喆园时已是中午，一点多，高行送来东西，进门前先打了电话，没多待就走了。

送来的是些纸质文件，路秾秾起初不明所以，翻开一看，发现是珠宝鉴定书以及拍卖交易凭证，不由愣了愣。

她戴没戴赝品，对着鉴定书和交易凭证拍张照上传，即无需再辩。

可这么一来，重点就到了他们两个人身上，这就等于公开告诉外界——是她和霍观起在同一场拍卖会委托了同一个代理人，或者是霍观起本来就是买给她的。

霍观起这是嫌她惹上麻烦，还是单纯想解决事情？

路秾秾粗略看了几眼，合上文件，往茶几上一放，到底还是没有再翻开，趿着绵软的拖鞋，她起身回了卧室。

一下午时间过得飞快，路秾秾在家清闲，网上某些人倒是吃瓜吃得兴奋。

距离走红毯过去十多二十个小时，见她久久没有动静，都认定她是丢人丢大发闷头装死，一群人将赝品的梗翻来覆去地玩，嘲讽不停。谁知，她冷不丁就上了线。

傍晚时分，路秾秾发了一条微博，内容是一张截图。

点开看，入目第一句便是：

您已成功为"爱心加餐"项目捐款 3000001.00 元。

三百万零一块。

吃瓜过程中，有了解的网友，大概也估算出了那枚胸针"正品"的价格。

两三百万。

而她捐的，多一块。

为什么零一，因为她就是要多这一块，就只多一块，这一块就像硬币，砸在那些人脸上，比巴掌还响亮。

路秾秾没有发其余文字，只配了两个表情，一个是"爱心"，另一个是"淡定吃瓜"。

不说微博，论坛立刻平地起高楼。

吃瓜表情真的灵性！这叫什么？我疯起来连自己的瓜都吃？

昨天说她买不起胸针的人呢？赶紧出来走两步。

别管人家为啥捐吧，做了好事总是实打实的，哪怕只要有一个人因为她捐的钱多吃了一顿好菜好饭，她的行为就是好的。

666，姐也太刚了，完全没在怕，我实名制"瑞思拜"！

敲门声响起，霍观起并未抬头，只沉声应："进。"

高行推开门快步过来，微微俯身在他身旁低语。

霍观起微顿，他送去的东西，她没有用。他瞥一眼窗外，天已渐黑，他稍作沉默，道："给太太打个电话问问在哪儿，再去拉弗定两个位子。"话音刚落，他又立刻改口，"等等，电话不用你打，你去定位，让司机备车。"

高行为难地顿了顿，小声提醒："可是霍总，今晚七点半您和董事会那边还有饭局。"

霍观起手刚碰到手机边缘，闻言停住。

高行硬着头皮，委婉道："临时更改怕是不太好。"

霍氏内部的明争暗斗持续了六年之久，如今，霍见明的支持者走的走，散的散，余下那些，懂得审时度势的纷纷退一步明哲保身，极少数坚持给霍观起找麻烦的，也几乎被霍观起料理得差不多。

现下不管外界还是内部，放眼看向霍氏，目光都聚焦在他身上，高层那些老顽固最好面子，若是叫他们计较起来，到时又该说他轻狂。

沉吟稍许，霍观起到底还是收回手，理智占了上风："行了，出去。"

只他那低沉的声音，抑制不住地满含浓重的不悦。

回到喆园已是十一点后。

高行送到门口，没有入内。

屋里一片漆黑，霍观起只开了一盏楼梯灯，他一向步子轻，进到卧室，早在床上睡熟的路秾秾毫无知觉。

她睡得香，卷着绸质薄被，微蜷起身子朝一边侧躺，那一头又长又亮的黑发在背后的床单上铺陈开，像朵凌乱半展的花。

饭局上喝了点酒，霍观起头有些疼，他站在床边看了一会儿，单手缓慢地解开领带，丢在地上。

床塌陷下去，霍观起把人捞进怀里。路秾秾被背后突如其来的重压吓醒，激灵间眼睛像鹿般睁圆，三秒后思绪才渐渐清明。

"霍观起？"她声音沙哑，混沌间都是睡意。

霍观起没说话，黑漆漆的眼里，能看见那一点极亮极亮的清晰的光，随后他低下头，鼻尖蹭在她发间，动作隐含着道不明的意味。

路秾秾微诧，身子绷紧，越发往后扭头："你……"

"路秾秾，我们结婚了。"他嗓音的沙哑，和她的又有不同。

路秾秾怔了一下，闻到他身上的酒味，皱眉："你喝醉了。"

霍观起不言语，直直看了她几秒。

许久，他伸出手捏住她的下巴，低下头——

路秾秾醒得迟，霍观起早早就走了。洗漱后看见了餐桌上备好的早餐，她睡得不舒服，没什么食欲，坐下勉强吃了一部分。

路秾秾吃完早餐窝进沙发，点开电影看，没几分钟就走了神。

腰酸涩得疼，她皱眉，将电影暂停，拢紧睡袍，起身去泡咖啡，冲好热腾腾一杯，刚端起杯子，她的耳边响起微信新消息的提示音。

她点开一看，是霍观起。

我订了拉弗今晚七点的位子，六点让高行去接你。

拉弗是她最喜欢去的餐厅之一。

路秾秾看着那一行字，眼神紧锁，快要盯出洞来。

霍观起下午要见霍倚山。

霍倚山掌权久了，大小事都习惯握在自己手里，哪怕是对两个孙辈也没有彻底放权。

霍观起回国后不是第一次见他，但是第一次在见他的时候和霍见明撞上。

虽然老爷子身边的人提前就有告知霍观起说"霍老先生今天心情不大好"，然而踏进十七层，瞧着高级助理们各个神情拘谨，举止间皆是战战兢兢之意，他这才感受到所谓的不大好究竟有多不好。

饶是高行跟着霍观起见惯了大场面，仍不免下意识地绷紧后背。

只有霍观起，一派从容，镇定如常。

他们快到办公室时，只听里面传来东西砸碎的声音，随后是不太清楚的喝骂之声。

老汤不由停住脚步，身后的霍观起和高行也跟着停下。

"这……您要不要等等，先坐坐再进去？"老汤面露难色。

霍观起脸色平静，淡淡道："不必。"

老汤只得硬着头皮继续提步。

还好，霍倚山满脸的怒容在看到霍观起后，缓和了许多，而霍见明的表情就难看了，糟糕异常，尤其在霍观起进来后，面色青红交加转了几转。

霍观起仿佛没看见他，朝高行伸手。

递上厚厚的文件档案后，高行立刻退出去。

霍观起将文件呈上桌面。

霍倚山翻开第一页，目光沉沉地看了一会儿，脸上神色阴晴难辨，忽地，他抓起手边的笔狠狠砸向霍见明。

"爷爷——"霍见明僵着身子不敢动，青着脸受了这一下。

"你说说你还能干什么？！"霍倚山怒目道，"总说我不肯给你机会，你扪心自问，给你的机会还少吗？好好的班轮公司交到你手里，你弄成什么样子？"

霍见明辩解道："去年整个行业一半企业都是亏损状态，不止我们一家……"

霍氏集团把航运这一块交到霍见明手里时，行业形势确实不太乐观，一年下来，整个行业里头，十家公司中顶多四家能实现盈利，剩下的几乎都是亏损状态。

今年的情况也只是稍有回温，整体还是不太乐观。然而在这样的前提下，公司交到霍观起手里，却成功扭亏为盈。

霍倚山抓起呈上来的文件扔到霍见明身上，文件有点重，砸得他退了一小步。

"形势？"霍倚山冷声，"你给我好好看看你弟弟怎么做的！你留下那一堆烂摊子他都能扭亏为盈，你呢？"

霍见明脸色难堪。

相关文件霍倚山早就看过，具体情况也都知悉，面前这份不过是从头整理了一遍，霍见明同样心里有数，在霍观起回国前他就清楚得很：今年一个季度的净利润填补了去年下半年的亏损，三个季度实现营收总合 180 亿欧元，集团净利润 79.3 亿欧元。

霍观起总共只经手了这三个季度，如今趋于稳定，复命归来。

"就这样还想让我把镶水二度开发案交给你？"霍倚山看着霍见明那张脸就来气，不想再听他废话，"滚回去！好好反省——"

霍见明不敢再言，狼狈地闷声离开。

霍倚山气得胸口起伏，好半晌才平复下来，接着视线转向一言不发的霍观起，怒色渐渐退去，矍铄的目光犹存锐利："见过路闻道了？"

霍观起颔首："见了。"

"相处得还好吗？"

他正要答，霍倚山冷不丁补充："我说的是你和姓路那丫头。"

安静的空间里，压力无形流动。

霍观起几不可察地抿了抿唇，平静道："很好。"

霍倚山睨他一眼，慢慢收回视线，这才坐下。

谈完正事，四十分钟后，霍观起从十七层下来，早早出来的霍见明却没走，等候在此。

见霍观起直接忽视自己，霍见明一个箭步上前挡住了他的去路，除了高行，周围人都站得远远的，没人敢靠近。

霍见明一改在霍倚山办公室里的模样，似笑非笑问："结婚这样的事，怎么瞒得这么紧？"

霍观起年纪比他小，个子反倒高过他一些，霍观起垂下眸来，像看着他又像根本没把他看在眼里。

霍见明暗暗咬牙，挤出笑继续道："这么多年，你到底还是向爷爷低了头，不容易。"

闻言，霍观起眼里微暗："不劳你挂心。"言毕提步就要走。

霍见明伸手拦下，下巴微仰："这么久了还没见过弟妹，什么时候带来看看？"

他嚼着笑，压低音量："我那好弟妹听说绯闻不少，整天和些小明星、小模特走得近。那什么——天赫娱乐的那个……姓季的，不知道你见过没有？"

两兄弟对峙的场景叫人手心捏了把汗，还好，预想中的状况最终还是没有发生。

霍观起眸色浓重地看了霍见明两眼，而后沉着脸，一言不发地走了。

这回霍见明没有再拦。

车内，高行僵硬地坐在副驾上，被低压空气笼罩，不敢回头。

开出没多久，就听后座的人沉沉发问："他们最近接触过吗？"

别人听来肯定云里雾里，高行却是知道的，他听到了方才的谈话，心里暗骂霍见明没安好心，又头疼于老板问起的时机。

怎么这么不巧，早几天问多好。

他认命般转头，不敢看霍观起的眼睛，小心回答："程助理到芬度酒庄拿了两瓶酒送去。"

"什么时候？"

"昨天。"

半晌没有听到声音，高行料想是不会有回复了，便默默转回前方，大气都不敢出。

霍观起提前发消息说晚上定了拉弗的位子，路秾秾便没安排别的事，下午也没出门，在家挑选起邀请函款式，过不久餐厅开业就要用上。

傍晚时分，她打扮好出门，她以为是高行来接，拉开车门一看，没想到霍观起也在，唐绘要是在场，肯定能看出她的不自在。路秾秾上车后故意不往霍观起那边看，视线一直向着窗外。

一路上，她以为他会开口说点什么打破安静，结果没有。

到了餐厅，他俩下车，侍应生带路，座位在角落里，那一大株绿植正好做屏障。

两个人各自点单。

路秾秾在常吃的菜品和新品之间犹豫，霍观起已经点好，翻开酒单，问："有什么酒？"

侍应生道："酒单上的罗曼尼康帝暂时没有。目前店里酒柜有玛歌、帕图斯、木桐……"报完后他又补充，"帕图斯年份比较多些，玛歌和木桐只有副牌。"

路稔稔听着，从菜单里抬起眸，却见对面的霍观起意味不明地扫了她一眼，她下意识看过去，却见他眼眸微垂，视线分明落在菜单上，刚刚那一瞬仿佛是她的错觉。

侍应生推荐："您要不要试试帕图斯？我们……"

照理来说，副牌是稍逊的，当然不如正牌，况且帕图斯年份可选的多，侍应生自然会推荐这个。

然而侍应生话还没说完，霍观起就已经合上酒单："木桐。"

路稔稔疑惑地瞥他一眼，见他看也不看她，撇嘴，点了两道菜，将菜单一道递给侍应生。

霍观起拿起放在瓷盘里的温热的湿巾擦手，说："下午我去见了爷爷。"

"嗯。"路稔稔问，"他说什么？"

"他让我们下月初回去吃饭，见个面。"

能见谁，当然是霍家其他人。

"知道了。"路稔稔没多言。

菜陆续上桌。

她本以为霍观起突然约自己吃饭，肯定是有什么话要说，然而一餐下来，他几乎没说几句。

待用餐完毕，刷的霍观起的卡，临走前路稔稔才发现点的酒他压根没喝，他面前的杯子里仍是满的。

木桐红酒有独特的咖啡香味，虽然是副牌，味道也还行。霍观起今天却好像很抗拒酒，一滴未沾，点了一瓶摆在那儿，不知给谁看。

回到喆园，气氛有些诡异。

两人路上就没怎么说话，空气都似乎透着一股凝滞。

踏进卧室，身后脚步声依然没停，路稔稔佯装镇定，谁知，她刚取下丝巾，摘掉耳环，腰上就多了条手臂，整个人忽的一下被圈进背后的胸膛。

她一惊。

那双手臂微微用力，路稔稔来不及说更多，转瞬便陷进床榻。

再睁眼已是天亮，身旁空无一人。

路秾秾记不清自己什么时候睡着的，更不清楚霍观起几时出的门，她默默叹口气，侧过身对着身旁空旷处，看着看着不由又想起他那张脸。

几个小时前他还在这儿。

脸一热，她猛地转身朝向另一边，将薄被裹得更紧。

一天混混沌沌过去，路秾秾原以为霍观起约她吃饭只是心血来潮，哪想到，之后他又订了几次餐厅，订完才通知她，每回吃完饭，晚上便是同样的事，她甚至来不及叫停就已经开始。

结婚之前她不是没有考虑过这个问题，但这跟她想的好像不太一样，具体哪里不一样，她又说不出来。

她有点烦，可仔细想，好像又没什么可烦的。

拜霍观起所赐，路秾秾这一阵没怎么见唐纭，许是隔了太久，唐纭按捺不住，终于一个电话找上门，约她喝下午茶。

路秾秾当然应邀，打扮一通，临出门前又收到霍观起的消息，她以为是来约吃饭的，低头一看，内容却是：

今晚有应酬。

路秾秾撇嘴，有就有呗，她和唐纭也有约呢。

到咖啡厅一落座，唐纭就忍不住抱怨："你最近在忙什么？人都找不着！"

路秾秾暗咳："餐厅不是快好了，费了点事。"说完她立刻把锅甩回去，"你哪找我了？你这一约我不就来了。"

"就你理由多。"唐纭嘀咕完，见她神色好得不得了，道，"你倒是日子过得舒服，我本来还想约你去维纳斯，看你这么容光焕发，还好没去做美容，去了也是浪费我的钱。"

"有吗？"路秾秾摸了摸脸。

唐纭调侃："有啊！你是吃什么大补的东西了，还是背着我找男人去了？"

随意一句调侃让路秾秾有一瞬的心虚："说得好像你差美容那几块钱似的。"她不敢多谈，迅速转移话题聊起别的。

前段时间唐纭也忙，博唐下半年的几个重点项目颇费心神，想起路秾秾之前嘱托的事，她道："上次你说的那个，我让人联系过天赫，合同已经签了。"

十周年当晚她就给季听秋要了个角色，路秾秾当然没忘，不吝夸赞地冲她一笑："唐总就是大气。"

她俩之间早就不用客套。

唐纭心安理得地接受夸奖："晚上我们吃什么？你请。"

"你还真不客气。"路秾秾失笑。

"谁跟你客气。"唐纭拿出手机，"我看看——"

唐纭稍作挑选，问："去食宴？"

路秾秾没意见："都行，今天听你的。"

唐纭满意勾唇："那好，我现在定位子。"

一套一居室公寓里，气氛僵持不下。

蒋浩看着面前怎么说都不听的人，几次想要动怒，又生生压了下去。

"我说这么多，你到底听进去没有？"

季听秋低眉敛目，仍然不说话。

季听秋生得好，五官俊秀，眉目似画，男生女相却并不弱气，干干净净的样子温吞无害，是很容易就能叫人心生好感的类型。

蒋浩是知道的，季听秋看着不声不响好拿捏，其实心里拧巴得很，也不知在跟谁较劲。签下季听秋快三年，一开始蒋浩也有花过心思，可是娱乐圈这个地方，好看的人何其多，一竿子敲下去，十个里八个都是好皮相，光好看有什么用！

蒋浩手下人不少，不可能只盯着一个培养，相比季听秋这个犟骨头，他当然更喜欢那些放得下身段、毫无顾忌甚至舍弃自尊去争的人。久而久之，他就不在季听秋身上费功夫了。

谁知道……

蒋浩实在不晓得该怎么评价，说季听秋运气好吧，他确实至今都没扑腾出什么水花，这无所谓，圈里多的是人没有红的命。可就是这样一个人，倒是糊涂地靠上了棵大树。自己手下那些四处赔笑放低姿态的，偏偏没这种运道！

"你说你到底在犟什么？不过是让你拉下脸去求一求，怎么就像是要你的命一样？这是为你自己，不是为我！"蒋浩恨不得捶胸口。

季听秋终于说话："《遮天》的合同不是签了……"

"就是因为签了才让你再努努力，把这个长期综艺拿下，拍完《遮天》的后续制作阶段，刚好综艺播出，我也能替你向公司开口，花点钱营销炒炒热度。等一季综艺结束，《遮天》刚好差不多要播，这样将近一年的曝光是不是都有了？何况中间还可以凭借这些去争取别的工作……你怎么就是不开窍？！"

季听秋嗓子发干，喉咙动了动，压低声音："我已经找过她一次了。"

蒋浩急得脸色发红："你是不是傻？！《遮天》这样的大制作班底，有多少人想上没机会？你一开口，就给了男三号！去年爱视TV那部网剧的男主角记不记得？当时你给他做配，演个连号都排不上的角色，现在呢，他费了半天劲才在里面争来一个配角！"

蒋浩跪下的心都有了："有的东西过了这个村就没这个店，不好好把握机会，等人家过了新鲜劲，你吃后悔药都来不及！"

季听秋又不说话了。

蒋浩气得嘴里起泡，换作是他手下其他人，不用他说都知道该怎么办！

见季听秋死不松口，他火气上来，点点头："你不肯是吧？行，我不勉强。你既然不肯求她，那就不求。"

他半气半较劲地笑："晚上有个饭局，你收拾一下跟我去。"

季听秋蓦地抬头。

蒋浩心里发恨，那边一开始说让他们公司找两个酒量好的女艺人去吃饭，后来突然又特意知会，点名要季听秋一起。

原本蒋浩是推了的，就怕惹那位大小姐不高兴，毕竟《遮天》的合同刚签，他们天赫一个从没和博唐合作过的公司，凭什么被人高看？他和其他好几位经纪人又不是没替手下艺人们递资料，还不是全被刷掉，连个面试的机会都没有。

男三号啊，多大的面子！

而那位和博唐副总手挽着手走十周年红毯还只是前不久的事。

想到这，蒋浩越发恼恨季听秋不识好歹，语气比先前更冷了几分："公司不是做慈善的，别人辛辛苦苦打拼，没道理你享受着比别人好的待遇还什么都不做。"

自从去年季听秋和那位大小姐扯上关系，艺人部总监就特地给季听秋换了住处，这个公寓虽然不大，却是精装，待遇也比之前好了许多。哪怕季听秋不愿意频繁找那位，他们都耐心地没催，只偶尔提一提，还给他额外加了补贴，这回蒋浩好话说尽，逼了季听秋整整一个礼拜，好不容易让他发了条消息过去，这不，《遮天》的合同就到手了。

蒋浩本以为后面能好起来，才高兴几天，现在简直要被气死，早知道是这么个扶不上墙的，他一开始就不该花这么多功夫，白白期待。

"合同还有两年，签的时候写得明白，到三年期限时，若是预期效益不达标，公司有权和你提前解约。我猜你也不想多付两倍赔偿金。"蒋浩不再看他，扔下话走人，"给你十分钟，收拾好跟我出去，我在楼下车上等你，别让人催。"

第 3 章

他有个很好听的名字

食宴的菜品很合口味，即使挑剔如唐纭也挑不出毛病，路秾秾同样喜欢，菜不错，加上许久没和唐纭聊这么多，话匣子一开痛快至极，饭都多吃了两口。

正聊到这一季的时尚新品，唐纭接了个电话，大概是公事，她对路秾秾道"等我一下"，便起身走出包厢。

路秾秾自得其乐地舀了一碗汤，拿起小汤匙尝了几口，没多久，唐纭又回来了。"秾秾在这儿，你和她再说一遍——"唐纭朝电话那边说了句，不由分说把手机递给她。

"怎么了？"路秾秾不明所以，放下汤匙，接过一看，通话显示名字是张玲珍。她知道张玲珍是博唐的艺人总监，算是唐纭派系的人，这两年唐纭和高层过招，多亏有这名得力帮手。

"张姐？"

"哎，路小姐。"

路秾秾客气道："发生什么事了？"

张玲珍有些尴尬："是这样的，我晚上在味品芳这边谈事情……看见季听秋了，他好像喝了很多酒。"

《遮天》男三号的事情，唐纭就是交给张玲珍去办的，她自然认得季听秋的脸。张玲珍在洗手间外碰见季听秋，见他站都站不稳，扶着他的好像是他经纪人，想着他马上要进组拍自家公司的《遮天》，于是张玲珍就让相熟的服务生过去看看情况。

她这样做其实主要还是因为路秾秾，娱乐圈里都是人精，有的事用不着说得太明白，张玲珍给唐纭办事，当然要卖路秾秾面子。

服务生去问了负责那个包厢的同事，才知道季听秋被灌酒灌得吐了几回，里面的人还偏不让季听秋走。

"这马上就要进组，要是出事，我怕到时得有麻烦，所以打电话来和你说一声。"张玲珍隐晦地透露，但又有分寸地不提其他。

碰见这样的事，她第一时间通知了这些个说得上话的，她们若是有插手的意思，她就动一动，若没有，她就挂了电话权当没这件事。

路秾秾一听，料想那边情况不妙，道："我现在过去，张姐你帮忙看着点。"

闻言，知道路秾秾这是要管，张玲珍马上道"好"。

路秾秾的出现在意料之外。

季听秋没想到她会来，愣了半秒，可惜身体的不适感盖过其他，他已经无法思考，他额头冒汗，脸色惨白，靠在墙边，扶着墙痛得眼冒金星。

旁边的蒋浩见这位大小姐从天而降，先是愣住，反应过来后立刻慌了。

今晚请的是几个品牌赞助方的中层管理，在资源方面稍微有一点话语权，吃得高兴了，说不定能往赞助的节目里塞两个人。本来以为只是个简单的饭局，只是要季听秋几个多喝点酒罢了，哪知道入座以后，他们拼命灌酒，还只灌季听秋一个，拦都拦不住。

蒋浩原想借机给季听秋一个下马威，杀杀他这股不知好歹的倔劲，结果发展到最后自己都看不下去，不得不出来帮着挡酒，那位职位最高的孙总立刻拉下脸，酒杯一放，质问："蒋经纪这是不给面子？"

蒋浩进退两难，不敢得罪他们，又怕季听秋喝出事，干着急。

白的、啤的、红酒、洋酒，什么都来了一遍，哪有吃饭这样喝的？他们好像是故意的一般，一杯接一杯，一刻都不让季听秋面前的杯子空着。

见季听秋喝得去厕所吐了几次，渐渐撑不住，捂着胃，脸色发白，蒋浩便说要带他回去，孙总一听不乐意，话里有话道："蒋经纪真会待客，原本还打算让你们去试试三台的节目，看来你们公司的艺人比较金贵，那就不必考虑了，行了，这顿饭不吃也罢。"说着就要走。

蒋浩赶紧上前说好话，季听秋却已经撑不住，凭着求生的本能，费力站起来，脚步虚浮地往外走，他没走两步，就被孙总看见，生生被拦下。

见情势不对，蒋浩顾不上那么多了，人命要紧，他决定先带季听秋去看医生。那孙总不知为何胡搅蛮缠，非说季听秋是装的，拉拉扯扯就是不让他们离开。

僵持之下，路秾秾到了。

蒋浩心里忐忑的同时又松了口气。

靠墙的人虚弱得视线涣散，路秾秾看了一眼，青着脸吩咐几个服务员："把人扶出去，马上送医院。"

张玲珍赶紧安排服务员去找担架："问问你们经理，有就快点拿来。"

孙总不满，眼一瞪："你谁啊？送什么医院，不准送！"随即他看向那边几人，冷哼，"我看他好得很，他肯定是不想喝酒才装模作样。"

蒋浩咽了口唾沫，想阻止他作死，劝道："孙总，听秋真的不行了，我带他去看看，要是出了什么事对谁都……"

孙总不理会他，酒意上头，跟路秾秾叫板："你凭什么带他走？"

"就凭我想。"路秾秾反客为主，气焰嚣张极了，"你算哪根葱，有资格拦我？"

不等孙总再放厥词，旁边的人认出路秾秾，赶紧站起身打圆场，赔笑道："路小姐！对不住对不住，老孙他喝多了，您别往心里去。"接着他用力扯了扯孙总的袖子，压低声音，"恒立路家的！"

恒立……孙总满面通红，脑袋被酒精灌得混沌，几拍过后，才反应过来。恒立集团，地产巨头，同名高档住宅品牌"恒立园"遍布全国，在医药、食品、电器等领域亦是佼佼者。

孙总的脸色飞快一变，气势霎时弱下来，酒意瞬间淡了，这一清醒，他终于想起她是谁，再往后一看，她身后站着的那个可不正是博唐的副总？

他语气中带着三分难堪三分尴尬，另外还有三分心虚："原来是路小姐……我喝得有点多，有眼不识泰山，您别见怪。"

那边季听秋快要不行，直接往地上滑去，整个人缩成一团。见状，路秾秾皱眉："还等什么？送他去医院。"

蒋浩连连应声，和服务员一块儿搀着季听秋快步往外走。包厢里还有两个他们公司的艺人，这会子蒋浩已经顾不上了，只能等过后再说。这回孙总不敢再拦，干巴巴地解释："我……我只是让他喝杯酒而已，没想到他酒量这么差，这事纯属意外。"

路稊稊提步走到他面前，笑问："只是让他喝杯酒而已？"

"对，我……"

孙总话还没说完，路稊稊拿起旁边的杯子，将余下半杯酒尽数泼在他脸上。

包厢里众人暗暗吸气。

孙总脸上湿漉漉的，敢怒不敢言，咬紧了牙，还得赔笑脸："路小姐，您这是什么意思……"

"没什么意思。"路稊稊莞尔一笑，"泼你就泼你，怎么了？"

霍家两兄弟不和已久，这几年的明争暗斗，霍氏上下都看在眼里。

只是如今，见霍观起地位日渐稳定，众人的天平早就不可控制地倾向他那一边，所有人都默认，霍见明已无相争的资本。两派之间的摩擦比起前两年着实要少许多，毕竟一方渐渐势弱失去抗衡能力，就算有什么问题也不会摆在明面上。

不管是真的趋于平静，抑或只是表面如此，高层的老人仍然乐见这种平衡，不希望他们继续争斗内耗，正因如此，今天的饭局既邀了霍观起，又邀了霍见明。

霍见明进门便带笑，极开心似的，还和霍观起打招呼，仿佛彼此真是顶顶亲的兄弟，从没有过半点龃龉。相较他夸张的热情，霍观起仍是平常的样子，不过分热络也未有意冷淡，席间霍见明敬酒，霍观起也没拒绝，平静地同他喝了一杯。

酒过三巡，气氛慢慢松快。

霍见明中途出去接电话，起身时有意无意地朝霍观起这边看了一眼，霍观起没理会，和身旁的高管聊起近来几个开发案的事，而后话题告一段落，便离席去洗手间。

冰凉的水流淌过手掌，皮肤表面的热意有片刻被驱散，霍观起正洗着手，镜子里忽然出现一个人影，他余光瞥见，不在意地敛眸，视若无物。

镜中映出霍见明走近的身影，他两手插兜，停在霍观起旁边的洗手池前，脸上是红热的酒意。霍观起收回手，龙头自动感应，水流戛然而止，他抽出纸巾慢条斯理地擦手。

"今晚味品芳那儿闹出了点动静，你听说了吗？"霍见明勾唇笑着开口，手探到龙头底下，从镜中看向霍观起，"弟妹不知怎么也在那儿呢，似乎在哪个包间发了好大一通火，末了让人从里面扶出个昏了的男人，闹哄哄的，救护车差点都去了。"

不知霍观起听没听到，霍见明一直盯着他的表情，可他脸上不露分毫，什么情绪都没有。

霍见明挑眉："你不去瞧瞧？"

擦净手，霍观起不咸不淡地扫了霍见明一眼，下一秒，将纸巾往筐里一扔，转身走人。

"你……"霍见明来不及再说，因为他走得太快，转眼已经出去。

他竟一点反应都没有？

霍见明暗恨。

这么多年，霍观起名声在外，人人都说他不近女色，一心只有事业，霍见明一直猜测他心里对老爷子有怨，所以做派生硬。这怨不管是多是少，总归是有的，有就好，只要有，这份怨终有一天会成为他们矛盾的爆发点。

然而千等万等，霍见明没想到竟然会等来他和路家的婚事！

老爷子从前就高看霍观起，唯一的不满就是他的婚事，除此之外哪哪都满意。如今，连这个最不放心的问题都没了，谁还能比得过霍观起？

霍见明心里烦闷不已，恨不得立刻搅黄了他们，完事后最好再亲手撕了他的结婚证才痛快。

霍观起没有提前离开饭局，在霍见明频频投来的注视中，镇定自若地直到散席才走。

高行在车上等他。

他一上车，高行立刻拿出备好的醒酒丸以及防止胃痛、头痛的药："霍总，现在吃吗？"

霍观起却说："不用。"

见他额上明明已经显出隐约的青筋，高行劝道："您要不还是吃点？"

霍观起不说话，闭了闭眼，摇头。高行只好原样收回。

车一路前行。

霍观起拨通熟悉的号码，拨通后嘟声悠长，听得人烦躁，窗外景色飞快地倒退，太阳穴突突地跳着疼。

手机里一直是嘟声，他等了好久，久得像是不会有人接。

他本想算了，这时电话突然通了。

"喂？"那边传来路秾秾的声音。

霍观起轻轻蹙眉："在哪儿？"

"在外面。"她说。

他顿了顿，问："吃过饭了吗？"

"吃了。怎么，有事？"

"应酬完了，我现在准备回去。你在哪里？我过来接你。"

那边一听好似有些为难："这个……"

霍观起不说话，也不催，路灯一盏一盏掠过，飞速间，光影仿佛连成一线，安静的几秒时间，漫长得像小半个世纪。好在最终并非以沉默收尾，那边轻叹一声："你来吧，我在医院。"

她坦诚地没有隐瞒："我把地址发给你。"

霍观起轻轻抿唇，半晌才应："嗯。"

不知怎么，他额侧那股涌动的疼痛，瞬间突然就减轻了。

季听秋是急性胃出血，送医后，医护人员立即采取了救护措施，现下已无大碍。

路秾秾接完霍观起的电话，回到病房，季听秋恰好就醒了，蒋浩正和他说话，见她进来，连忙冲她笑。

季听秋眼神滞怔，躺在病床上，有种和病房的白色氛围融为一体的孱弱感。

"醒了？"路秾秾眉头轻皱。

季听秋嘴唇微白，声音沙哑："我……"

"你酒喝多了，胃出血。"

他一愣，注意到手背上的输液针，之后视线移回来，慢慢停在路秾秾身上。

"看什么？"路秾秾没好气道，扯开病床前的凳子坐下，"说说吧，怎么回事？"

季听秋尚处在愣怔中，还没完全回过神。

原来这不是幻觉。

不是因为他太疼花了眼，在包厢里看到的真的是她，她真的来了。

路秾秾好整以暇地坐着，旁边的蒋浩抢着回答："哎哟！路小姐您不知道，晚上那一桌是广告商的人，我们公司最近在接洽三台的综艺，所以才安排了这个饭局。"

蒋浩边说着，边给季听秋掖了掖被子，继续朝路秾秾道："本来是想给听秋谈谈综艺合作的事，结果对方看我们咖位小好欺负，一个劲给听秋灌酒，我拼命拦都拦不住。唉……也不止这一次，平时听秋为工作的事没少受刁难。"

季听秋察觉蒋浩的意图，正要说话，蒋浩却飞快摁住他的手，冲他使眼色，下一秒，扭过脸对路秾秾委屈叫惨："他这个人就是这样，一向不争不抢，公司里谁都知道他好脾气，他有什么也不跟人说，总自己一个人撑着。今晚还好我在，差点没给我急死，可惜他白受了这么大罪，那边肯定不会再考虑他了……"

路秾秾默不作声，朝季听秋看去，感受到她的视线，季听秋微微僵硬地回避，垂下眼不看她。

蒋浩还欲再说，被路秾秾打断："你先出去。"

"好的好的，你们聊！"蒋浩立刻闭嘴，脚下生风地离开了。

静了片刻，路秾秾才说话："为了资源连命都不要？"

季听秋解释："我没有……"

"没有什么？"路秾秾反问，"没有想要资源，还是没有喝酒？"

他一下语塞，不知怎么答。

看他这副半死不活的样子，路秾秾就来气："这是第二回了，你就这么喜欢进医院？你知不知道，今天要是我没来，可能会发生什么？成年人，做事之前能不能好好想清楚？！"

季听秋的脸白了白，沉默不语。

事情已经这样，路秾秾不想把话说得太重，沉沉舒气，起身："你自己好好想想。我先走了，有事找小夏。"

季听秋蓦地抬头，一贯的温吞平静之外，脸上终于有了别的表情："你现在就走？"

"不然呢？"路秾秾微微翻了个白眼，"你这副样子，难不成还想留我吃病号饭？"

"我不是，只是……我……"季听秋拘谨又彷徨，没能说出个所以然来。

"行了。"路秾秾放缓语气，道，"没什么事了就吃点东西，一会儿该吃药了。你马上要进组，好好准备，别想别的。"

转身之前，路秾秾深深看了他一眼。

她不喜欢这里的气味，不喜欢白床单、白棉被，也不喜欢他煞白的脸色，紧紧闭着眼的时候，那张脸……没有一丝人气。

季听秋没再拦，视线跟随着她，一直到她的身影消失在门外。

病房里再度安静下来。

季听秋在床上发愣。不知过了多久，他躺得累了，想起来坐一坐，刚支起身，蒋浩兴冲冲进来，满脸喜色。

见他动作，蒋浩着急："哎哟，我的少爷！你别乱动。"

季听秋摇头，不愿再躺下，蒋浩只好帮着调高床头，塞了个枕头在他背后，让他靠着舒服些，又问："想吃点什么？我叫了粥，等会儿就送来。要不要再吃点别的？"

季听秋看他这样，不由问："她跟你说了什么？"

蒋浩笑意止都止不住："刚才路小姐走之前说，综艺她会让人看着安排，代言那些，后面慢慢来。你只要安心等着工作就好。"

季听秋心里料到定是有什么好事，蒋浩才会开心成这样，可真从他嘴里听说了，好看的眉眼还是沉了下来。

蒋浩在他犯倔之前抢话，劝他别钻牛角尖："我知道，你怪我逼你参加饭局，先前还说那么难听的话，可是你入行这几年，还看不明白吗？这样的事有多少，有多少人是这样拼了命才换来的机会？"

蒋浩的话虽难听，却也现实。

"在这个圈子里，没有背景没有后台的人是很难混的，喝到胃出血躺在这都换不来的综艺和代言，到头来不过是路小姐一句话的事，你又何必呢……"

季听秋沉默着，和在公寓对峙时的安静又有所不同，许久，他闭上眼："我累了。"

蒋浩马上道："好好好，你躺下……算了，靠着坐一会儿，等外卖到了我再进来叫你吃。"说着蒋浩走了出去，让他独自休息。

门关上，声响渐消。

季听秋缓缓睁眼，盯着前方，视线却没有焦点，他知道蒋浩在想什么，何止蒋浩，其他人都是那样想的，就连他自己一开始也以为路秾秾是那个意思，后来发现不是，路秾秾对他，从来不是女人对男人的态度。

她看他的眼神里，根本没有欲望。

　

唐纭和张玲珍陪路秾秾一起来的医院，接到霍观起的电话后，路秾秾就让她们两人先回去了，和季听秋说完话从住院部出来，她一眼就看到霍观起的车停在医院外的大路上。

路秾秾坐进后座，司机掉转车头。

她好奇道："你怎么应酬到这么晚？"

霍观起道："聊事情聊得久了点。"他稍作停顿，又问，"你呢？"

路秾秾下来的时候想了说辞，含糊道："嗯……有个朋友身体不舒服。"

"朋友？"

"嗯。"

"很熟？"

"还好吧，不算特别熟。"路秾秾边说，边捏了捏后脖颈，晚上她本来打算出来放松，结果发生了这么多事，没太注意霍观起的表情，她往后靠靠，昂了昂头，小范围地舒展筋骨。

见她面露疲惫，霍观起便没再说话。

到家之后，路秾秾第一时间去洗澡，恨不得立刻洗完睡下。

半个小时后她从浴室出来，看见霍观起正坐在落地窗前的沙发椅上，手里翻着财经杂志。

这个角落她极喜欢，风大雨大的时候阳台待不了，她就会在窗前的这处喝下午茶。

路秾秾的手机在沙发椅前的矮圆桌上，她边擦头发边走过去。

霍观起眼皮未抬，淡淡道："有新消息。"

"嗯？"路秾秾还没坐下，俯身拿起手机，摁亮一看，预读界面是季听秋发来的微信，说是明天出院。她下意识瞥了眼霍观起，敛下眸用指纹解锁，点进微信，未读标记一消，她便没再回复，直接将屏幕摁熄。

冷不丁地，霍观起开口："很严重吗？"

她一愣，刚想问什么，还没来得及说话，就见霍观起缓慢抬起眸，看着她问："他叫季听秋？"

"你……"

"手机亮了，无意中看见的。"他说，"没有偷看你的隐私。"

路秾秾握着手机，有点怔，思考着该怎么回答，却不想霍观起不用她解释，他一字一句地问："你关照他，是因为他这个人，还是他那张脸？"

只这一句，路秾秾便知他什么都知道，有股热血从下往上涌。

"……你查我？"路秾秾将毛巾一甩，扭头就走。

霍观起抛下杂志跟上来，拽住她的手腕，往怀里拉。

"放开！"路秾秾微惱，手腕使劲，试图从他掌中挣脱。

"我不过是说一句，你至于这么大脾气？"霍观起拧眉。

她冷笑："你看到他那张脸了，还有什么想问的？"

霍观起攥紧她的手，将她拽到身前，解释："你稍微有点动静，嚼舌根的人就少不了，这些事情哪里需要查？"

路秾秾闻言一顿，别扭地别开头，不看他。霍观起眼神微闪，把话头引开："今天晚上的饭局霍见明也在，还没散席的时候，他特意来和我说你在味品芳有动静，一直怂恿我去瞧瞧。"

"他怎么知……"路秾秾下意识脱口，问题没问完，便自行打住。

霍见明和霍观起针锋相对，肯定时刻关注着他，霍家人大概都已经知道他们结婚的事，这么一来，会盯到她身上很正常，今晚的事里头，说不定还有霍见明的手笔。

"上一次他就有意在我面前提了天赫娱乐，说听到很多你的事情。"霍观起默了默，低声说，"你真为他好，就不该和他走得太近。"

没有背景的普通人，一不留神就会变成炮灰。

他们如今是夫妻，霍见明将他们当成一体针对，焉能知道他就不会拿季听秋开刀？

路秾秾动了动唇，哑口无言。

是夜，两个人各自占据半边床。

路秾秾背对霍观起侧躺，黑暗之中能听到彼此的呼吸，可安静得过了头，她反而无法入睡。先前那番谈话没头没尾地结束以后，他们之间的气氛突然变得生硬。

霍观起洗漱完径自躺下，而她更是在一旁闷头装睡，脸贴着丝滑的枕面，路秾秾心里乱糟糟的一团，自己也理不清，她想来想去，太多的事情在脑海里翻腾，莫名升起烦躁之意。

许久，她深吸一口气，声音在黑暗中低得发沉："我和他并不是那种关系。"

霍观起不知有没有睡，也不知是否听见，房间里静得吓人。

就像身体陷在这张柔软的大床里一样，一点一点的，路秾秾感觉自己的心，也陷入了不知名的地方。她紧紧闭着眼，手拽紧床单。

就在她以为不会有回答的时候，霍观起的声音忽然响起："我知道。"

他从没有往那种方向想过。

路秾秾想说话，又不知说什么，他的回答，那三个字，在她心里过了一遍又一遍。

慢慢地，她的思绪就这样散开，一切在睡眠中混沌。

这一夜，她睡得不怎么好，离天亮还有很久，突然就在一片漆黑中醒了。

月光透过窗洒在地上，她出神地盯着看，想起从前。

和霍观起初见的那一年，她一个人住在春城世纪的别墅里，照顾她的两个阿姨有一天闲谈，说后面那幢别墅新搬来的主家，儿子在上高中，那个男孩有十几岁的年纪，过得非常不容易。

他有个很好听的名字，姓霍，叫霍观起。

中学时的路秾秾处在叛逆阶段，厌烦母亲的不管不顾，也不愿和舅舅一家一起生活，借口离学校近，坚持要在春城世纪的房子里独居。舅妈戴芝苓没办法，只好请了两个人照顾她。两人都是年纪四十上下的阿姨，负责给她做饭、搞卫生、料理起居琐事。

她这一住就是几年。

高二前的暑假，她独居的别墅后面，搬来一户姓霍的人家。

路秾秾第一次听见霍家的事，是家里帮佣的两个阿姨闲谈，说这家姓霍的条件明明很好，却对读高中的儿子不怎么样，家里大人和十六岁的男孩前后脚出门，车经过小区门口，碰见了像没看见，径直开过他身边，也不说停下载他一程。有时大人外出不在，按点做事的帮佣下班，那男孩就被关在家门口，等到半夜人回来了才进得去。

初时路秾秾没往心里去，阿姨们感叹那家做得不该，直说孩子可怜，她也只当闲话听。

世上这么多人，哪个容易？

路秾秾第一次真正见到霍观起，是在一个太阳灼热刺眼的下午，哎呀偷偷从大门跑出去，她穿着凉拖，出门去找，绕了两圈，在小区离家不远的亭子旁看见哎呀。

彼时霍观起坐在亭外墙边荫蔽下的石凳上，穿一身蓝白色休闲装，那双眼睛幽深漆黑，瞳孔里藏着化不开的浓郁色彩，空气中晃荡的热气到他面前仿佛也会自行绕开。

他清瘦的脚踝裸露在外，白色的鞋洗得一尘不染，如同他第一眼给人的印象。

哎呀守在他身边，左右绕来绕去，尾巴高竖，冲他摇晃不停。

被热情的金毛打扰，他微低下头，抚摸它的脑袋。有那么一瞬冷意变淡，他甚至让人觉得有几分柔软。他随手放在一旁的书本被风一吹，书页哗啦啦乱了。

路秾秾看了两眼，很快回神，她一直不是什么脾气很好的人，率性而为，随心所欲，更别提叛逆的年纪，被人形容骄横任性也毫不在意。

当下，她沉声准备把狗喊回来："哎呀——"

趴在霍观起脚边摇尾巴的哎呀朝她看来，霍观起也看过来。

少年面容沉静，有很长很长的卷翘的睫毛和骨节分明匀称的手指，他看向她的眼神，无波无澜。

路秾秾微抬下巴，皱眉看着不动的哎呀："快过来，乱跑什么？"

哎呀站起身，迈开步伐，一摇一摆回到她身边，她蹲下，摸它的脑袋，不太高兴地说："别看见人就凑上去好不好，你怎么这么随便，谁都给摸？下回再这样，扣你口粮！"

话里意有所指，她略带不满地瞥了霍观起一眼。

霍观起仿佛没听到她不客气的话，不作回应，平静地拿起书继续看。

这是他们第一次见面。

一个暑假，路秾秾像这般在小区里碰见他好几次，几乎都是在那个亭子旁靠墙的石凳上，有时是下午，有时是傍晚。

哎呀对他有种着了魔般的热情，每回她牵着哎呀出去散步遛弯，只要遇见他，哎呀就想往上冲，如果不是被绳子牵着，哎呀分分钟就要扑到他面前，她不得不费劲拉住哎呀，而哎呀被绳子限制了行动，便一个劲地冲他摇尾巴。

霍观起没有和她说过话，除去第一次，也没有再摸过哎呀，偶尔遇见，他会看两眼，只看狗不看她，权当她不存在。

每回哎呀想去他面前，回了家，路秾秾就减它当天的零食，一本正经地蹲下指着它警告："你往他那儿扑，就没零食吃，记住！"

哎呀懵懵懂懂，看着零食流口水，可下一回遇见霍观起，照样兴冲冲朝他狂奔。

他们再有接触是路秾秾接到路华凝电话的那天，不到五分钟的通话，坏了她所有心情，她烦闷得待不住，出门玩了一天。

回家已是晚上快十点半，经过亭子时，她发现霍观起又坐在他的老位子上，捧着盒桂花糕吃到一半的路秾秾被吓了一跳，脚步停下，朝路灯下的人看了又看。安静间，她的脑子里突然想起阿姨们说的话，说他家里大人不在，帮佣的阿姨下班也不在的时候，他回得晚就会被关在外面。

路秾秾觉得奇怪，主动开口："喂，你干吗不回家？没带钥匙啊？"

坐在凳上的霍观起缓缓抬眼，没回答。

路秾秾走近一步，扬声："跟你说话呢！"

他还是不答，下一秒，站起身走了。

路秾秾甚少被人这样一点面子都不给地晾着，暗道这个人脾气古怪生硬，莫名其妙。她抓起一块桂花糕，对着空凳子用力咬一口，懒得再管他，迈开大步回家。

就不应该跟他讲话，他回不回家，待在哪儿，关她什么事？

心里腹诽过，路秾秾很快就把这件事以及这个人抛到了脑后，直到暑假结束前，某天路秾秾上阁楼去找旧物。别墅房间多，但她最喜欢顶上的阁楼，特意弄成储藏私人物品的地方。

阿姨们知道这是她的"私密空间"，除了每个礼拜打扫一次卫生的时候，平时从不进来。

路秾秾在阁楼里翻箱倒柜地找，想找那枚她根据喜欢的风格亲手DIY的手镯，打算过几天戴上。

经过窗边，她不经意间瞥见后面院子里的人影。

阁楼窗户的方向正好对着霍家，枝丫间的树叶将阳光摇晃成斑驳的碎片，霍家院子里，霍观起正跪在门前。

路秾秾看得发愣，以为眼花，趴到窗户玻璃上仔细瞧，发现不是错觉，她心下诧异，连找手镯的心思都淡了大半。半晌，她才愣愣地继续翻，在最底下的抽屉里找到手镯。

找完该回房才是，路秾秾心里却莫名惦记着刚看见的那幕，她下到一楼，见阿姨在厨房准备食材，晚上给她炖汤。

在客厅晃了半天，她还是没忍住走进厨房，阿姨见她打开冰箱半天没关，问她找什么，她随便扯了个理由："我找吃的。"说着她拿了根巧克力棒。

路秾秾站着不走，靠住冰箱门，佯装无意地问："你们上次说后面的那家……他儿子，是怎么回事啊？"

阿姨闻言，嗨了声："还不就是那样！明明挺有钱的，又不是没有条件，不知道为什么非要苛待儿子。真是俗话说得好，一旦有了后娘就会有后爹。"

咬下一口巧克力棒，酥脆酥脆的，路秾秾听阿姨接着讲。

"我之前买菜的时候和他家做事的人碰上，聊了几次，人家都看在眼里，那夫妻两个，自己吃的喝的用的穿的，都是顶好顶好的，到儿子身上就舍不得。

"别家条件比他们差上一些的，没他们那么有钱的，这个岁数的男孩该有的不也都有？什么游戏机、名牌鞋，怕是样样都比上了。他们家别说名牌，家里司机都不给孩子用，我听他家做事的人说，平时在家都没听那男孩大声说过话，安静得要命，这一看那男孩就是被拿捏的咧……啧啧。"

阿姨摇了摇头。

路秾秾想到遇见他那天晚上的情形，便问："那他被关在外面是怎么回事啊？家里没人，他自己不能用钥匙开门吗？"

阿姨洗着食材道："院子外面的大铁门不是要刷卡嘛，咱们院子前的大铁门，晚上你睡了都是关着的，那个卡没给他呀。"

"找物业加一张不就行了？"

"是啊，加一张就行的事，就是不给人家弄。也不知道是忘记了还是故意忘记。那当后妈的不把人放在心上，他亲爹又不管，家里干活的都是出来打工挣钱的，谁敢多嘴。"阿姨冲路秾秾小声说，"这都算好的，听说有时候还受罚呢！"

路秾秾愣怔地眨了眨眼："他们家没有别的人吗？都不管？"

"不知道啊，好像是还有别的人，可能不住在一起管不了，但是我听说他家爷爷什么的，像是也睁一只眼闭一只眼，不太上心。"阿姨叹道，"不容易啊。"

巧克力棒只吃了一半，嘴里腻腻的，路秾秾突然没了胃口。

阿姨见她要上楼，叫住她，关上龙头，擦干净手，给她弄了一碗冰凉解暑的甜点，另加了一碟刚烘焙好的点心让她吃："这个饼干是我下午做的，已经放凉了，不热，你垫垫肚子。巧克力要少吃，不好吃那么多的！"

路秾秾"哦"了声，说"知道了"，左手一碗，右手一碟，端着上楼。

她没回房，鬼使神差地上了阁楼。将甜点和饼干放在桌上，空调开着，路秾秾坐在飘窗窗台上，透过玻璃望向后面院中的那道身影。

外面热得像个大蒸笼，树上的知了都热晕了头，一声一声叫得聒噪，甜点碗里的碎冰慢慢化成水，她的脚底也被空调吹得冰凉。

这一天，从三点到傍晚，霍观起跪在院中，背脊始终挺直。

第 4 章

你以为他为什么结婚

人的好奇心威力巨大。

打这开始，路秾秾莫名对霍观起有了一点想了解的兴趣，可惜不太巧，之后几次她去遛狗都没再遇到霍观起。

反倒是她在开学当天去学校的路上见到了他。

路闻道给路秾秾安排了车，上学期间会有司机专门负责接送，她坐在车上，在小区外附近的公交车站看见霍观起。

他穿着浅色衣服，安静地在站台上等公交车。

恍惚间路秾秾觉得他们已经好久不见，可他们原本就是见得不多的陌生人，不见才是正常。

车子被车流堵住的空当，路秾秾就一直盯着窗外看，霍观起手里拿着书，连站着的那么一会儿也要看。

慢慢的公交车站被甩在后面，司机从后视镜中注意到她频频张望的表情，问："小姐，是不是有什么事？"

哪有什么事？她转回头不再看，说："没有。"

到学校报到之后，路秾秾发现霍观起成了她的校友，他和她原来一样大，读一个年级，两个班之间隔着一个教室。

路秾秾念的是外国语附属高中，同校学生家里条件都不算差，回家不方便的选择住校，其余的每天上下学，家里都有人接送。霍观起住在她家后面，转来这里在情理之中。

每次路秾秾从霍观起班上经过都能看到他坐在窗边最后一排，那么多人，就他不一样——别人吵闹玩耍，他待在自己的世界里，沉稳得和年龄不符。

霍观起书不离手，成绩和这习惯成正比。

开学一周，摸底考成绩出来，路秾秾排在第五，他空降第一。

路秾秾当时和前座女生玩得好。

排名一出，隔天前座就八卦兮兮地告诉她："你知道吗？刚转来的，就考第一那个，被他们班人排挤了！"

路秾秾在纸上乱涂乱画的手停住，问："为什么啊？"

"他刚转来嘛，本身就还融入不进去，看起来家里条件也不是太那个……别人聊球鞋、聊游戏机、聊运动牌子，他从来不插话，他自己不跟人家玩，他们班男生当然都不爱带着他。"前座告诉她说，"然后摸底考他不是第一吗？他们班主任把他当榜样拿来数落班上几个好玩好动的，刚才他们上艺术课，人都不在，我听人说他一回教室，就发现自己的书包和书全被丢进假山池子里去了。"

路秾秾皱眉问道："谁扔的？"

前座不是特别清楚，道："估计就他们班那几个吧，还能有谁，不过没人看见，所以不好说什么。他们班下节和下下节还都是老教授的课，我看新来的那个惨了。"

"老教授"是年级里一位出名的为人古板的化学老师，对谁都木着张脸，几乎没有笑容，上他的课，即使迟到一秒钟都不让进，学生们叫苦连天。

他对成绩优异的学生也从不网开一面，都是同一副面孔。

学生们虽然不讨厌他，却都很怕他。

前座聊完八卦后就转回去忙自己的事，路秾秾将笔倒过来，一下下戳着书本，不由得想起霍观起的那张脸。

被欺负了，不知道他会不会反抗？

她一下子觉得他老实巴交，一下子又觉得他脾气古怪，心情来回反复。

想着想着，路秾秾出神地想到那张排名榜上他几近满分的分数。放榜那天，他的名字在红榜最高处，用正楷印刷，端正规矩。

观起。

观潮起，观潮落，人生如斯。

离上课还有两分钟，路秾秾竖起笔用力一戳，从抽屉里翻出化学课本和练习册，两本书的第一页都写着她的名字。

她把书给坐在后门旁的男生，让他拿到隔壁的隔壁班去。

一听她说要给的人，男生很诧异，问："你认识他？"

路秾秾不答，让他别废话，说："问那么多干什么？去就是了。"

男生耸耸肩，抓起她的书去了。

霍观起踩着铃声回教室，经过他们班窗边，路秾秾用余光瞥了两眼，果然见他手里拿着湿透的书包，包里是一同浸湿的书本。

后面的四十五分钟很平静，没有听到谁被罚的动静。

一堂课结束，课间，路秾秾被女生们拉着去上了个洗手间，再回教室，两本书就已经好好地放在她课桌上。

霍观起后来见她，还是那副样子，路秾秾猜到他不会说谢谢，根本没有期待。

他们的生活轨迹完全不相交。

每天中午和下午，路秾秾懒得回去，就在外面吃，霍观起每顿都去食堂，上下学，她和别的同学一样有家里的车接送，而他每天搭公交。

只是不知是不是因为住得近，她的视线里好像经常有他，不论在小区门口还是在学校外的公交站，她总是一眼就能发现他的存在。

两个月后的期中测验，下了好久的雨，考完后一天，暴雨倾盆。赶上休息日，晚上不用上课，校门外都是来接人的车，几条路围得水泄不通。

路秾秾被司机接回家，洗了个热水澡。雨下得痛快，一次性倾泻干净，傍晚天空疾速放晴。

哎呀在家待不住，活蹦乱跳的，一个劲想往外跑。

阿姨不肯让它出去，说："刚下过雨，外面都是湿的，玩一圈回来就脏了！"

它闹得厉害，路秾秾见它可怜，有些心软，便道："我带它去。"然后她给哎呀套上项圈，牵上绳，带它出去遛弯，快到那座亭子附近时，她远远就看见里面有人。

是霍观起。

他一改往常在靠墙处坐的习惯，坐在了亭中。

霍观起在亭子里看书，肩膀左右都是湿的，衣服湿了一半，裤子同样没好到哪去。

雨伞在他脚边，书包也在一旁，他身上的衣服半湿半干，太阳出来这么一烤，闷闷湿湿的别提多难受了，一看他就是没能进家门的样子，否则谁会不换下衣服？

路稊稊拽住哎呀的牵引绳，拉着它躲到墙壁后，对它做了个噤声的手势和眼神，它乖乖昂着头，目光茫然又清澈。

无言地站了半晌，路稊稊蹲下，捧起哎呀的脸。

"想去？"

它湿漉漉的黑眼睛纯净无比。

路稊稊叹了口气，道："这次成全你。"说着将它腮帮肉捏起稍许，她道，"记得像这样，要笑得开心一点。"而后她把牵引绳绕在它的项圈上打结，以免拖行。

她轻轻拍了拍它的背，道："去吧。"

哎呀迈开四肢跑向不远处的亭子，路稊稊一直躲在墙后没出去。

很久以后，他们已经"冰释前嫌"，霍观起和她说起。

他说那天猜到她在附近。

看见哎呀朝亭中跑来，霍观起先是怔了一瞬，接着抬头看四周，没有看见别人。他知道哎呀十分喜欢他，那天也不例外，它眼神湿润，干净得不染一丝杂质，摇着尾巴凑到他腿边。

没得到回应，哎呀不厌其烦地将尾巴摇了又摇。片刻后，霍观起才缓缓伸出手，它踩过雨后地面的爪子搭上来，立刻在他掌心留下一个黑乎乎的印。

他没有嫌弃，轻轻捏了捏。

在哎呀越发兴奋地朝他凑近时，霍观起看见了它脖子上的项圈和牵引绳。

牵引绳绕着项圈，系了好多结。

他顿了一瞬。

如果是从家里偷偷跑出来，哎呀不应该戴着项圈还系着绳，可四下没有人影，完全不见那位总是死死拉住绳子不让他们接触的主人。

他沉默着，半晌，低下头捏了捏哎呀的腮帮，终究没有出声破坏这光景。

哎呀陪霍观起尽情地玩了好久。

穿枝绕叶的风挟带着露水和泥土的味道行经各处，驱散闷热。

彼时路秾秾就躲在不远处，靠着墙，仰头看天。

雨过天晴，天色碧蓝如洗。

她百无聊赖地数云，从一数到很多。

云一朵一朵，飘过他和她的头顶，在同一片天空。

路秾秾已经很久没有回过那座别墅，时隔多年再一次回到春城世纪，是这次跟着霍观起回霍家吃饭。

小区门外的景致和以前大不相同，街道翻新再翻新，只余了丁点曾经的影子。坐在车上一路向里，路秾秾恍惚间像是回到上学的时候，每天放学司机来接她，就像这样载着她在这条路上开过。

这次车开进的不是她熟悉的院子，而是霍家，那道大铁门敞开，畅通无阻。

霍家是做事的阿姨出来开的门，不似回路家，还有戴芝苓特意在门口等。路秾秾看向霍观起，他只是神色自若地平静道："走吧。"

路秾秾同他一起走上台阶。

阿姨跟随在旁，小声说："太太刚起没多久，已经让人去叫了。"

"起得这么晚？"霍观起淡声问。

"前一夜没睡好，晌午觉才睡久了。"阿姨压低声，用一种仿佛有些隐秘的语调说，"昨晚先生和太太又吵架，客厅砸了一半，中午两人都没同桌吃饭。"

路秾秾闻言心下诧异，不禁朝阿姨看了眼。

记忆中，霍观起的父亲和继母感情很好，那几年霍观起过的日子她看在眼里，比谁都清楚。

霍观起却没有半点意外之色，像是早就知晓，点了点头，步入客厅时吩咐："去请他们下来。"

另一个阿姨端来茶水，路秾秾和霍观起在沙发上落座，不多时，楼梯上传来脚步声。

霍清源和赵苑晴一前一后下来，两人隔开几步距离，在同一座楼梯上愣是不愿同行。

路秾秾看着，免不了又是一番思量。

终于，四人都在沙发上落座。

霍观起的长相有一大部分随了他爸，霍清源年轻时也是个英俊男子，如今五十出头的年纪，并不显老，身材和容貌都保持得不错，看着正值壮年，只眼角眉梢隐隐露出疲态，他眼神里虽有几分锐意，整个人却没什么精神。

一旁的赵苑晴脸色更差，精致的妆容都遮不住那股不对劲的感觉。

路秾秾曾经见过他们，次数不多，已经是很久前的事。她面上挂着笑，一边听霍观起和霍清源说话，一边暗地里悄悄打量。

"我记得你以前经常和观起一起玩，转眼都好久了。"男人们在聊，这边赵苑晴半天才打破沉默，看着路秾秾，那笑意分明未达眼底，"那时候真没想到你会嫁给他。"

自己和霍观起那些事可以暂时抛开不谈，路秾秾对赵苑晴的印象就从来没好过，当下笑得同样客套，不咸不淡道："没想到的事情多了，不是吗？现在这样，您以前哪想得到呢？"

赵苑晴嘴边的笑意僵了稍许。

霍观起正和霍清源说话，见她们交谈，侧眸看来，毫不客套道："晴姨，你能给秾秾做些点心吗？她中午没吃什么。"

路秾秾眉头轻挑，见他面色平静，按捺住没说话。

没吃什么？这可真是胡说，她中午吃得别提多好，在吃喝玩乐上，她从不亏待自己。

霍观起都开了口，赵苑晴如何能说不，家里明明有阿姨，他不去吩咐，非要使唤她，她又能说什么？

赵苑晴站起身，挤出笑："哎哟，怎么不早说？真是的，我这就去弄。秾秾喜欢吃甜的咸的？算了，我都做一份。"

路秾秾一副不好意思的模样，贴心道："不用那么麻烦，现烤一点饼干就很好。"

现烤？赵苑晴听得脸色更精彩。

路秾秾只当没看到她的表情，笑意盈盈，矜持地坐着。

世事变迁，今时已不同往日。

这么多年来霍清源手中从没有过实权，他和他大哥，一个被放弃，一个从未被看好，然而霍观起不同，现在霍倚山的希望全都寄托在他一个人身上。

再过几年权力更迭，霍氏上下，谁都要仰他鼻息。

父子俩聊了一会儿就要去书房。

霍清源起身，路秾秾见状，想自己找个地方待一会儿，她还没动，身旁的霍观起就朝她看来。

她奇怪道："干吗？"

在卧室吵完一架——也不能说吵，是争执，那天以后，他们俩之间气氛一直有点小别扭。

今天回到春城世纪，被熟悉又陌生的景致勾起回忆，再加上指使赵苑晴做事让她有种使坏的痛快感，那股别扭劲这会儿倒是散得差不多了。

路秾秾朝霍清源的方向抬下巴，问："你还不去？"

霍观起不动，反问："很高兴？"

她不明所以："什么高兴？"

霍观起朝厨房的方向瞥一眼："让她做点心，有这么开心？"

路秾秾摸摸脸颊："有吗？"有没有都无所谓，于是撇嘴，"可能是吧。"

呵，赵苑晴也有今天。

霍观起睨她两秒，转回头去，唇边似乎柔软了些许："你倒挺记仇。"不等路秾秾反应过来，又听他道，"以前你来，她从没上过点心、水果，你还抱怨，说她小气。"

高中的时候她来过霍家，就那么几次，牢骚发了一箩筐，那时候霍观起在家是什么地位，赵苑晴怎么可能会招待他的朋友？

路秾秾又岂是不知，每次抱怨不过是借机吐槽，说到最后不外乎痛快地骂赵苑晴一通，骂她心眼坏，苛待霍观起。

这样的小事情，她都忘了，没想到霍观起还记得。

路秾秾心里微动，正要说话，霍观起已经敛了神色站起身："我去书房，你歇一会儿，过不久他们就来了。"他临走又瞥她一眼，不算叮嘱地轻声说,"她做的东西,少吃点。"

路稔稔独自留在客厅里,等他的身影上了楼,半晌,往后一靠,压住沙发背。

她有种说不清的感觉。

很奇妙,霍家这个地方好像有一股奇妙的氛围,一到这里就变得不一样。

不管他们之间过了多少年,经历多少事,又是怎样的物是人非,到了霍家,她好像就和霍观起站在了同一条战线上。

不由自主地,她想要挡在他身前。

路稔稔长长舒了口气,稍坐片刻,走出客厅,书房里的谈话她没兴趣,厨房里的人太讨厌,她一个人晃到门外,在草坪前的木凳上坐下,她抬头朝斜前方看,能看到另一座房子,那是她的住处。

自从她高中毕业,那座别墅就被空置,好久没有回来过,路稔稔看得发愣,从现在想到过去,又从以前想到现在。

不知过了多久,阿姨出来叫她,说太太等她吃点心。

路稔稔扭头应"好",拍拍衣摆,起身入内。

"跑去哪儿了,我一出来没看见你。"赵苑晴笑着招手,"来,快来吃点心。"

路稔稔笑说:"去门口转了转,吹吹风。"

两人虚与委蛇地应付彼此,一时间热络极了。

路稔稔意思意思地尝了口她做的点心,味道非常一般,见阿姨端来两碟切好的水果,不想再跟赵苑晴比假笑,她立刻放下点心,自告奋勇地拦下:"我来我来。"

她接过其中一盘,送去书房。

书房在二楼,敲门三声,里面让进。

开门一看,霍观起和霍清源一里一外分列书桌前后,正坐着谈事。

"阿姨切了水果。"路稔稔走到近前,将碟子放桌上。

霍清源道:"你也坐。"

路稔稔忙摆手。

还是霍观起点头示意,她见状,才扯了张椅子坐到他身旁。

生意上的事聊得差不多了，霍清源问起他俩的生活。

路秾秾笑道："挺好的。"

说话间，不经意瞥见墙上挂的画。

她一愣。

初时以为眼花，路秾秾蹙了蹙眉细看，发现没看错。

墙上挂的那幅是《胜意图》。

霍观起当初在拍卖会上拍下的两件拍品，一件是送给她的胸针，另一件就是这幅水墨画。

那厢霍清源悠悠颔首："过得好就好。"

下一句，他问起路闻道夫妇："你舅舅他们还好吗？"

路秾秾从水墨画的惊讶中回神，又觉霍清源那句"过得好就好"语气古怪，暗暗蹙眉，但嘴上仍平静地答："舅舅、舅妈身体很好，前阵子我们回去，舅舅他还提到您，说下次有空一定要和您喝两杯。"

她对墙上这幅画十分在意。

"胜意图"三个龙飞凤舞的字就在画的右下角，霍观起买了真品，他爸总不可能在书房挂个赝品吧？

画肯定是同一幅，就是不知怎么在霍清源这儿。

霍观起买了送他的？

以他们父子当初的关系，按理说不可能。

心里这样想，面上却不能表露，路秾秾规规矩矩地陪着聊了一会儿。

四点多，霍家其他人到了。

老爷子霍倚山、大房的霍泽海夫妇以及霍见明，所有人坐下，不到十个，这便齐了。

在路秾秾的印象里，霍倚山就是严肃，不怒而威，再加一个不苟言笑。结婚前见的那一次，饭桌上霍倚山对她态度还算和蔼，却也令人亲近不起来。

有老爷子在，除去性子冷淡的霍观起，其他人脸上都只见笑，大伯母和赵苑晴这会儿分别拿出准备的首饰当作见面礼送路秾秾。

一派和乐融融的景象，叫人看了感觉仿佛是个多么美满和谐的大家庭。

一餐饭，路秾秾吃没吃多少，笑得脸快僵了。

霍见明给她倒酒，还好霍观起有良心，挡了下来："她不喝酒。"

"不喝？"霍见明睨她一眼，笑得意味深长，"那真可惜，还想和弟妹喝两杯。"

路秾秾但笑不语，不接他的话。

家宴尾声，路秾秾吃得差不多，借口接电话，出去吹风透气。

她才在门外坐下没两分钟，霍见明不知怎么跟出来了。

"弟妹好兴致——"

路秾秾回头见来人，蹙了蹙眉。

那天季听秋在饭局上被灌酒的事，八成和他脱不了关系，她连笑都懒得笑，敷衍道："大哥兴致也不差。"

霍见明沿台阶而下，悠悠道："你和观起结婚，快有半年了吧？这桩婚结得好啊，爷爷把镶水开发案都交给了他，他真是好福气。"

路秾秾面不改色道："能力越大责任越大，要有福气那也得有本事才行。"

"弟妹是真不知道？"霍见明走到她身边，看她两秒，眯眼道，"他出色归出色，要是没规规矩矩的连结婚都照着爷爷的标准来，爷爷可没现在这么放心。"

不等路秾秾说话，他又道："这婚一结，继承人的位子几乎是板上钉钉，以他的性格，能牺牲婚姻做交换，实在不容易。"

路秾秾哪会听不出他的意思，句句都在挑拨离间，就差把"搞事"两个字写在脸上，她眸色一沉，冷道："大哥话这么多，不如去爷爷面前说说看？"

霍见明的脸色变了变，路秾秾懒得理他，转身走人。

"你以为我骗你？"霍见明在她背后道，"爷爷因为婚事这点一直有所担忧，怕他重蹈他爸的覆辙，直到你们结婚以后才开始放权给他，不然，你以为他为什么结婚？"

路秾秾没有理会霍见明，在台阶上稍驻片刻，头也不回地进门了。

没几步，遇上出来找她的霍观起，他朝外看了眼，问："怎么了？"

路秾秾不欲多言，只道没事："进去吧。"

家宴结束后，在回去的车上，霍观起问起这个插曲："霍见明和你说了什么？"

路秾秾不太想谈这个话题，轻垂眼睫，道："没什么。"

她佯装没有感受到他的视线，微微侧过头，闭目养神。

路君驰回国正好赶在"New.L"餐厅开业前两天。

路秾秾亲自去送邀请函——当然，主要目的还是见见许久不见的兄长，顺便刮刮油水。

别说，邀请函设计得别具一格，确实花了点心思，路君驰拿在手上打量两眼，但没敢打包票："我不一定能去，要是有工作，我可能就不到场了。"

路秾秾不高兴："连吃个饭的时间都没有？"

"不是我敷衍你，是真的，要处理的事情太多了。"路君驰收好邀请函，摸摸她的脑袋，"我保证到时给你送份厚礼，行不行？"

"喊！"路秾秾禁不住笑了，暂且放过他，"那你这次回来有没给我带礼物？"

"当然有。"路君驰早有准备，说着从口袋里掏出一串钥匙，"新提了辆车，送你。"

路秾秾眼一亮，接过钥匙，拿在手里把玩几秒，笑着挨到他身边，用肩膀撞他的胳膊："那你车库那辆蓝色的兰博基尼……"

路君驰睨她，失笑道："给你开，都给你，好了吧？"他答应得半点没犹豫，却板起脸叮嘱，"但是绝对不准和那些飙车的鬼混，否则立刻没收，知道吗？"

"知道知道！"

路君驰比路秾秾大两岁，性格板正，成熟稳重，小时候他们兄妹关系不算太好，路秾秾张扬好动又爱惹事，中学开始就搬出去一个人住，一周只回路家一次，见面次数不多，感情想好也难。后来她高中毕业，开始愿意主动亲近他们，路闻道夫妇本就疼她，她和家里人的感情也就慢慢升温。

这些年，外人看她跋扈轻狂，路君驰却觉得自己的妹妹懂事不少，虽然具体哪里懂事，他也说不上来，反正极其不爱听人在自己面前说她不好。

"你餐厅开业，霍观起会去吗？"路君驰话锋一转，问道。

路秾秾笑意稍敛："不会。"

"你没邀他？"

她默认。

路君驰道："怎么不邀他？你们结婚的事情还对外瞒着？"

"难不成要敲锣打鼓昭告天下？家里人知道不就行了。"路秾秾道，"有什么好说的，反正婚礼年底才办，等办了再说。"

路君驰语气委婉地劝："结婚了，别像小孩子一样闹脾气，要学会经营夫妻关系。"

"我知道。"路秾秾撇嘴。

路君驰为人上进，做事认真，能用十分劲的，就绝不会用九分半，他读书时成绩优异，毕业后进入恒立，很快就成了路闻道的左膀右臂，一心专注事业，这些年连女朋友都没空谈。他一直不喜与那些游手好闲混日子的二世祖们为伍，霍观起这样的人，自是十分得他欣赏。

恒立集团主业是地产，近两年恒立医药渐渐势大，派系争斗愈发严重，医药内部，西风大有压过他们本家主支这股东风的苗头。

路闻道的本意是借儿子路君驰的婚姻巩固力量，结合外部进行抗衡，属意的亲家乃是医药行业巨头。

在得知霍家开始准备霍观起的婚事后，路闻道心念一动，便透了点意思试探。

霍氏在医药领域比他看中的岳家稍逊些许，但真正并不差多少，且霍氏其他方面的实力，不是别人轻易比得上的。

他是知道路秾秾读书时，和霍观起一度关系不错，后来那些纠纷传言，他们这些上了年纪的长辈倒是不大清楚。

可路秾秾迟早要结婚，霍观起又是众人都看好的后辈，若是能和他走到一起，于情于理都是一件好事。

当时路闻道只是那么一问，其实并没抱太大希望，谁知霍家竟然同意了。

这就轮到路闻道纠结犹豫,他不想让路秾秾觉得家里要牺牲她,怕她难过。思来想去,他极其勉强地开口提了一句,不想路秾秾过后也应了。

为着这事,路君驰差点和路闻道吵架。

路秾秾自己倒是不觉得家里为了哥哥推她出来做筏子,反正不是哥哥就是自己,他们兄妹俩总要有一个。

路君驰便越发心疼路秾秾,一边是疼爱的妹妹,一边是欣赏的同辈,婚都结了,自然也希望他们能过得好。

"你和霍观起……"路君驰又要问,被路秾秾打断。

她不爱听,烦闷道:"一直把他挂在嘴边,你这么想他就下次约他,我不来了!"

"好好好,不说了。"路君驰只得不再提。

和路君驰见过面,路秾秾晚上十点回到喆园,霍观起比她还晚些。

第二天上午,路秾秾难得早起,收拾东西准备要出门。

霍观起见她忙碌,问:"去哪儿?"

"餐厅马上要开业了,我过去看看。"她说着,进屋对镜打理。

这些天她一直在折腾邀请函,霍观起看见好几次,连梳妆台上都放着。

和她交好的唐纭等人均在被邀请之列,唯独他,没听她提过一字半句让他出席露面的话。

她进去整理完仪表,拎着包出来,到他面前时停了一下:"对了……"

霍观起抬眸看她。

她却是道:"你让高行找人把你那几幅画再安一安,我看有一幅快掉下来了。"

言毕,她再没停留,转眼就下了楼。

仍然只字未提邀他出席餐厅开业仪式的事。

霍观起垂下眼,沉默着端起咖啡。

"New.L"开业当天，包括唐纭在内的一众好友都被路秾秾请来店里吃饭。

唐纭带了两个小姑娘一起，是博唐新签没多久的艺人，说是让她俩见见世面，省得出席活动露怯，都知道路秾秾和唐纭关系好，两个姑娘对路秾秾十分客气，一口一个"秾秾姐"。

一连几天路秾秾都在"New.L"设席，重金请来的厨师团队手艺高超，朋友们帮着宣传，许多和她没什么交情的圈里人，也常来捧场。

朋友一多，就不可能只吃饭，每回都有人张罗去玩，不到十二点根本回不了家，路秾秾实在玩不动，设了几次宴后终于消停。

不过饭还是要吃。

路秾秾对自家餐厅的热情尚未消退，不请别人就请唐纭，一到饭点，她就把唐纭带去自己店里，唐纭跑都跑不掉。

周末这天又约，唐纭知道她在兴头上，且菜品味道确实不错，便没有拒绝，只道："但我得先去探个班……你在哪儿？不然这样，你陪我一起去看一眼，然后我们再吃饭。探班很快，一会儿就完事。"

路秾秾欣然同意，好奇道："你去探什么班？"

"上次那两个小姑娘你不是见过？她们在拍同一部现代戏。"唐纭说，"别家推新人，工作室老板什么的去了好几趟，剧组关系搞得好得不得了。张姐让我也去走一走。"

张姐就是张玲珍，上次季听秋的事，她出了不少力。

路秾秾和唐纭说定之后，唐纭开车来接她。

坐进副驾座，路秾秾立刻拿出手机点单："片场地址给我，我点些饮料、点心让人送过去。"

唐纭侧眸瞥她，比了个大拇指："贴心小秾。"

随即报出地址。

拍戏的地方在正光路上的一间民宿里，她们前脚刚到，外卖后脚也到了。

早在片场的张玲珍一边招呼大家吃东西，一边领着她俩进去。

路秾秾跟着唐纭，在一连串"谢谢唐总和路小姐"的声音中，踏入拍摄现场。

给导演等人送的是单独的吃食，路秾秾像唐纭家属似的陪着问候，开场很是热络了一会儿。博唐的两个小姑娘穿着剧里的衣服，喊了声"秾秾姐"，冲她笑得分外甜。

"还劳烦你们特意跑一趟，都坐都坐。"导演资历深，能被请来拍这部戏，还是看中间牵线的人的面子。想来今天拍摄顺利，心情不错，导演饶有兴趣地开玩笑："难得路小姐也来了，上次博唐十周年人太多，都没来得及打招呼。"

路秾秾笑道："那正好，今天有的是时间，您不忙我尽可以陪您聊。"

导演和在座的人都被逗笑。

唐纭算是为公事，走不开。

路秾秾坐了片刻，和唐纭说了声，出去透气。

她一层一层地逛，到三楼，见有阳台，便提步走进朝阳的房间，房里靠墙立着一面唱片柜，一列列摆得满满当当，她不由近前细细打量。

唱片年份从二十世纪九十年代开始至今，有许多经典老唱片，然而年份越接近当下，耳熟能详的就越少。

看着看着，路秾秾的指尖划过某处，蓦地停住，她将指下的专辑抽出来，封皮上印有一张称不上熟悉却也不陌生的脸，龙飞凤舞的"言"字占据整个封面的左侧一半，走笔营造出一种泼墨山水画的恢宏气势。

这是段靖言的第一张专辑——《言》，最初是以数字专辑的形式上线，创下销售新纪录，成为当时平台的年销量冠军，后来便推出纪念珍藏版实体专辑。

了解的人都知道，和别人不太一样，段靖言在这个圈里是没有吃过什么苦的，二十一岁出道即爆红，如今不过二十三，已是时下最炙手可热的当红偶像。

段靖言颜值出众又有才华，演戏方面似乎也颇有灵气，经受过两次大屏幕考验，都稳住了，他虽是友情出演大制作电影里戏份不多的角色，仍赢得了不错的口碑。

少年意气风发，恃才傲物也有资本，这种特质有时确实迷人。

路秾秾注视着专辑封面上段靖言的眼睛，停留得有些久。

他眼尾上翘，看起来是带笑的弧度，但眼神凌厉，有时候恹恹的还好，有时就显得过于锐利，富有攻击性。

瑞凤眼。

原本是非常温柔的眼睛。

"这个房间是剧里的书房，风格比较温馨……"

忽然响起说话声。

路秾秾闻声回头，就见拿着手持摄像机的工作人员和一位女演员已经进来。

视线对上，两边都顿了顿。

"啊……"女演员反应够快，立马回过神，礼貌地冲她点点头，对着工作人员的镜头介绍，"这是今天来探班的路小姐。"

路秾秾敛神，将手里的专辑放回唱片柜上，抱歉道："不好意思。"说着提步出去。

"路小姐这就走了吗？"

"不打扰你们，你们继续。"路秾秾笑笑，从他们身边走过，将空间让出来。

唐纭那边没待太久，探班结束之后，两人去"New.L"吃晚饭。

席间，唐纭问："晚点要不要去喝杯酒？"

"可以啊，我随意。"路秾秾一边说着，一边点开手机登上微博，不一会儿就愣住了。

怎么又被骂了？？？

时隔一阵，"黑料缠身"的路秾秾再度站上风口浪尖，这次，和下午的探班有关。

路秾秾在唱片柜前驻足那会儿，女演员带着摄像人员突然进门，她没多问，怕打扰别人工作，第一时间就出去了。

哪承想，那会儿竟然是在直播。

那部戏是根据小说改编的现代剧，原著并非大 IP，不算很出名，除了主演们各自不多的粉丝，直播没多少人看，经过几小时的发酵，这才引起议论。

几个论坛的娱乐版块都有人在说，回复已经不少——

路秋秋去探班《爱情等候回应》剧组，被拍到看着段靖言的专辑发呆！什么情况啊？

第 5 章

霍观起，你了不起什么？

一时间，不明就里的吃瓜群众纷纷拥入。

帖主把下午《爱情等候回应》拍摄现场的直播截图贴上来，一连七八张，截得格外仔细：

> 路称称看到镜头的时候愣了一下，应该是意外。她手里拿的专辑很明显有个"言"字，放回柜上这里我一帧一帧截了几张，放大可以看得很清楚。

为做对比，帖主还把段靖言那张专辑的图片贴了上来，让网友自己看。

回帖全都被震惊到：

> 他们不是不和吗？这演的哪出？
>
> 路称称对着段的专辑发呆这也太那什么了，她不是很讨厌段吗？前段时间才在微博掐架，都被段的粉丝骂成那样了。
>
> 和讨厌的人有关的东西一般不会想碰吧，就算看也不用拿在手里看那么仔细，反正我是不会。她的眼神明显很有问题，看到镜头进来立刻放下，不是欲盖弥彰是什么。
>
> 不是一直有人说她撩男明星吗，她对段靖言该不会？
>
> ……
>
> 对哦！！我之前一直觉得他们之间很奇怪，有什么矛盾至于公开撕破脸皮？段靖言对别人从来没有这样过，为什么单单对路称称这么反常？而且路称称真的讨厌段靖言的话，为什么对着他的专辑出神？

就在帖子里的网友们讨论这一可能性时，冒出个人爆料：

圈里有个小明星，背后金主就是路秾秾，这事儿很多人都知道。

这帖子盖楼盖得飞快，一堆人追着求他多说一点。

爆料人没有说得太明白，又回复了一句：

是谁就不说了，在马上要开机的一部大制作古装剧里戏份挺多。

网友扒皮能力高超，盖了一百多层楼后，已经理出不少头绪。

众所周知路秾秾和博唐副总关系好，博唐马上要开机的《遮天》就是古装大制作，很容易引起联想，况且《遮天》的选角好多帖子讨论过，演员基本上定得八九不离十。

季听秋的照片就这样被发上来。

一下子，吐槽变得更加激烈：

之前传的时候就好奇这个小透明是怎么撕到角色的，还想问背后哪家公司在推，原来是路秾秾。

好恶心啊，博唐疯了吗？拿自家的重点项目给别人作妖。

楼歪得彻底，几十层后有人叫停：

先等一下，你们有没有觉得，这个季听秋的上半张脸和段靖言很像？尤其是眼睛。

因这突如其来的一句，帖子里的空气仿佛停滞了两秒，随后彻底炸开锅：

真的好像！！！

段靖言不瞪人的时候眼睛和这个季什么的一模一样！

OMG，这是什么瓜？替身梗？

段靖言的粉丝原本一边浑水摸鱼一边踩路秾秾报仇，到后来看情势收不住，不得不出来控场。

纷纷表示"勿 cue"。

然而局面已经打开，哪那么容易就收得住，帖子里一下发散得停都停不住。

屏幕前的路秾秾看得眉头直皱，唐纭见她这个模样，早就掏出手机跟上热点，同样是一脸难以言喻的表情。

帖子里关于路秾秾追求段靖言被拒、恼羞成怒、因爱生恨，于是找了个和他有点相似的小透明做替身的事，已经编出好几个版本。

路秾秾无语，真的无语至极。

她捏捏眉心，忍不住叹道："早知道我就不手贱把那张唱片拿下来了。"

谁晓得会碰上剧组直播？中彩票都没这么巧。

"早知道我就不拉你去探班……"唐纭也无语，可惜没那么多早知道。放下手机，唐纭往前挪了挪："不过说真的，你和段靖言到底怎么回事？"

"你也跟他们一个想法？"

"没有没有，我是好奇。"

"没什么好好奇的。"把手机一搁，路秾秾道，"合不来而已。"

唐纭八卦追问："那……你喜欢什么样的男的？季听秋不是，段靖言不是，这俩都是假的，可以前在国外读书那会儿也没见你谈恋爱，你喜欢过人没有？"

路秾秾让她别瞎猜，执起筷子，数秒后，垂眼状似随意道："喜欢过又能怎么样？那么久的事了。"

"真的有？谁啊，我认不认识？"

"没谁。"她含糊道，"一个同学。"

"大学还是高中？不对，大学我肯定知道，那是高中？学长还是学弟？"

"不是学长也不是学弟。"路秾秾微微翻个白眼，"话怎么这么多？吃你的饭！"

唐纭撇嘴，不再发问。

网上的事，路秾秾打算冷处理，毕竟连唐纭都觉得澄清是浪费时间，瞎掰的东西如果也要一一解释，一天二十四小时真的不够用。

早早吃完饭，酒局取消，路秾秾回了喆园。

八点多程小夏给路秾秾送东西，她的物品大部分都已经搬来，只留了一些在公寓以备不时之需，偶尔回去住时方便。

路秾秾心血来潮，做了一盘干酪司康。

在烤箱中烤了三十分钟，司康表面微微金黄，浓郁的奶甜味瞬间在厨房里漫开，充盈到极致，个个恰到好处。

路秾秾小心地用小西点刀在司康侧边切开缝，挤上果酱，完成最后一步，给程小夏装了一盒。

程小夏一脸无奈地接过，道："老板，我最近已经胖了六斤。"

路秾秾眼睛微弯，拍她的肩："不怕，你这么弱不禁风，长点肉是好事。这里面都是我的爱，认真吃。"

程小夏无语。

送走程小夏没多久，霍观起到家了，他一进门就闻见香味。

路秾秾将点心装盘摆在餐桌上，坐在桌前心满意足地欣赏。

霍观起走到近前，问："饼干？"

她点头："干酪司康。"

见他盯着，路秾秾道："尝尝？"

他点了下头。

路秾秾拈起一块，他伸手接过，咬下一口，慢条斯理地咀嚼。

"怎么样？"

"不错。"

霍观起吃完一块，忽地道："我等会儿回公司。"

路秾秾"嗯"了声，没多想，感受到他的视线在头顶盘桓不去，她反应过来："呃……给你装一份带去？"

他颔首，淡声说："好。"

下厨的乐趣在于过程，路秭秭自己没尝，余下的点心全给霍观起装好。

霍观起稍作歇息，洗漱之后换了身衣服，前后不过四十分钟，然后将外面车上的高行叫进来，把要带的文件等物品交给他，临出门前，霍观起看了看路秭秭。

"今天有什么事发生吗？"

路秭秭顿了一下，像是逃避般不看他的眼睛："能发生什么？吃饭、睡觉、消遣，不就那样。"

霍观起默了默，注视她半晌："是吗？"

他没再多说，提步出去。

家里只剩她一个，路秭秭坐了一会儿，起身收拾烤盘和用过的工具。

她知道，网上的事，霍观起大概有所耳闻，但她不想让他帮忙。

就像上次胸针的事一样，他给的拍卖成交记录和珠宝鉴定证书随便拍一张，别人就会知道胸针是真的，自然也会知道他们有关系。

那时候她不想牵扯他，现在同样。

她对这段婚姻一直没有实感，说是年底要办婚礼，可她总觉得那一天遥遥无期，中途不知什么时候就会戛然而止。

不到必要时刻，何必非把霍观起拉到自己的船上给外人看呢？

她从前已经那样为难过他一次，这么多年难道还不能清醒？

该有自知之明才是。

收拾好厨房，休息了半个小时，路秭秭正准备洗澡，突然收到微信，是程小夏发来的：

老板……

点心好甜啊，我快齁死了QAQ

路秭秭一愣，问：

很甜？？

对，特别甜！舌头都要甜掉了……

很甜？特别甜？？

她怎么看霍观起吃的时候一点反应都没有。

心下诧异，路秾秾给霍观起发微信，问他：

点心怎么样？

半分钟后，收到回复：

不错。

路秾秾站着思索了三秒。

刚刚她确实只烤了一盘？是同一盘吧？

指尖在屏幕上打了几个字又删掉，她还没回复，那边又有消息进来：

味道很好，我全部吃完了。

路秾秾正对着霍观起的消息发愣，程小夏突然咋呼起来：

老板！

先别管点心了！季听秋！！

没等皱眉的路秾秾问季听秋怎么了，程小夏下一句已经出现在屏幕上。

他去店里吃饭被拍到了！微博上说你们是前后脚出来，说他是和你一起去的……

在这方面，程小夏一向比自家老板上心，每回网上闹出什么动静，她总忍不住看了又看，有时会用小号替老板澄清，像上次，她还被人质疑成收了钱的水军。

路秾秾正无语，路君驰的电话就打了进来。

路君驰开口就问："你晚上干什么去了？"

"去餐厅吃了个饭。"后知后觉反应过来，路秾秾飞快补充，"——和唐纾！"

"那个小明星呢？网上的消息是怎么回事？"

"真没有，他自己去的。"

路君驰教训道："这么大的人了，做事有点分寸。"

路秾秾嘟囔："你这么大的人整天就知道训我。"

路君驰快被她气死："你是不是忘了自己是结了婚的人？"

路秾秾沉默几秒，小声说："霍观起不会误会。"

"他不会误会，霍家的大人呢？再怎么你也得考虑到长辈的想法。"路君驰气不打一处来，"我看你是太自由放飞了，让我爸知道，我看你还能不能在这乱七八糟的娱乐圈混？"

听到舅舅的名号，路秾秾马上尿了："哥，我错了！我以后一定低调，你别告诉舅舅——"

年纪大的人对娱乐圈一向没什么好感，在他们看来，路秾秾客串电影，和这个圈子的人走得近，那都是不务正业。

路君驰哪不知道她，胆大包天，嘴上这么说，老实不了几天又该惹是生非，忍不住在电话那端叹了口气，道："算了，你跟观起说一声，明天晚上一块儿出来吃饭。"

路秾秾嘀咕："他不在家……"

"行行行，我自己跟他说。"路君驰懒得废话，挂电话前还不忘斥道，"你老实点！"

电话挂断，路秾秾对着手机呆了半晌。

先前霍观起的消息她还没回，网上的事，不知道他看到了没。

路秾秾点开他的微信，看着停在他那边的对话，打了几个字又停下，指尖停了好久。

她垂着眼，最后，还是一个字一个字地删除。

因被拍到进出"New.L"一事，季听秋发了好多条微信消息向她道歉，路秾秾懒得打字说，约他在朋友的私人咖啡厅见面，让他带上蒋浩，自己也带着程小夏一道。

安静的咖啡厅 VIP 间里，季听秋神色内疚地坐在对面，路秾秾看在眼中，也没有多说，只从包里拿出合同摁在桌上，推到他面前。

"这是综艺合同，看看吧。"

季听秋不防她一开口是这事，愣了愣，旁边的蒋浩先反应过来，立刻拿起合同翻阅，才看几行，眼神立刻亮了。

三台的新节目《勇敢者游戏》是一档真人秀综艺，总共六位主持，五男一女，给季听秋的正是其中一个常驻的位置。

合同里事无巨细写得清楚，方方面面都照顾到了。

蒋浩喜不自胜："路小姐，这……"

路秾秾道："这个之前先上三台另一个节目，录两期露个脸，预热一下。"

蒋浩笑得见牙不见眼，看向季听秋，后者脸上却没有多少喜色，反而一副欲言又止的模样。

怕他乱说话，蒋浩正要开口，路秾秾先道："你们去隔壁喝杯咖啡，我们聊两句。"

蒋浩道"好"，之后立刻起身，热情地请程小夏走前面。

门关上，包厢里安静下来。

路秾秾端起咖啡喝一口，问："你苦着脸干什么？"

季听秋沉默半晌，道："对不起。"

"嗯哼？"

"餐厅的事，我真的没想到，我只是想去尝尝……"季听秋声音渐弱。

"热搜已经掉下去了。"她说。

讨论完，好事者早就四散而去，热度自然也已经消散。

季听秋看她一眼，发现她面色从容，似乎真的没为这件事烦恼。

他犹豫着开口："段靖言……"

话没说完，路秾秾抬眸瞟来，过分清明的目光像是能让一切都无从遮掩。

季听秋一顿，缓缓把话咽回去。

路秾秾和他说了几句与他工作有关的事，随后便拎起包："你认真拍戏，好好生活，别想没用的。"她让他坐着，"不用送。"

季听秋还是站起来。

路秾秾走了两步，忽地回头："差点忘了。"

她从包里拿出一张卡，递给他。

"这个给你，结账直接刷就行，店开一天就能用一天，以后和朋友吃饭懒得挑地方就去吧。"

那是一张"New.L"的黑金 VIP 卡。

路秾秾问过店里，季听秋昨天是很晚的时候去的，一个人坐在角落，只点了一个菜，没要喝的，全程就着白开水，很安静地吃了一顿饭。

"New.L"消费不低，他点的是店里最便宜的一道菜。

季听秋的条件她知道，大学时出来做模特，累死累活挣的钱全拿去给家里还高利贷，进了天赫以后一年到头根本没几个工作，收入不高，哪有积蓄。

"下回想去，白天正大光明地去就是了。"路秾秾说，"难不成躲一辈子狗仔吗？没做亏心事，怕他们干吗呢？"

言毕，她提步走出去。

季听秋拿着黑金卡，愣愣地看着烫金花纹，沉默地站了许久。

没有人懂他的心情。

和路秾秾第一次见面是一年多以前。

那时他为了一个小角色，在 KTV 喝到吐，他喝的酒里被人加了东西，差一点，他就被那位诨号"男女通吃"的导演带走了。

是路秾秾帮了他。

被架着经过走廊时，挣扎的他遇见了路秾秾，才得以逃过一劫。

她送他就医洗胃，给了他别的试镜机会，后来的日子，也是因为她的关照，他过得比从前好很多很多。

她总是对他说，不要多想，但他没办法不想。

他心里无比纠结，不想给路秾秾添麻烦，不想让她觉得自己只是为了从她身上得到利益，可又只有在这样的时候，每当她为他的事伸出援手，给他资源、替他处理麻烦时，他才能在她眼前有一点点存在感。

季听秋不是没有想过，她用那样的眼神，透过他看到的人究竟是谁？

他从来不敢问，怕逾越了这条界线，惹她不高兴，他们之间这种古怪的关系便会不复存在。

在网上看到那些被扒出来的内容后，他出神好久。

那个人是段靖言吗？

他不敢去问她，他默默想起她，想起她的生活，想到她开的餐厅，听说开业那天好热闹，去了好多人，都是她的朋友。

季听秋知道，他是不配的。

犹豫了很久他才出门，去那家被她取名为"New.L"的餐厅，他只点了一道菜，甚至不敢看服务生的脸，怕在对方眼里看到自己的窘迫。

现下手里握着的这张卡，好似有千斤重，滚烫灼热，让他掌心不停发汗。

季听秋将它紧紧捏在手里。

许久，他垂下眼，摸了摸那烫金的花纹，慎之又慎地将它放进口袋。

不多时，蒋浩冲进包间，兴奋地想和他聊综艺的事。

季听秋敛好表情，坐回位置上。

见他情绪不高，蒋浩问："又怎么了？"这个节骨眼上可不能出岔子，蒋浩怕他钻牛角尖，道，"你别是……"

季听秋忽然抬眸，问："你觉得，我和段靖言长得像吗？"

蒋浩一愣，想到网上那些事，面露犹豫："这个……"

季听秋直勾勾地盯着他，蒋浩低咳一声，含糊道："也不是很像，就眼睛有那么一点点。"

蒋浩想劝他不要听外界乱七八糟的声音，季听秋"嗯"了声，像在听又像没在听，执起银匙，一下一下搅动咖啡。

车上。

路秾秾歪靠着，瞥了眼程小夏："你看我干吗，有话要说？"

"没有。"程小夏不承认，默了几秒，又道，"我只是觉得老板你对他太好了。"

"……是吗？"路秾秾似应非应，移开视线，眉眼倦倦。

见她这般，程小夏想说话，又感觉不合适，干脆闭嘴。

送路秾秾回了家，程小夏跟司机一道离开，家里暂时只有路秾秾一个人，霍观起还没回来。

晚上路君驰约他们吃饭。路秾秾上楼歇息了片刻，便钻进自己的衣帽间。

占了大半层的衣帽间刚整理好，衣服、包包、鞋子、首饰、分门别类，归置得井井有条。

路秾秾选定衣服换好，又觉得脸上的妆不搭，干脆卸了重化，其他配饰更是纠结，忙来忙去迟迟不见好。

中途的时候霍观起回来了，一边换领带一边提醒她："晚上大哥约我们吃饭。"

"我知道——"她嘴上应着，手里不停。

在家里耽搁好半天，等路秾秾准备好，已经是四十分钟以后，她后知后觉，才发现霍观起一声不吭，竟也陪着她浪费了这么长时间。

终于到了路君驰订好的餐厅，路秾秾不可避免地又被当面教训了一顿，几次都是霍观起岔开话题解围。

路秾秾能感觉到他的好意，吃过饭，在回家的路上，谁都没提这茬，网上的事，热搜、绯闻、乱七八糟的声音，她不想说，他也很少主动提，两个人相处的时候，那些东西仿佛在他们的世界里被屏蔽。

车开着开着，感念他在路君驰面前解围的举动，路秾秾忽地道："明天我做些点心给你尝尝？"

霍观起略感意外地侧眸："怎么突然想到这个？"

她咳了声，往窗外看："没什么，就是想下厨了。"

娶了个整天八卦缠身的老婆，霍观起在霍见明眼里怕是头顶绿云一片。

他也挺不容易。

霍观起道："下厨随时都可以，倒是你的餐厅开业这么久，我还没去过。"

明面上，他们俩之间没有关联和互动。

"你想去？"路秾秾略诧异，想了想，犹豫道："我店里过阵子正好要办活动，但是……你要是出现的话，肯定会被很多人问，主要是去的人不少，你都认识，他们……"

霍观起没有多言，他似乎只是随口一提，在她婉拒的话音中，眉目微敛。

路秾秾话音渐止，不知到哪个字彻底没了声。

车内变得安静，气氛一下闷了起来。

路秾秾抿了抿唇，在他转头看向窗外的瞬间，舒了口气，缓缓道："其实也不是不行……活动那天，你也来吧。"

入夜，路秾秾洗漱完，正打算好好睡个美容觉，躺下没多久便感受到霍观起的动作。

谁都没有说话。

好几个瞬间，路秾秾在挣扎和迷失中，很想问问他真的清醒吗。

窗外如此黑，她看着他紧拧的眉和沉沉看不透的眼，想起二十二岁那年，也仿佛见过他这样的表情。

断开联系几年后在宴会上重逢的那一天，他们仿佛两个陌生人，连周围的其他宾客都以为他们是初识，朋友为他们做介绍，她借着酒意，故意将酒倒在他手上。

她和他不和的传闻，大概就是从那个时候开始的。

然而除了他们自己，只有唐纭知道，那场宴会她喝了不少，在厅外的走廊上，神志虽然清明，却因为胃里抽搐，疼得脸色煞白，扶着墙才能站稳。

被她泼了酒，一晚上没再和她说过话的霍观起突然出现在她面前，一张脸表情晦暗，眼里沉沉，动作却又无比轻柔地，从唐纭手中接过她。

路秾秾和唐纭在国外的大学里相识，因家境相仿，朋友圈重叠，性格又合得来，很快玩到一起，当时她们都回了国，那场宴会两人都有去。

霍观起那会儿已经在年轻一辈中崭露头角，一边完成学业，一边为霍氏出力，常能听到各家长辈们拿他做榜样。

当天的事在旁人看来，应当十分匪夷所思。

一位相熟的朋友替他们做介绍，她却嚣张轻狂地丝毫不把霍观起放在眼里，借着碰杯的动作，把酒杯伸过去，将杯口朝着他倾倒，半杯酒全倒在了他手上。

在周围诧异的目光中，她半点诚意都没有地说："不好意思，手没力气。"

霍观起沉着脸未曾言语，而她敷衍至极地说了这么一句，便放下酒杯悠然转身。

连唐纭都吓了一跳，拉她到一边问她怎么了。

她满脸无所谓，说："不为什么，看他不顺眼需要理由吗？"

那晚她低气压环绕，喝了好多酒，无奈之下唐纭陪她先离场，到宴会厅外，她胃开始不舒服，好巧不巧，遇到了霍观起。

隔着不远的距离，他们打了个照面。

她半借助着唐纭站稳，胃突然就疼得让她快要受不住。

没等他们走开，霍观起先朝她们走来。

唐纭生怕他趁机找碴，想拦着，霍观起已经从她手里把人接过去。

他沉沉开口，说："我和她说几句话，等会儿会送她回去，唐小姐还请自便。"

唐纭当然不肯，无奈被他的两个保镖拦下。

路秾秾被他半揽着，借着酒意怒骂他，可挣扎了半天，却没有真的甩开他。

再之后，就是第二天。

唐纭赶到路秾秾的新公寓，见她丧得不能再丧，整个人像是失去了活力，惊诧交加："怎么了，他该不会是对你做了什么不好的事情吧？"

路秾秾沉默再沉默，而后才摇头："没有。"

唐纭担心得很："那……那你怎么这样？"见她不说话，唐纭当场便要去找霍观起算账，"我去问问他，干吗了他，把你弄成这样——"

路秾秾拦下她："没有什么事，只是聊了几句，真的没事。"

唐纭半信半疑，但看她一脸笃定，又不像是说假话。

沉默了片刻，唐纭坐下，告诉她："昨天宴会上的事已经传开了，好多人说你不给霍观起面子。"

路秾秾随口应道："嗯。"

唐纭忍不住追问："你和他，是有什么过节吗？我从没看过你那么不给人面子。按理说，他要是没得罪你，你不会那样……你昨晚倒酒的时候，我都愣了。"

路秾秾没正面回答，只说："以后不会了。"

她声音里带点自嘲的笑，偏偏嘴角扯不开。

唐纭看她如此，不好再追问，给她倒了杯水，没有再聊。

路秾秾窝在沙发角落，那一天都很恍惚，愣愣的，眼睫垂着，在眼睛下方投出一片阴影。

她嚣张跋扈的名声从那次宴会传开，唐纭对霍观起的印象也由此改变。

后来唐纭发现路秾秾和霍观起两人都在避开对方，谁也不出席有对方的公开场合，她的一杆天平彻底歪了："他怎么这么小心眼？"

路秾秾当然知道唐纭对自己好，所以才为自己说话。

只是每当她想起这些，就会想到那天晚上。

在宴会厅外的走廊拐角，她甩开霍观起的手，让他别管自己。

他一直不肯松手。

她忍着胃疼，就是要和他较劲，最后挣扎得把鞋都踢了。

他沉默着，在她面前蹲下，帮她把鞋穿好。

那一瞬间她低头看，看到他眼里那一片沉沉的黑色，仿佛永远都化不开。

他问："你是不是还在恨我？"

她所有的酒意和怒气，在那一秒，像是全都要从眼里夺眶而出。

忍了很久，她最终还是张口，却答非所问。

"霍观起，你了不起什么？"

有虫鸣的夜，就那样没有结局地结束。

一直到他送她回家，下了车的那段路，她甚至都没有回头看一眼。

就好比当时她一字一句质问的那句"你了不起什么"。

没有哪条法律规定，你喜欢一个人，他就一定要喜欢你。

自己把心捧出去，等不到回应，被拒绝，被推远，决定权在对方手里，就是他说了算。

是你先喜欢他的，路秾秾不止一次这样对自己说。

所以，霍观起当然可以了不起。

《遮天》的定妆照一经公布，又是一番议论。

电视剧官方微博下骂声不少，多是因为之前那个帖子引起的。

路秾秾早就料到，叮嘱蒋浩看好季听秋，什么都不要说，不要有任何动作，该工作就工作。

季听秋的机会虽然确实是她开口向唐纭要来的，但具体角色是导演看过他以前的影视片段和视频资料以后才定下的。

路秾秾原本的意思给个男五号就行，唐纭不过问这些细节，直接交给剧组，让他出演男三是导演的决定。

网络上纷纷扰扰、声音不断，路秾秾根本不理会，专心筹备晚宴。

既然答应了要让霍观起来，就不能食言。

定下计划，路秾秾花了一个星期准备晚宴，地点就在"New.L"，邀请的人包括唐纭以及一众关系不错的圈内朋友，男的女的都有，还有她哥路君驰——这位是重点，有他在才好做幌子。

收到邀请的霍观起许久才回复：

> 今天收到几个询问，问我你餐厅开业，是不是你哥邀我
> 参加。

这个说法在外流传，当然有她的一臂之力，路秾秾打哈哈，含糊道：

> 不管什么原因，我哥邀的和我邀的，都差不多嘛。

他没再回。

当晚，当霍观起出现在这个小型宴会上时，现场有两秒安静。

唐纭差点被酒呛到，回过神之后立刻用胳膊肘碰路秾秾，惊讶道："他怎么来了？"

路秾秾眼神微闪，说："我哥请的。"

"你哥？他不知道你们关系不好啊？他怎么……"

"没事。"路秾秾"大度"地笑了笑，"我哥也有他的难处，毕竟以后生意场上少不了要打交道，体谅一下是应该的。"

假装没看到唐纭震惊的眼神，路秾秾道："我过去打个招呼。"

许寄柔凑过来，小声问："什么情况，秾秾和霍观起和解了？"

除唐纭外，也就许寄柔这群人和路秾秾走得算近，今晚都被叫了来。

唐纭摇摇头，回以一个同样不解的眼神："我还想知道呢。"

路秾秾端着酒杯走到近前，先冲路君驰笑，看向霍观起时，表情稍稍收敛。

"店里的点心不错吧？我让厨师研究了一个礼拜，自创了好几道新菜，等会儿好好尝一尝。"

霍观起淡淡道："酒不错。"

"是吧？"路秾秾就爱听表扬，笑得见牙不见眼。

路君驰泼她冷水："观起来了，你就把人撂在这儿，可真有你的，这就是你的待客之道？"

路秾秾撒娇："这不是有你嘛！你们男人跟男人之间才有得聊啊，

对不对？"

霍观起不作评价，又喝了一口酒。

没说几句，其他人就过来了。

为首的是许寄柔的哥哥许寄文，他搭上路君驰的肩，道："聊什么呢？"瞧见路秾秾，笑着看看霍观起，对她道，"这是秾秾的店吧？霍总也在这，今儿可真是太阳打西边出来了。"

路秾秾斜他一眼："寄文哥你能不能厚道点，我好酒好菜招待你，你怎么还编排我？"

"我哪敢哪姑奶奶。"许寄文笑着讨饶，"这是夸你面子大，霍总可不是轻易请得到的。"说着他问霍观起，"下个月我办酒会，到时霍总赏个脸？"

像是为了印证他先前那句，霍观起用三个字拒绝："没时间。"

别人当即笑起来："这话说的，来小路妹妹的晚宴就赏脸，我们请就没时间，这么说还是我们没有小路面子大啊！"

霍观起平静地任他们揶揄，始终不松口。

路秾秾看他们口无遮拦，忙道："胡说什么，是我哥请的霍……霍总。"说完她飞快瞥一眼霍观起，不敢细看他的眼神，端着酒杯闪人，"你们聊，缺什么叫我。"

回到唐纭那边，路秾秾马上又被包围。

"你们聊什么了？"

"我看你们气氛不错，你跟霍观起没事了？"

"他怎么会来啊，他不是一向那么……"

"打住打住。"路秾秾叫停，"各位仙女，别这么八卦好不好？"

唐纭打她："你告诉我们，我们就不八卦了。"

"对啊。"

"就是。"

"说呗——"

顿时一片附和声。

路秾秾被问得急了，没办法，把一切都推到路君驰身上："是我哥！我哥跟他处得挺好，就帮忙说和了一下。以后他们常打交道，我和他老是闹得乌眼鸡似的总归不太好……没你们想得那么多，普通关系，普通关系而已！"

见没有八卦可听，一群人无趣地散开。

唐纭却没那么好打发，眯着眼追问："你哥这么多年和他没处得来，怎么现在突然就处得来了？"

"男人的事，我怎么知道？"路秾秾心虚地喝酒。

"你们真没点什么？你是不是有事瞒着我？好哇，我对你掏心掏肺，你竟然……"

"真的没有！"路秾秾刚刚想坦白的心，瞬间被唐纭的眼神吓没了。

稳住唐纭，路秾秾离开前厅，到后厨转了一圈，回来的半道上遇见霍观起，四下无人，他伸手十分自然地帮她调整脖间的项链，毫不避讳。

路秾秾看了眼左右，拘谨道："你……"

他的手还停在她的项链上："这么怕和我扯上关系？"

她顿了顿，视线移开，答非所问："你不在前面，到这儿来干什么？"

霍观起大手捏住她的下巴，将她的脸扳回来。

路秾秾一愣，偏头挣开。

指腹上残留着她皮肤细腻的触感，带着一点点妆，香味似有若无，霍观起沉下眸，提醒道："你别忘了，年底就要办婚礼了，至多不过几个月。"

路秾秾默了默，声线低下来："我没忘，我知道我们现在利益相连……"

霍观起眼色沉了几分："你就是这样想的？"

她抬眸，望进他浓浓化不开的眼神里，突然说不出话。

霍观起脸上那一点波澜慢慢收回，辨不清喜怒。

一片静默中，他率先转身，提步走开。

路秾秾站在原地，好久都没有动。

晚宴结束后回到家，路秾秾在朋友圈发的照片，收获了很多点赞与评论，霍观起出现在她主场的消息不胫而走，他们"世纪大和解"

一事已然在圈里传开。

关系不错的、大胆的，都发消息来问，其他人则在背后议论。

路秾秾洗完澡敷上面膜没多久，唐纭突然弹来视频，吓得她一激灵，她左看右看，背景不是她公寓，一眼过去就要露馅，只好转为语音接听。

"你在干吗？怎么这么久？"

"洗澡！"

唐纭颇有点问罪的意思："OK，那你解释一下，为什么霍观起会给你点赞！你们什么时候成为好友的？！"

路秾秾一愣，点进未读消息里一看，果真有一个来自霍观起的点赞，她将目光投向书房方向，说不清的幽怨。

语塞两秒，路秾秾反手一个帽子扣给唐纭："你先等下！你为什么能看到霍观起给我点赞？你哪来他的好友？"

因为路秾秾借机胡搅蛮缠，唐纭审问反被审，解释半天才说明白是许寄柔告诉她的。

"好哇。"路秾秾咬牙，"炸出这帮叛徒。"

"她也是从她哥那儿看到的，许寄文不是有你们俩好友……"唐纭帮许寄柔说话，说着想起来意，"你还没回答我，你什么时候加的霍观起好友？"

"就……我哥说和的时候顺手加的……"

"什么？什么时候的事，你怎么没告诉我？你——"

路秾秾将手机拿远："啊？你大声点？我听不清，什么？喂？"一通演出后，匆匆一句"我信号不好"，"啪"地挂断。

看着屏幕长舒一口气，路秾秾将手机扔到一边，仰倒在床上，盯着天花板发呆。

她和霍观起加好友啊……

那可真是很久很久以前，久到大家都还没用微信时的事。

第 6 章

秋天的声音

从"New.L"回到喆园，霍观起径直进了书房，只是他甚少这样不专心，注意力不集中，文件没看多久，反倒拿起手机。

路秾秾在朋友圈发了条动态，是晚上店里宴会的场景。

图片里当然没有他。

路秾秾在外一直隐瞒他们的关系，仿佛不到黄河心不死，竭力地拖延着。霍观起从不在这一点上和她较真，她爱瞒就瞒，横竖不差这一时半会儿，反正婚礼迟早要办，该知道的届时都会知道。

然而今天他却有些郁结，那口气堵在胸口，顺不下来，不知是因为她在晚宴上避之不及的撇清态度，还是后来单独面对他时说的那几句话。

一张图看了又看，良久，霍观起点下一个赞，像是故意为难。

他知道，她有多不想和他扯上关系，这个赞就有多惹人注目。

虽然有点讽刺，但霍观起比谁都清楚，即使他们拿了结婚证，睡在同一张床上，他却仍然不在路秾秾的那个舒适圈里。

她事事不在意，没心没肺地高兴，所有这些不过是自我保护。

曾经，她对他毫不设防，完全地敞开心扉过，只是后来设立了一道屏障，连同他一起，将所有人都阻挡在外。

到底还是不一样了。

霍观起对着那条动态出神，片刻后，点开路秾秾的头像，他没有给她备注。

他的指尖在屏幕上无意识地轻点，触碰她的头像。

她的 ID 多年如一，还是十七岁时那个名字。

十七岁那一年，少年如风，纯粹简单。

路秾秾那一次借书解围的举动，无形中缓和了和霍观起的关系。

每个周末她牵着哎呀去散步，照旧会遇到亭子旁的霍观起，一人一边，他安静看书，她扔球逗哎呀玩，和谐又微妙地在同一场地共处。

哎呀偶尔会一晃一晃地去找他，路称称不再趾高气扬地喝止，睁一只眼闭一只眼，放任他们亲近。

霍观起在逗它玩这件事上是十分笨拙的。

有一次，哎呀叼着球跑到他面前，他从书本里抬眸，看着它满眼的期待，从它嘴里把球拿出来，愣了几秒，最后又默默地塞回它嘴里。

路称称在不远处佯装不经意地看，将他的一举一动全都看在眼里，别过脸去，"扑哧"笑出声。

哎呀少见地对他失望，叼着球回去找路称称，路称称像示范给他看一样，拿过球高高扔出去，一边鼓励："快，把你最喜欢的玩具找回来——"

他默默听着，才知道，原来那是哎呀最喜欢的玩具。

但校内的生活却没有这般轻松。

路称称给霍观起解了一次围，但治标不治本，某天下午，他们班里调课，体育课和霍观起班上正巧换到同一节。

在体育馆里上室内课，热身活动之后，路称称和班里的女生打排球，男生们则奔跑在篮球框下。

霍观起独自坐在场边，没有参与男生们的篮球运动，坐着坐着，球突然从场中砸到他身上。

砸中他的是个叫李昊宇的男生，向来是男生们的中心，道歉的话没说，李昊宇高抬下巴道："愣着干吗？把球扔过来。"

路称称亲眼看见这人故意脱手，当下不忿，将接到的排球扔出去，砸在李昊宇脸上，李昊宇被砸得一蒙，被人扶住才没摔倒。

路称称模仿他，话都说得一样："愣着干吗？把球扔过来啊！"

李昊宇拧巴着脸质问："你什么意思？"

路称称说："没什么意思。"

其他男生劝架让他算了，李昊宇眉头皱得死紧，转头前朝路称称啐了声："跟那边的穷鬼一样有病……"

路称称登时冷下脸，走到装排球的筐前，抄起一个不由分说砸到他脸上。

李昊宇鼻血一下就出来了，跟跄一步，骂了一声。

不等他站稳，路秾秾已经冲到面前，抬起脚踹在李昊宇肚子上，当即将没防备的他踹倒在地。

见李昊宇挣扎着起来，路秾秾差点扑上去，霍观起见状起身的瞬间，两个人都被拉开，任课老师发现动静，吹响口哨火速跑过来。

事情反倒和霍观起没了关系，李昊宇流了血，又是被揍的那个，被送去了医务室，最后，老师罚李昊宇交检讨。

而路秾秾因为打人，不仅要写检讨，还要被罚站。

体育课一结束，路秾秾就被老师拎到办公室门口，勒令她不许吃晚饭，并且没到晚自习不准回教室。

十几分钟之后老师们都去开会，只剩她一个人，她还是懒洋洋的，一晃一晃打发时间。

这时霍观起带着扫地工具出现，经过她身边时停了一下，然后沉默着从口袋里掏出一个面包，放在她旁边的栏杆上。

路秾秾看看面包，再看看默默开始扫地的他，问："你干吗？"

他说："做卫生。"

"这个面包……"

霍观起不看她，只说："老师暂时没那么快回来。"

她一时没反应过来，疑惑地"嗯"了声。

他走到一旁扫地，大概有好几秒，安静随着地上淡薄的尘灰一同被扫走，他轻声说："……你吃吧，没人知道。"

路秾秾愣怔一刹，脸上旋即绽开笑。

她拿起面包，靠着栏杆吃起来，他在旁边不远处，静静地清扫地面。

很普通的一个下午，不需要特别的言语，他们彼此心照不宣。

面包吃完以后，霍观起还没扫完地，而填饱肚子的路秾秾盯着他的一举一动，话也变得多起来。

"你数学怎么那么好？"

"你很喜欢狗吗？"

"我的狗为什么那么喜欢你？"

"上次的考试你拿了几个满分？"

"你喜欢哪科？我文科也很厉害，你知道不……"

她絮絮叨叨问个不停，他不回答，她便自言自语乐在其中。

在霍观起快扫完地的时候，她问："哎，你有聊天账号吗？是多少？"

他终于回了："没有。"

她一脸惊讶，说："这都没有？每个人都有，你怎么没注册？这样别人想找你不是只能打电话？很不方便的。"

霍观起沉默以对，做完卫生，没再理她，带上工具走了。

隔天，李昊宇被请了家长，挨了一通严厉训斥，并且向她道歉，路秾秾也在老师的要求下，为自己的"粗鲁"跟李昊宇说了对不起。

事态平息，路秾秾去做早操的时候遇见霍观起，他给了她一张纸。

上面是一串账号数字。

当晚，路秾秾就加了他。

通过的第一句话，一如她一贯的语气：

　　是我是我！

他回得平静，说：

　　我知道。

路秾秾那时聊天软件用的网名，和她现在微信的名字一样。

霍观起没有告诉她，之所以那么巧，是因为他主动和同学交换，才会到办公室门口做卫生；随手放下的面包，是他去食堂买的他最喜欢的一种。

而他当时的那个聊天账号，有且只有她一个好友。

图标跳动。

那是他人生中收到的第一条消息：

　　NoNo Lu 申请添加您为好友。

唐纭最擅长八卦，晚宴之后像闻着腥味的猫，心里觉得不对，便总是见缝插针地问，几天下来，路秾秾一见她的名字就习惯性地一惊。

这天路秾秾又接到唐纭的电话。

路秾秾醒得不算早，但没睡好，面前摆着一杯黑咖啡消肿提神，顶着浓重的困倦告饶："姐姐，我求你，我今天下午得去 UG 拍杂志。"

UG 杂志八周年庆，为了炒气氛，声势浩大，一个系列请了不少人拍，里外错开也得拍两三天，路秾秾也在受邀之列。

唐纭一听，来了精神："UG？"

"对。"

"巧了。"她道，"我下午也过去，你几点拍摄？是在他们公司六层的棚里吧？晚点我来探班瞧瞧你……嘿嘿，顺便聊一聊。"

路秾秾忽略那声笑，道："三点半拍，吃完午饭就过去化妆。你去 UG 有事？"

"谈品牌 title 啊，小柏的代言不是 UG 帮忙牵的线嘛，具体的我见见他们副总，看能不能再商量一下。"

路秾秾忍不住吐槽："正事都做不完，还顾着找我闲聊。"

"你管我。"唐纭警告，"别想跑！"

路秾秾失笑挂了电话，懒得说她。

很快，程小夏和司机来接，路秾秾先到餐厅吃过午饭才走，路上时间足够，车子不疾不徐地开，到 UG 公司比约好化妆的时间还早半个钟头。

其他人早已就位，她一到，立刻开始做妆发，前后一个多小时，三点半准时开拍。

路秾秾的镜头感很好，分寸拿捏得刚好，摄影师说什么，她很快就能领悟。

棚外不少人看着，一组拍完，选片的工作人员移动鼠标，指着照片一张张和旁边的同事夸："感觉抓得很到位，这张、还有这张……你看这个，表现力特别好……比好多艺人都强。"

要拍的衣服一共五套，三套拍完，已将近五点。

大家都累了，便暂停工作，稍作休息。

路秾秾坐下刚喝了两口矿泉水，工作人员就突然快步走进化妆间，表情中透露着一丝丝尴尬和别扭。

她静待对方走到近前。

工作人员到她身旁，微微俯身，小声说："路小姐，下一位艺人提前到了，现在马上下来做妆发，您看您要不要去休息室里歇一会儿？"

她随口问："下一位是谁？"

工作人员顿了两秒，声音更低："……段靖言。"

好嘛，难怪突然来让她挪地方，这是怕他们在化妆间碰上会出什么事？

她和段靖言的"不和"，看来已经尽人皆知到谁遇上都如临大敌。

"他也今天拍？"

工作人员解释："他只有今天有档期，不然我们也不会……"

看来是做过努力，试图将他们的拍摄日期岔开，然而段靖言太红，行程太满，所以岔不开时间，他们也不容易。

路秾秾让程小夏拿上她的东西，没多说便起身："休息室在哪边？"

见她如此好说话，没有半点为难就同意避开，工作人员连忙带路："这边这边，您跟我来。"

从化妆间换到休息室里，路秾秾往沙发上一坐，开始玩手机，小插曲看起来丝毫没有影响她的心情，这让其他人松了口气。

路秾秾正忙着给唐绘发消息，说来探班半天没见个人影，她等会儿就拍完了，倒是个好机会直接走人让唐绘扑空，就怕唐绘事后算账，她可招架不来。

点开备注"TTT"的微信，指下噼里啪啦一阵，打字不停：

> 你人呢？到 UG 大楼了吗？
>
> TTT：我早就到了！在办公室！
>
> TTT：你在六楼？
>
> 对啊，我都快拍完了。
>
> TTT：？？
>
> TTT：还有几套？

两套。

TTT：别走！我很快下来。

TTT：要是你拍完我没下来，你来找我？

TTT：就这么说定了！

路秾秾无可奈何，回了她一句"服了你"。

取外卖的程小夏回来，推门道："老板，咖啡到了。"

路秾秾道"好"，起身说："先放着，我去上个洗手间。"

"用我陪你吗？"

路秾秾一听乐了："中学女生结伴上厕所啊？陪什么，我又不会迷路。"

洗手间在走廊尽头。

路秾秾进去之后很快便出来，到水池边洗过手，伸到墙上壁挂式烘干机下吹净湿迹，正欲提步，一转身，望见一双微凉的眼睛。

她下意识顿住脚，表情微沉。

"好久不见。"

段靖言仿佛没睡醒，半阖的眼里掠过一丝寒意，语调凉飕飕："你看起来过得不错！"

路秾秾并不想和他打招呼，提步欲走。

"路姐姐——"

这悠悠的一声犹如利刃，路秾秾不由一僵。

"这么急着走，怕看到我？"段靖言笑道，"你怎么一个人来呢，没带你的小男友？你不是费尽心思给他资源吗？这样好的机会，竟然让他错过？"

路秾秾冷下脸，沉声道："会说话就说，不会说就闭嘴。"

"怎么了，我说错了吗？那个季什么的难道不是你的小狼狗？"他反诘的语气带点讽意，"真是厉害，你找出这么个人，到底是在恶心谁？"

路秾秾努力压下情绪，瞥他："网上还不够你疯的？有空去把帕金森看了，别在这里废话。"

段靖言仗着身高垂眸看她，执着于前一个话题。

"你把他当成什么人？替身？谁的替身？"

路秾秾深吸一口气，不想纠结于这些，当作没听到，脸绷得紧紧的，从他旁边走过。

"路秾秾，你以为做这些无用的举动，能弥补得了什么？"

背后是段靖言略微咬牙的声音。

"你和霍观起如果有良心，最好日日煎熬，永远都不要忘。"

路秾秾没有回头。

她的背挺得僵直，一直朝前走，没有回头。

唐纭到底还是更慢，路秾秾拍完最后一套衣服，去 UG 办公楼层找她，在茶水间等了十几分钟才完事。

门框"哐哐"被敲响，唐纭半个身子探进来："走，吃饭去。"

路秾秾没好气："我还以为你今天不打算走了。"

正好是晚饭的点，加上 UG 的周副总，算是个三人饭局。

她俩先行下到车库，唐纭的助理还没来，路秾秾道："坐我的吧，晚上送你回去。"

唐纭不跟她见外，朝熟悉的车走去，程小夏已经拉开车门。

"周副总说她去六楼看一眼，现在谁在拍啊？"

待坐定，将车门用力关上，路秾秾低声道："段靖言。"

唐纭闻声扭头，见她表情明显不如平时明朗，道："怎么碰上这个冤家？"

"他没档期，只今天有空。"路秾秾往后靠，"不说这个，去哪儿吃？"

唐纭报出地址，不多时，周副总下来，开上自己的车，两辆车一前一后驶出车库。

有旁人在，唐纭再想知道八卦，也不会当着人聊路秾秾的私事，她将平时那些话题掠过，只拣体面的说。

博唐的艺人们、UG 这次周年庆活动、她们之间后续的合作……周副总顺便还问起路秾秾之后的规划。

"有没有打算好好发展一下？建工作室需要人手的话，我有几个不错的朋友可以推荐给你。"

路秾秾笑说："暂时没这方面打算，有的话我一定联系你。"

周副总道"可惜"，语气半玩笑半认真。

席至尾声，路秾秾收到霍观起的微信消息：

　　来接你？

她今天拍杂志他是知道的。

路秾秾在桌下回复：

　　不用。
　　唐纭在这儿。

正想打第三句，唐纭注意到她："干什么呢？"

"没。"路秾秾一下坐直，"看下有没新消息。"

陪着聊了一会儿，等路秾秾抽空再点开微信，霍观起那边还没有回复。

路秾秾看着自己不久前发出去的两条……她本来是想说唐纭在这儿，她要负责送唐纭回去，现下已经隔了这么久，再说什么都像找补，只好收起手机。

吃完饭，路秾秾先送唐纭，接着才回喆园。

一楼客厅灯是亮的，楼梯灯也亮着。

霍观起早就回来了。

路秾秾光脚上楼，进卧室一看，穿着睡袍的霍观起正在镜前。

夫妻俩打了个照面，视线相对，随后各自移开。

路秾秾默默坐到梳妆台前卸妆，见他半天没动，不由问："你干吗呢？"

霍观起慢条斯理系着腰间睡袍的系带，说："照镜子。"

没等她再问，他朝她瞥来："看一看我究竟多见不得人。"

路秾秾一噎。

霍观起去客厅看文件，临走前不知有意无意，扔下一句："下个月开始试婚纱。"

路秾秾一愣，而后道："知道了。"

卸完妆，路秾秾进浴室洗澡，洗完出来，发现调成静音扔在床上的手机有好多未接电话，乍一看还以为是被骚扰了。

全是唐纭。

路秾秾心想她发什么疯，点开微信，见有比电话更早的消息：

> TTT：我 U 盘扔你包里了！！
>
> TTT：明早开会的资料在里面，我过来拿！
>
> TTT：你人呢？
>
> TTT：摁门铃没人开，怎么不接电话？
>
> TTT：你不在家？？？

路秾秾心里警铃大作，"别来"之类的话晚了一万年，早已来不及，她拿着手机就想往楼下冲，想起没换衣服，正要倒回去，手机"嗡嗡嗡"振起来。

她的手仿佛手机烫手般一颤，又飞快握住，忙不迭摁下接听。

"你在哪儿？你怎么不在家？你不是回去了吗？公寓里没人，你干什么去了？"

唐纭直奔她前段时间常住的地方，连珠炮般发问。

"呃，我……"路秾秾语塞，转过身，和沙发上的霍观起四目相对。

霍观起听到手机里泄出的声音，镇定自若地看着她，眸色淡淡，置身事外一般，像是要看她这下怎么收场。

路秾秾滞顿两秒，短短片刻像半个世纪一样长，她脑子里乱糟糟的，好似什么都想了，又什么都没想。

罢了罢了。

路秾秾咽了咽唾沫，叹口气，老实道："我没在公寓住。"

在唐纭问更多之前，她报出喆园的准确地址，说："你过来拿吧。"

通话结束。

霍观起凝视她数秒，道："如果需要，我可以找个房间躲一躲。"

气话成分更多还是讽刺成分更多，这时候也不重要了。

路秾秾已经决定坦白，有气无力道："不用。"

四十分钟后，唐纭赶来。

路秾秾给她开门，一进玄关，唐纭便拧着眉问："你什么时候搬的？这房子是买的？你……"

话还没说完，就见她身后偌大的客厅之中，穿着睡袍的霍观起悠悠走过，手里端着瓷杯，再自然不过地上了楼。

受惊过度，唐纭彻底石化了。

客厅里，路秾秾和唐纭隔着茶几分坐两边。

"……事情就是这样。"

从半年前结婚到前阵子霍观起归国，两人正式开始婚后同居生活，路秾秾把能交代的都交代了。

唐纭无法形容自己的心情，半天憋出一句："你竟然瞒我这么久！路秾秾——"一时音量过高，她下意识往楼梯口瞥一眼，随后克制着怒道，"你太不够意思了！"

路秾秾认怂，狗腿子地给她杯里添上茶水："我的错，息怒。"

"什么你哥和他关系好，你哥请他去宴会，挺能编啊你！"唐纭道，"我要是没发现，你是不是打算等结婚当天再告诉我？"

路秾秾咽咽口水："那倒不至于，我还得请你当伴娘……"

"滚啊！！"唐纭气更不打一处来，好半天，才勉强从这巨大的"惊喜"中缓过劲来。

唐纭端起狗腿子倒的茶，喝了一口，忽然想起什么："等下！那这么说当时你参加博唐庆典的那枚胸针？"

路秾秾默认，往上瞟了眼："在我楼上的衣帽间里，喜欢可以借你戴。"

唐纭真切地无语。

突然之间，好姐妹就结婚了，对象还是好姐妹的"死对头"。

唐纭觉得这一天实在刺激。

碍于时间不早，楼上还有个霍观起，唐纭不好久待。路秾秾带唐纭上楼和霍观起打了声招呼，唐纭表示记下这笔，得空再算账，之后拿着 U 盘离开。

送走唐纭，路秾秾长舒一口气。

她趿着拖鞋回到二楼，霍观起仍在看他的文件，冷不丁地，他道："这么轻易就坦白，我还以为你要瞒到结婚那天。"

路秾秾看向他，半晌道："你不用说这种讽刺的话。"

霍观起缓缓抬眸，而后站起身行至她面前，紧紧盯住她的脸。

谁都不开口，无言对峙，沉默在他们之间缓慢流淌。

许久，霍观起道："什么时候公开都无所谓，只是你扪心自问，这么不想让人知道我们结婚，真的是因为在意外界，还是只你自己不愿意接受这个现实？你究竟想逃避到什么时候？"

"逃避？"路秾秾被这个词刺激到，转头看向他，"该受的我不是都在受着吗？"

"你……"

"我什么？我不如你？对，我是不如你厉害。"她直视着他，略微有些激动，几秒后深呼吸，语调蓦地弱下来，"我今天见到段靖言了。"

霍观起一顿。

"他说我看起来很好，问我还有良心吗，连我自己也在想这个问题。"路秾秾直视他，"你说得好轻松，结婚以后，这些事你说得多轻松。"

她看着他的眼睛，一字一句地问："可是那些事，你和我，我们谁忘得了？"

拍完 UG 杂志后没多久，这天傍晚，微博上出现一个视频，引起大量转发，尤其是段靖言的粉丝，纷纷大喊心疼。

内容是段靖言做客一个对话访谈节目的片段，全长五十分钟，视频只截取了一部分。

视频中，聊到"遗憾"这个人生关键词。

主持人问："到目前为止，你有过什么遗憾吗？"

段靖言坐在红色沙发上，想了一会儿，说："有，我哥哥。我在这个行业里得到了很多，也学会了很多，但是这一切都没办法跟他分享。"

"是为什么呢？他是不在身边还是？"

"他现在已经不在了。"段靖言停了停说，"他身体很不好。"

主持人面露歉意："抱歉，所以哥哥是因病离开？"

"不全是，因为病，也因为意外。"

段靖言脸上有种少见的沉重，他沉默了几秒，像是出神，更多的是一种无法形容的情绪。片刻后，他笑了一下，周身气压反而让人觉得压抑、低沉。

"如果可以，"他说，"我愿意用现在拥有的一切换他。"

平时洒脱张扬的大男孩，第一次流露出这样的一面。

不管是对粉丝来说，还是在公众眼中，这都是他们不曾见过的段靖言。

路秾秾看到这个视频，是因为某个聚会上认识的小网红转发视频给她，并道：

> 秾秾姐你看！

一点开她就有一种预感。

全程沉默。

直至看完，她又见小网红发来消息：

> 在媒体面前说这种事，他真的好假哦。煽情给谁看啊？
>
> 为了话题连这些都拿出来说，也太那个了，他粉丝还说他耿直不炒作。
>
> 你看他那副表情，真的太搞笑了。

小网红幸灾乐祸的语气中满是讨好，像是试图以这种方式，和路秾秾站到"同一阵营"。

然而她却没有得到附和。

路秾秾脸色铁青，打字飞快：

> 你笑什么？很好笑吗？
> 指着别人的伤疤嘲笑你很痛快？
> 他死了亲人你觉得很有意思？
> 你有没有人性，有没有一点同理心？

小网红想拍她马屁，没想到全拍在马蹄子上，吓得赶紧解释：

> 秾秾姐！
> 我不是那个意思！

路秾秾不想听废话，只回了一个字：

> 滚！

然后她将这人拉进黑名单。

把手机扔在沙发上，她对着眼前的空气，突然升起一股疲惫。

明明还没入秋，这样的晚上，竟然已经开始让人觉得冷。

2007 年的秋天，非常温暖。

十月份尾声，路秾秾送了霍观起生日礼物。

放学和前座女生结伴出校门，在校旁的店里喝奶茶时，路秾秾冷不丁就被问起："你最近和霍观起走得很近？"

她点头。

"为什么？"

"不为什么啊。"

路秾秾戳开奶茶封皮，用力吸了一口，任耳边再怎么追问，只笑不答。

她和霍观起约好去吃馄饨，在这里等，他扫完走廊就出来。

前座女生问了几句觉得没趣，道："一起去吃饭？"

路秾秾说："不了，你去吧。"

"你该不会和霍观起约好了？"

她笑一笑，默认。

惹得前座女生损她半天，说话间，进来两个认识的男生，跟她俩打了个招呼，就坐到后面。他们聊起八卦，正好说到霍观起和高三学生打起来的事。

路秾秾一听立刻回头："霍观起和高三的打起来了？什么情况？"

一问才知道，原来是前几天有个同级女生跟他表白，他没接受，那人今天叫来自己高三的"哥哥"，把霍观起喊去艺术楼后，不知道怎么的就打起来了。

"霍观起人呢？"

"被教导主任逮到办公室去了。"

路秾秾顾不上喝奶茶，拔腿就走。

她赶到办公室一看，没有老师在，霍观起就站在靠墙处，对面的桌后坐着一个男生。

见她探头，男生抬眸："有事吗？"

路秾秾提步入内，过去戳了戳霍观起的胳膊："你怎么和人打起来了？"

霍观起低眉敛目，不解释。

还好脸上没受伤，路秾秾打量后放下心，想和他说话，有第三人在又觉得不方便，于是问那个男生："同学，你在这？"

"帮老师批改小测试卷，"男生说，"顺便帮主任看着他。"

小算盘落空，她又道："那他什么时候可以走？"

"主任等会儿要训话，现在还没回来，谁也不知道他什么时候能走。"

路秾秾看向霍观起，苦恼："这么说吃不了饭了？"

霍观起轻声道："你去吃晚饭吧，不用等我。"

她不乐意："反正没人，不如我们直接走……"鬼主意打到一半，想起对面还有个男生在。

男生听到这句，笑盈盈地看着他们。

路秾秾不好意思，尴尬道："主任什么时候回来啊？"

男生道："教学组会议，应该要半个小时。"

"啊？"一听，她急了，对霍观起道，"晚上你们班还要模拟考，什么都不吃，一考就是三节课，等下怎么受得了！胃弄坏怎么办？等到晚上放学，人都要饿扁了！"

霍观起宽慰道："没关系，你去吧。"

路秾秾顿时泄气，自己一个人去十分没劲，又想到霍观起吃不了晚饭，更是沮丧。

那厢男生批着卷子，忽然开口："去吧。"

路秾秾和霍观起双双望过去。

他看也不看他们，说："我改卷子不能分心，你们稍微走开一会儿，我没看到很正常。"

路秾秾讶异于他的放水："你……"

男生含笑道："你不是说他晚上要模拟考？不吃饱哪有力气考试。"

"可是主任……"

"所以，二十分钟之内要回来哦，超过二十分钟被发现可就不好交代了。"男生冲他俩一笑，温柔的瑞凤眼溢出些微亮的光。

路秾秾分外惊喜："真的吗？谢谢你啊同学！"

"不用谢。"男生说，"找他麻烦的是我们年级里有名的刺头，他虽然没受伤，也还了手，但是被纠缠上实在倒霉，再因为这个挨饿，多不值。"

教导主任为人古板，认为两边都动了手，就都要挨罚，不过是责任大小与受罚轻重的差别。

听男生这么明理，路秾秾高兴坏了，争分夺秒，拉起霍观起就走。

出了办公室，她一路唠叨。

"你怎么会跟他们打起来？你先跑再说嘛！"

霍观起不说话。

她问："你护腕戴上了吗？"

"在口袋里。"

"干吗不戴？"

霍观起闻言拿出护腕，温顺地戴在左手腕上，这是她提前送他的生日礼物。

路秾秾这才笑了。

待她移开眼，霍观起立刻用袖子将护腕遮住。

护腕上有被踩过的痕迹。

那些堵他的人拦着他不让走，推搡间护腕从他口袋里掉出来，他弯腰去捡，被人一脚踩住，所以他才没忍住和他们动起手。

将护腕遮严，霍观起平静地和她同行。

虽然他俩只能去食堂吃饭，但比起没得吃还是好一些。

赶在二十分钟内回到办公室，霍观起继续罚站。

路秾秾吃饱喝足，和男生搭话："同学，你还不走吗？"

他说："还没批改完。"

"要改到什么时候？"

"可能到上课吧。"

刚聊几句，主任回来了，主任一眼看见办公室里的三个人，只两秒，目光就锁定路秾秾："你是哪个班的，在这里干什么？"

她一惊，还没想好说辞，桌后的男生已经端起一叠练习册交给她，开口道："这些就麻烦你帮我送到高三6班，谢谢。"他看向主任说，"她是路过被我叫进来帮忙送作业的。"

如此，主任便没再问。

路秾秾忙不迭抱住练习册，暗暗给霍观起和男生使个眼色，低下头飞快跑了。

路秾秾把练习册送到高三6班，接手的同学问："班长让你送的？"

路秾秾想，班长应该是那个男生，道："对，他在批改卷子。"又问，"他是你们班班长？"

同学说："对呀，一下课他就被叫去了。"

路秾秾正想说什么，话到舌尖突然一愣，这时候才反应过来，那他不是也没吃饭？

"他……他叫什么名字？"

那名同学忙着分发作业，随口道："你不知道？去告示栏看，学生代表栏里有他。"

路秾秾跑去告示栏，果真看到他的照片。

高三 6 班，段谦语。

优秀学生代表。

欠下的这顿饭，后来路秾秾和霍观起找机会还给了他。

段谦语天生一双笑眼，温温柔柔，对谁都谦逊和气，人缘特别好，不止高三同学，认识他的人没有一个不喜欢他。

路秾秾和霍观起同样也是。

她一直叫他全名，反倒是后来霍观起先改口叫"谦语哥"，她嫌肉麻，每回都要吐槽，奈何一个木着脸置若罔闻，一个笑吟吟不为所动。

时间久了，有时顺嘴她也自打脸地跟着喊"谦语哥"。

秋天萧索，段谦语时常望着树枝发呆。

路秾秾在霍观起身边絮絮叨叨，好不容易停下来，便会问他："你在看什么？"

每一次都问，他每一次都答。

梧桐落叶凋零，风扬起尘灰，惆怅凄清。

"我在听秋天的声音——"

那时候，几近光秃的枝丫下，段谦语回头看向他们，清风晓月一般笑得温柔。

第 7 章

他愿一错到底

其后，路秾秾在家里一连窝了好几天不见人，谁都不想搭理，和霍观起也没怎么说话。

因为她和段靖言都拍了 UG 杂志的事，网络上又有风言风语传出，她甚至懒得去看，无所谓带节奏的是网友还是段靖言本人。

UG 一见，段靖言真的长大了。

他再也不是以前那个总试图跟在他们身后但总不成功、眼里写满羡慕的小男孩。

和面对面时直戳心门的轻言浅笑相比，网上那些小动作算什么，充其量不过是硌硬她玩玩。

他已经知道，捅刀怎样能捅得最深、最痛。

情绪消化完，路秾秾心情才有所好转。

这时外头气温开始下降，快入秋了。

季听秋回来得巧，没有打电话，仍是微信找她：

> 我回望京了，有空一起吃饭吗？

路秾秾问：

> 你不是在拍戏？

《遮天》已经开机，按理说他人应该在横店。

> 季听秋：回来录综艺节目。这几天没我的戏，剧组给我放了两天假。

路秾秾了然，稍作沉默，回道：

放假了就好好休息。

这便是拒绝的意思。

路秾秾这厢回绝了季听秋的邀请，下午就跑去找唐纭。

离下班还有半个钟头，路秾秾到博唐，坐在唐纭的办公室里等。

唐纭一边处理着最后的事情，一边忍不住吐槽："从没见你这么积极地找过我。"

路秾秾瘫在沙发上装死，嘴上催："别废话，快点。"

吃过晚饭，重头戏是喝酒，地点在唐纭家的落地窗前，两人一左一右赖在躺椅上，隔着玻璃欣赏窗外温凉的夜景。

满屋子都是酒香味。

唐纭很爱这种惬意的时刻，手里端着酒，问："我听说季听秋离开剧组了，是不是回来了？没找你？"

路秾秾道："找了，他下午约我吃饭，我拒绝了。"

"哟，那我今晚面子可真是大。"

路秾秾让她少贫。

唐纭笑笑，随后想起什么，敛了笑意道："你跟霍观起都结婚了，那你和季听秋……"

路秾秾温声道："我帮他，是因为他长得像我一个朋友。"

她头一次正面回答这个问题，倒让唐纭有一瞬诧异。

"朋友？"

"对。"

难怪了，原来她是因为这个对季听秋如此关心。

唐纭道："那你打算管到什么时候？也不能一辈子这样。"

"我知道，原本就打算等他过得好一些，事业和收入都稳定下来，我就不再管了。"路秾秾怅然道，"我也知道，这样很莫名其妙，可偏偏遇上了，我看着他那张脸，总是不想他过得不好。"

季听秋肖似段谦语，比作为弟弟的段靖言还像，段靖言只有眼睛像他哥，季听秋却半张脸都像，乍一看仿佛重叠了几分段谦语的影子。

不同的是段谦语温润从容，而季听秋眉眼里总是愁苦压抑居多。

唐纭不知道其中关节，料想或许跟她和霍观起的渊源一样，有一段故事。唐纭不傻，路秾秾结婚一事带来的惊讶淡去后，想想她和霍观起当年在宴会上古怪的"初见"，想想这些年他们对彼此不同寻常的态度，心下很快明了他们之间必是有些什么。

路秾秾不想说，唐纭也不提这茬，看她闷闷地喝下好几口酒，唐纭柔声问："你结婚，是不是不开心？"

"有吗？"路秾秾看过去。

唐纭点头，故作玩笑道："要是过不下去就努力忍忍，咬牙坚持几年，到时候找个机会离婚，我给你把小狼狗们安排上。"

路秾秾失笑，唇边弧度轻得几乎看不到："我才刚结婚你就盼我离婚，能不能说点好的。"

她俩笑着各自饮一杯酒。

唐纭少见地温情起来，说："秾秾，我希望你过得开心。"

路秾秾心里触动，回以一笑，道："没事，这是我自己的选择，成年人就得承担后果。"

"你知道吧，"路秾秾又倒了一杯酒，突然说起趣事，"我小时候很贪吃，喜欢吃什么东西，抱住了就不撒手。有一年回来过年，和我舅舅一家一起，在小区里遇到别人家的狗，一直冲我叫，我当时吃着糖，吓得大哭，一边吃一边哭，一边哭一边吃。"

"还有这种事？"

"对啊，舍不得嘛！"她看着窗外漆黑不见星的夜空，弯了弯眼。

因为舍不得，哭了也不愿意放手，只好边吃边哭，眼泪淌进嘴里，咸咸的，和甜味混杂在一起，永生难忘。

就像她和霍观起的这桩婚姻。

她是有选择权的，不是不能拒绝。

她可以拒绝，但她为什么没有拒绝，为什么最后还是应下了？

因为她舍不得。

她明明放不下过去，原谅不了他和自己，可还是不由自主地靠近，无法拒绝。

于是，她就这样身处旋涡之中，进退两难。

说到底是她高估了自己，结婚才半年多，眼泪和糖混合的感觉，就已经承受不住。

霍观起应当也很不快乐。

路秾秾觉得自己好自私，因为舍不得，就这样紧紧攥住不放手。

可他不是糖啊。

他是人，活生生的人。

不是她想要，就可以攥在手中的糖。

和唐纭喝完酒的第二天，路秾秾在唐纭家睡到下午，随后回了喆园。

霍观起在家，不知为何回来得特别早。

两人照面的瞬间，平静中隐隐透出一丝尴尬。

路秾秾主动开口："你吃饭了没？"

以为她不会和自己讲话的霍观起顿了顿，道："没有。"接着他下一句问，"出去吃？"

她摇头，说："我做吧。"

霍观起打量她几秒，道："好，我让高行送食材过来。"

半个小时后，高行将一大袋食材送到。

路秾秾系上围裙进厨房，霍观起问："要帮忙吗？"

她拒绝："你忙你的，等着就好。"

言毕，她低下头，认真地一一按步骤操作。

路秾秾做甜点的水平不稳定，时常拿捏不准合适的度，但做中餐还是可以的，她以前跟着家里的阿姨学了几手，在国外留学时，和唐纭一起住，有事没事就经常下厨。

唐纭是个只会吃的，真正十指不沾阳春水，这些事就只能交给她。

很快，一桌简单的小菜做好了，不是什么特别丰盛的东西，都是家常味道，看起来像模像样。

霍观起闻着味早早就下楼来，摆好碗筷，等她端上最后一道菜，两人在餐桌前面对面坐下安静进食，时间在咀嚼中缓慢而细致。

路秾秾没问他好吃不好吃，食过半晌，开口："那天说到的事，我想和你聊聊。"

霍观起料到她今天这么反常必是有事等着，心里早有准备："你说。"

"我想了很久。"路秾秾垂眸盯着面前的菜，筷子握在手中不动，"关于我们结婚这件事。"

霍观起抬起眼眸，望着她，不说话。

"其实当时舅舅提出这件事的时候，我就应该拒绝的。"

霍观起眼里闪过一丝暗光，但又没打断她。

路秾秾没察觉，继续道："我承认我有私心。"像是卸下肩上的重担，她艰难地坦白自己，"这么多年过去了，我还是……没有把你完全从心里剔除干净。"

什么私心？当然是像很多年前天天追着他、陪着他那样，那时候对他的喜欢，现在还在影响着她。

路秾秾停顿几秒，话锋一转，缓缓道："段谦语离开之后，我有一年没有睡好。"

突然提到的这个名字，让餐桌上气氛瞬间变得凝重。

这是时隔多年，在他们长久长久地躲开不见以后，第一次真正开诚布公地谈这件事。

路秾秾怅然苦笑："是我没忍住私心，也是我高估了自己，我把事情想得太简单了。"她说，"事实是，这件事永远不会消失，就像我无法好好入睡的那一年，我们永远都会记得。每当我一控制不住，我们就只能针尖对麦芒，把一切都搞砸。

"或许我同意结婚，原本就错了。"

霍观起听到这里，沉沉道："所以？"

路秾秾看向他，道："我会尽好一个妻子的职责，将来，等你和我舅舅都不再受别人限制，不需要我们这桩婚姻来维持平衡，到那时候，我们是离婚还是其他，都可以再讨论，你……"

霍观起眉头拧了拧，打断她："这就是你想说的？"

"对。"

霍观起默不作声。

许久，他执着筷子继续夹菜，说："好。"

"你……"

"我知道了，你不必再说。"他垂着眸进食，不再看她。

路秾秾抿抿唇，也拿起筷子。

两个人继续吃饭，像什么都没发生过。

霍观起忽地道："我后天去欧洲。"

路秾秾瞥他一眼，"嗯"了声。

"明天也想在家吃。"他说，"你做。"

她顿了下，道："好。"

在决定结束之前，她会尽到一个妻子的职责，这话是她说的。

这一餐饭，这一番谈话，似乎终于让他们找到了一个平衡点。

放不下过去，那就闭口不谈，只做一对当下夫妻，从眼前的这一刻，直到结束前最后一秒钟。

入夜。

路秾秾睡熟以后，霍观起转过身，轻轻从背后搂住她，把人揽进怀里。

一切感受都在夜里被放大，包括人的心事。

她说这桩婚姻是错的。

霍观起何尝不清楚。

但她不知道，也不明白，他跟她结婚，根本不是因为需要婚姻这种理由。

霍倚山心有芥蒂，因他婚事不定而迟迟不肯放权，他一直知道，但他无所谓，不过是熬，熬得久一点，熬下去，届时霍倚山还是要把霍氏交到他手里。

霍见明以为他是为了给霍倚山一个交代才结婚，路秾秾也是这样想。

然而并不是。

那两年，霍家包括老爷子在内，多少人给他物色了多少对象，他从来没有松过口。

不到跟前来的，他当作不知道；凑到他跟前来的，他也懒得看一眼，过后想法子打发了便是。

直到路闻道向他父亲开口。

他才第一次，动了心思。

和她结婚。

他心里再清楚不过，他做这个决定的所有理由，都只是因为她而已。

长夜漫漫，睡梦中的路秾秾无比安宁。

霍观起望着她耳边的发丝，听着她沉稳的呼吸，极小心地将人揽得更近，紧贴住自己的怀抱，慢慢闭上眼。

这样也好。

她既然要掩耳盗铃，用"将来有一天离婚"这种方式说服自己面对他们的婚姻，那他便随她。

反正无论她试想的有一天是哪天，他都永远不会让那天到来。

错便错了。

他无法回头，也不想回头。

这辈子，他愿一错到底。

霍观起去欧洲办事，一去得近一周，路秾秾答应在他去欧洲之前给他做饭，于是隔天中午，她简单解决了午饭就出门去附近的大型超市购买食材。

路秾秾看见什么都觉得需要。

小半圈逛下来，推车里堆起小山，她还觉不够，挑了鱼虾海鲜，到精品肉类柜前，拿了鸡肉猪肉，又拿起一盒牛肉。

见牛肉色泽不错，她隔着保鲜膜捏了捏，弹性充足，便往车里放了两盒：一盒用来做牛肉丝，一盒用来做牛肉片。

她满意地推起车，往前走没两步，忍不住又倒回去，再加一盒。

但凡她能想到的都买了。

挑完荤食，她行至蔬菜区，入目便是苦瓜。

她视线一顿，推着车缓缓停下，不由伸手拿起一根。

高中那会儿，她和霍观起、段谦语三人时常形影不离，关系特别特别好，她和家里阿姨学做菜，还没学成就先夸口，说等练出一手好厨艺，给他俩做一堆好吃的。

霍观起不挑，只道她做什么就吃什么，段谦语口味古怪，喜欢苦瓜，笑言让她好好钻研一下。

可惜，后来段谦语发生意外，她和霍观起脱不了干系，于是从此分道扬镳，一过就是这么多年。做饭三人一起吃这样的小玩笑，终究成了实现不了的遗憾。

默叹一声，路稣稣放下苦瓜，推起车往前。

芦笋、莴苣、菠菜……她一样样挑选，将所有烦心事都忘却在这些生活的细节背后。

她前后在超市花了四十分钟。

路稣稣带着采购好的食材回家，将东西拎进厨房后，便上楼换衣歇息。

待休息得差不多，四点半她下楼做饭，她不比厨房老手，要做的菜又多，只能尽早开始，为晚饭多争取一些时间。

傍晚，霍观起准时下班到家，一进门，瞬间被饭菜香包围，只是到桌前一看，他那舒缓的表情不由有些僵硬。

路稣稣拿出碗筷，道："回来得正好，可以开饭了。洗手吧！"

霍观起沉默着去洗手，坐到餐桌前，忍了忍还是禁不住开口："除了我，有其他客人？"

"没有啊。"

"那你为什么煮这么多？"

"……呃。"路稣稣一脸尴尬，"多吗？"

她低头看桌上，牛肉炒了两盘，蔬菜两盘，虾一道，鱼一道，另有其他的小炒菜，还炖了个汤，外加一个凉拌，要不是来不及，她原本还考虑做些点心当餐后甜点。

好像是有点多。

她低咳一声，给自己找补："你明天去欧洲，今天这顿当然要做得丰盛点。"

霍观起一边执筷，一边一本正经地损她："自由来临前的欢送会？"

路秾秾无言以对。

她根本没这个意思！

除了菜色过于丰富，这一餐饭吃得还是不错。

放下筷子前，霍观起顿了顿，温声叮嘱："我不在这几天，家里一切东西你自己做主，有什么不知道或者找不到的，可以问我另一个助理。"

路秾秾点头道"好"。

他夹了几筷子，又缓缓地补上一句："有什么事就说，不用怕麻烦我。"

路秾秾拍摄完 UG 封面，后续还有一个采访。

霍观起已经外出好几天了，家里就路秾秾一个人，不知是因为床大了，还是因为没人折腾她，她睡起来格外舒服。

当天，路秾秾上午去了趟"New.L"，下午回来本想小小打个盹，结果一不留神就睡过了头。

睁眼一看时间，路秾秾火急火燎地换装。

微信里对话界面还停留在睡前，是程小夏和她对时间：

> 夏夏：下午几点来接？

她还十分有自信地说：

> 不急，等我给你打电话。

那边程小夏没等到她通知，怕误事，就估摸着点出发，然而不巧却被堵在路上。

路秾秾快速又简洁地收拾好，直接打电话问程小夏："我好了，你还有多久到？"

程小夏急道："现在堵在这儿动不了，我也不知道。"

"二十分钟能来吗？"

"大概不行……"

略作思忖，路秾秾无奈道："你别过来了，直接让司机开去 UG。"

"那你呢？"

"我自己开车去。"

挂了电话，路秾秾回卧室，在霍观起睡的那一侧床头柜里翻找，没有，转而进了他的书房，这才找到他放车钥匙的地方。

路秾秾平时出门都是程小夏同司机来接，另一辆常开的车停在公寓车库里，她哥路君驰回国时送她的那辆倒是在楼下车库，但她一直没碰过，还没上牌。

她只好借霍观起的开一开。

在一堆车钥匙里，路秾秾随手挑了一个，到车库里一摁，最外侧的一辆银灰色的车闪了闪车灯，路秾秾坐进去，适应以后找到感觉，缓缓开出车库。

她走的这条路不堵，几十分钟后就到了 UG 大楼，而程小夏还在路上。她将车停进地下车库，随后搭乘电梯上去。

工作人员正翘首以盼，中途和她联系了好几次，见她来了，立刻迎着她去补妆。

和受邀的其他艺人相比，路秾秾虽然在娱乐圈里属于玩票性质，但她时不时出席各种名流活动，作为各大品牌的 VIP 客户，去时装周看秀都坐头排，和"时尚"这个标签再贴合不过。

主持人和路秾秾面对面落座，摄影师在一旁录制，届时采访的内容一部分会放到微博上，其余的则放进电子刊里。

围绕着这次的主题"和 UG 的回忆"，主持人问了她很多问题，路秾秾也像其他人一样谈起和 UG 的初识。

明星们说的大多是第一次和 UG 团队合作拍画报或是第一次登上 UG 杂志封面这些，而路秾秾与他们不同，她和 UG 的渊源，最早是在纽约时装周的某个内部晚宴上，和他们集团的副总认识，之后又结识了当时 UG 的渠道运营总经理。那位运营总经理现在已经升任集团副总，比如今时常露面、最为网友熟悉的周副总，手中实权还要大上许多。

路稔稔从中拣能聊的聊了，话说得点到即止。

主持人问完这些，就进入娱乐性质稍浓的环节，工作人员将立板推到镜头前，板上每一行内容都用贴条挡住，其下是准备好的问题。

贴条一张张撕开，路稔稔按顺序作答。

"之后有什么规划？"

"顺其自然。"

"会继续往影视方向走吗？"

"有合适机会的话会。"

"比较想出演哪种类型的角色？"

"有挑战性的，或者是有趣的。"

"如果……"

"……"

问到最后，来了个私人问题。

主持人揭掉最后一张贴条，看见内容"哦"了声，笑问她："这个问题你能答吗？"

板上写着：

Q：目前是单身吗？

路稔稔没太大反应，眸光闪了一瞬，噙着笑，稍微默了几秒，道："可以答。"

"那么——"

"不是单身。"

她答得太干脆，倒让主持人愣了一下，回过神，忙问："您现在有对象？"

路稔稔微微颔首："对。"

这种问题不过是噱头，增添几分趣味，随便含糊几句搪塞过去就是，甚少见有人答得这么痛快。

主持人敏锐地捕捉到话题度，不由多问了一句："冒昧再问一个问题，对方是圈里人吗？"

路秾秾道："不是。"

主持人还欲深究，路秾秾不傻，一是累，二是见好就收。

"采访问题应该已经结束了吧？"

"……啊，对。"

如此，主持人不好再问，一屋人纷纷起身互道辛苦。

程小夏这时候才姗姗来迟，路秾秾对她道："都这个点了，你回去歇着吧。"

"老板，你不跟我一起？那你怎么回去？"

"我开车了。你是不是傻？"路秾秾笑她，捏了下她的脸，"走吧。"

两人一同下楼，到车库分开。

路秾秾坐进开来的车里，一脚踩下油门，开出地下层。

离开 UG 大楼没多久，不远处有个大商场，路秾秾瞧着天快黑了，想到今天反正没有别的安排，车头一转，朝那边驶去。

她原本就喜欢烘焙，下厨两次找回了从前的乐趣，闲着也是闲着，不如买点食材回去锻炼厨艺。

这天晚上，天刚擦黑，路秾秾又上热搜了。

下午有记者在 UG 蹲点，本来是想蹲在她前面两个接受采访的艺人的行程，连带着把她一起拍了。

大概没能拍到什么有爆点的东西，记者只好拿她当添头，从车库出去后跟了一段路。

于是，"路秾秾先拍杂志后买食材，大小姐低调出行十分居家"这样一则标题，配合着记者的视频在某个娱乐微博号上发布。

这个消息除了无聊点没有别的问题，问题出在转发上。

视频发出没多久，就有一位汽车类博主转发微博，道：

> 低调？这辆阿斯顿马丁全球限量七十辆，国内不超过五辆。试问谁不想拥有这种低调？

这个转发立刻就火了。

论坛联动开帖，在一众"真有钱"的感慨中，有一个帖子增加了新的重点讯息：

> 路秾秾开的那辆阿斯顿马丁，国内几个买家里，有一个是霍观起……

帖主在其下补充道：

> 我本来是看到那条微博顺手去查了一下，发现国内几个买家只有两个不匿名，一个是沿海一个企业的老总，另一个就是霍观起。
>
> 看到这儿我不禁要问，这两人也太有意思了，连车都买一样的？

后面回帖议论纷纷：

> 人家早就买了，她后面跟着买。死对头有的我都要有，真是学人精本精。
>
> 先是霍观起拍卖会买的胸针，路秾秾走红毯搞个差不多的，至今都没弄明白到底是真是假，怎么回事。现在又来车，绝了。
>
> 霍观起实名订购的车，还是数量有限只有那么几辆的，我不信她不知道。非要跟人家开同款？干吗呢？？

聊着聊着，赶上 UG 那边放出下午的采访，路秾秾和同天接受采访的两位艺人，每人有一个半分钟的预告视频。

路秾秾的那个半分钟的预告视频马上就被人搬运：

> 路秾秾在采访里说自己不是单身，有对象，采访时间就是今天。结合同款车的事，大家怎么看？

回复越来越多，帖子里论调趋定，基本是同一种看法：

高！这一手真高！先用同款模糊视线，然后放出非单身的消息，让别人不往她和霍观起身上联想也难，真是厉害。

这哪是死对头，她是想泡人家才对吧？

路称称是真的看上他还是想炒作啊？

不管是真看上还是想炒作，哪样都够戏精的。

路称称整理完食材，得知了微博上的消息，一溜烟看下来，白眼快翻到天上去。她原本就没打算一直瞒着，更何况她和霍观起现在已经达成共识，不谈过去，婚姻存在一日便维持一日，接受采访时她坦白回答，就是想在婚礼来临前一点一点公开。

结果……

她忍不住拿起车钥匙看了又看。

阿斯顿马丁？限量款？国内只有五辆？

她只是出门工作顺便买个菜，根本没想那么多。心里憋着股气没处撒，半晌，她拿出手机发微信，指责远在国外的霍观起：

你好奢侈！

她完全忘记了自己买包、买首饰眼都不眨的时候。

唐纭更过分，生怕她没看到，特意把帖子转发给她，还精准捕捉重点：

哈，你这个学人精！

憋着劲想跟霍观起炒绯闻吧？

说啊，你是不是想追人家？

接连几个表情包，唐纭打字不够，又发来一长串语音，笑得上气不接下气。

路秾秾脸都绿了。

霍观起这一周忙得脚不沾地，一回国，就得知网上的那些消息，看向路秾秾的眼神写满了无奈。

他这才离开七天，她就能搞出这么多事，亏她还好意思发消息谴责他奢侈，当时看到这条信息，霍观起一头雾水，回她一个充满不解的问号。

可能她自知质问得不是很站得住脚，没再回复。

他手边事情多，就搁置了没细问。

没等解决这些八卦非议，霍倚山出事了。

霍观起接到电话，说霍倚山突发中风，人在霍氏集团旗下的私人医院。

路秾秾和他第一时间赶过去，到医院一问，老汤道："先生下午和见明先生见了一面，晚上突然就昏过去了。"

霍观起问："见面说了什么？发生了什么？"

"具体说了什么不知道，先生挺生气的。"老汤面色难看，"先生把见明先生叫去，是因为账目亏空的事。"

说话间，一家人全都到齐——大伯家三个，霍观起的父亲霍清源、后妈赵苑晴，悉数到场。

霍观起冷眼睨着霍见明，道："你和爷爷说了什么？把他气成这样。"

霍见明一听眼里闪过心虚，脸上讪讪，怒道："你胡说八道什么？爷爷生病跟我有什么关系！我看你才……"

"你再大声嚷一句，信不信我让人把你扔出去？"霍观起平静地看着他，眼里全无温度。

霍见明一愣："你敢！爷爷还在里面——"

"你试试，看看我敢不敢。"霍观起淡淡道，"老汤，去把医院保卫科的人叫来，他再大声喧哗，就堵上他的嘴，把他扔到大门口。"

老汤看看在场这些霍家人，没有反驳霍观起的话，反而一脸为难地对霍见明道："您别让我难做。"

霍见明脸色青一阵白一阵。

霍观起稳坐继承人之位，他早就知道，可是之前还没这么直观地感受过，不过是处处被压一头，过得不如霍观起滋润而已。

如今却连跟在霍倚山身边多年的老汤都对霍观起言听计从，霍倚山这一躺要是不起，霍氏的霍字，就要彻彻底底变成霍观起的霍了。

大伯霍泽海庸碌半生，身材微胖，见状连忙站出来打圆场："观起，你们好歹是兄弟。他有做得不对的地方，我说他就是了，你何必这样？"接着他转过头，训斥自己不成器的儿子，"就你长了嘴？少说两句会不会？问你什么就答什么！"

霍见明气不过，看着霍观起道："我看爷爷刚倒下，有人就迫不及待要拿我立威了。兄弟？谁敢跟他做兄弟！"

霍观起漠然道："希望在集团董事会上，你也能这么硬气。"

霍见明一口气提不上来，差点哽住。

坐在一旁椅子上的霍清源打断他们："别吵了！"他瞥一眼霍泽海，"见明不想待着的话，大哥你带他尽早回去吧。"听他话里隐含讽刺，霍泽海面色也不好看。

一时间谁都不再说话。

路秾秾全程没有出声，只陪在霍观起身旁。

一个多小时后，医生来告知，说霍倚山目前处于昏迷中，还有几个小时才会苏醒。

霍观起便让她先回去休息。

路秾秾问："那你呢？"

"我在这等着。"他道。现在，这是他必须做的。

路秾秾沉默着，心里不免有些发堵。

霍家这一摊烂事，她很多年前就知晓。

霍观起的母亲叫文香如，霍清源和她相知相爱，年轻时两人曾决意要共度余生。

文香如出生在一个普通家庭，家中父母皆是农民，反观霍清源，留学归来，比起兄长出色得多，自然而然被霍倚山寄托了全部的希望。

这样一桩婚事，霍倚山当然不同意，一怒之下棒打鸳鸯。霍清源和文香如不肯屈服，霍清源甚至不惜为此顶撞霍倚山，苦求无果后，毅然决然离开霍家。

他们二十三岁那年结婚，到二十五岁，生下了霍观起。

霍观起曾经和路秾秾说过，在他的幼时记忆里，父亲和母亲恩爱和睦，感情非常好，只是家里一直过得很艰难。

他从没见过爷爷，却知道爷爷不喜欢他和他母亲，对他们多有为难，家里艰难的境况和爷爷有着无法摆脱的关系。

不管霍清源去哪里工作，没多久都会被人辞退，四处碰壁。不得已之下，文香如只得支了个小摊做生意维持家计，霍清源则到处干零活、找事情做，就这样还时常被人刁难。

他们的日子一直过得紧巴巴，霍观起从不和人攀比，吃得不好，穿得简单，从没和父母抱怨过一字一句。

只是没想到后来，他父母决定离婚。

他被霍清源带回了霍家，没多久，霍清源再娶，娶了同样家世优渥的赵家女儿，也就是他的后母赵苑晴。

当时霍观起才八岁，跟着霍清源回霍家以后，没有过一天幸福日子，霍清源那时开始对他态度大变，动不动因为一点小事罚他。

赵苑晴表面看着对他好，嘴上劝阻那么一两句，实际根本不拦，否则他们家搬到路秾秾别墅后面那会儿，何至于连给霍观起办张门卡都拖拖拉拉，要让他三不五时因为家里没人被关在外头？

说白了赵苑晴就是不上心而已。

那些年赵苑晴一心备孕，不知是不是老天有意作对，一直没能如愿，她的脾气越来越暴躁，对霍观起也越来越严苛。

霍清源罚他也不再是小打小闹，动辄便让他跪。

路秾秾知道得多，从那时候就对赵苑晴憋了一肚子气，对霍清源同样没有好印象。

但追根究底，霍倚山才是最大的症结所在。

霍观起父母的一桩婚事，从他出生前到八岁，持续了十年，如果不是霍倚山干涉，让他们日子过得举步维艰，一切说不定不会如此。

而且霍倚山这人心思极重，发现孙辈两个长成后，偏偏是霍观起有出息，一边希望他出色能担大任，一边又因他母亲心存芥蒂，担心他会走上他父亲的老路，被女人拐跑，扔下家业追求爱情，所以一直不肯真正将霍氏交给他。

直到霍观起和路秾秾结婚以后，霍倚山的这些担心才有所消除。

不过不管是仍然在意也好，已经放下也罢，眼下这个情况，霍倚山想要握紧大权不旁交，是再也不可能了。

霍氏，即将进入洗牌阶段。

路秾秾打量霍观起的神色，踌躇半天，安慰道："你别太累。"

又是这种时刻，又是这种感觉，每当面对霍家，她就忍不住生出一股护犊子的心态，抛开她和霍观起的所有过去，那些纠葛和对错统统不提，她单单只是为他不平。

霍观起看了看她，紧绷的脸上有了几许短暂的松弛："好。"

离开医院，路秾秾独自回到喆园。

一夜无眠。

第二天一早，路秾秾下厨，亲手煮了东西带去。

霍观起在休息室过了一夜，微微显露出疲惫之色，见她来，打起精神道："这么早过来干什么？多睡会儿。"

发现她还带了自己煮的食物，他拧了拧眉："这种事交给别人做就行了。"

反正不是第一次下厨，路秾秾不在意，问他："爷爷情况还好吗？"

霍观起道："就那样，中途醒了一次，但是还不能说话，马上又睡着了。"

"你要在这儿待到什么时候？"

"我处理完这点事，再观察一会儿，下午回公司。"

霍氏那么大个摊子需要他处理，接下来这段时间他有得忙了。

又听他道："我爸下午会来，这里交给他就行。"

路秾秾听他提到霍清源的口吻，分明一点都不沉重，愣了刹那，不由奇怪，上次在霍清源书房时就觉得不对劲，霍观起买的画居然挂在那儿。

难不成这几年，他们的关系真的缓和了？

不好多问，路秾秾压下疑虑，离开了医院。

霍倚山入院一事，路家收到消息，路君驰打电话来问了一次，为此，路秾秾特意回了趟路家。

路闻道说："他是长辈，你们做小辈的，这个时候该做的都要做到位。"

路秾秾表示知道。

而路君驰更关心霍观起的动向，这几日霍氏大刀阔斧，动作频频，除了原本就交到霍观起手中的镶水二度开发案，他手中的其他权力更是越握越紧。

路秾秾不了解这些，无从谈起。

一周左右，霍倚山的身体情况稳定下来，已经可以说话了，但是留下了后遗症，身子几乎不能动，出行需要人用轮椅推着。

医生叮嘱不能动怒，霍倚山醒来之后不愿见霍见明，只让人传话叫他安分守己，否则就让他滚出国去再也别回来。

路秾秾还是从路君驰那儿得知具体缘由——霍见明连同手下人在账上做手脚，让公司亏空得厉害，那一帮子蛀虫全被赶出了霍氏。

霍见明被骂了个狗血淋头，霍氏上下都传遍了，他在家如丧考妣。

霍观起终于回家来，坐下没歇多久，道："爷爷提了婚礼的事。"

路秾秾问："说什么？"

霍观起看她一眼，道："他问筹备得如何。"

这意思就是催了。

他们的婚礼一直还没办。

就像一个仪式，差这么一道昭告天下的步骤，始终差一点实感。

路秾秾动了动嘴唇，没说话，也说不清心里是什么滋味。

半晌，她在他身边小声地开口："看时间，安排就是了。"

她看着一脸平静，然而她那微微握着的手心，却无人知晓地，悄悄地出了一层薄汗。

当晚，唐纭下班到家，刚洗漱完就收到消息，是好久没找她厮混的路秾秾发来的。

秾秾：下礼拜有空吗？

TTT：有吧，怎么？

秾秾：陪我去趟意大利。

TTT：意大利？去干吗？

秾秾：试婚纱。

第 8 章

希望这辈子是和你过

一切都准备妥当。

临行前一天，路秾秾和程小夏确认完要带的东西，刚歇下，突然接到一个越洋电话，半年难得在手机上亮起一次的来电，响了好久，路秾秾漠然地看着，直到铃声快响完才接起。

"有事？"她一张口，就是简短干脆的两个字，登时叫那边感到不悦。

"你这是什么语气？我不能打电话给你？"

"有事就说，我很忙。"路秾秾沉着脸，不愿多费口舌，语气控制不住地烦躁起来。

那边深吸一口气，通知般道："下个礼拜我回国。"

"……"

"你听到没？"

"听到了。"

"我跟你说，我这次回来，你……"那边说个不停。

路秾秾左耳朵进右耳朵出，等那边终于说够，应付两声，"啪"地将电话挂断，将手机往旁边一搁，毫无留恋。

屏幕上"路华凝"三字一闪而过，很快跳转回主界面。

"她要回国？"唐纭一诧。

路秾秾点了点头。她们这会儿刚坐上霍观起的私人飞机起飞没多久，听到这个消息，唐纭颇觉意外。

"你妈……"顿了一下，唐纭改口，"路华凝女士怎么突然回国？"

"带她的新男朋友回家。"路秾秾一脸冷漠，"估计是觉得找到真爱了。"

"这次又是什么人？"

"谁知道？估计不是富商就是艺术家，我才懒得记这些。"

机上私人乘务送来饮料。

唐纭端起果汁，悻悻吐舌，一时不知说什么好。

路稤稤的母亲路华凝女士，是这个圈里父母辈中的叛逆表率。

十八岁时不顾家人反对，执意闯荡娱乐圈，曾以动人的美貌闻名国内，但她的性格说好听点是感情热烈，说得不好听就是不爱会死。

在娱乐圈那些年，她绯闻漫天，情史丰富，换作现在估计得是个黑粉遍地的主儿。

路华凝二十四岁时突然出国离开公众视野，原本说是暂休，结果一走就是二十多年，再未复出，直至今时今日。

当时有传她怀孕的、有传她生病的、有传她出家的，什么样的都有，时间一久，公众渐渐将她忘到脑后，便不再提起这人。

其实传闻并非都是假的，按照路稤稤的年纪来算，路华凝当时确实是怀孕了。

至于路稤稤的生父——

路华凝退圈前后，和她打得火热、绯闻闹得最凶的对象，要数那会儿正当红的实力派小生隋少麟。

隋少麟拍过不少口碑好，收视高的电视剧作品，又生得英俊，常有花边新闻。他早年事业顺风顺水，转战大荧幕后，二十八岁拿下人生中第一座影帝奖杯，只可惜后来运气不佳，再拍的电影都没能给他带来什么荣誉，不过倒是留下不少经典形象。

他于三十三岁那年宣布和自己的经纪人结婚，随后渐渐淡出娱乐圈，已经多年不拍戏。

知道这桩八卦的估计都是上了年纪的人。

路稤稤和娱乐圈接触最初，也有人提过路华凝，只是当年的事并没定论，路稤稤和路华凝的资料里也没写这些。

就算有人晓得她们是同一个路家出来的，也不晓得她和路华凝的具体关系。

甚至有人留言问过她："路华凝是你姑姑吗？"

现下网上这批"90后""00后"的吃瓜网友就更别提，压根不了解这些，再加上路稤稤后来几次三番惹人非议，舆论焦点就彻底转移到她个人身上。

而圈里交好的各家都有自己的消息渠道，且常来常往，倒是基本都默认了路秾秾的父亲是隋少麟，只是路家不提，别人当然不会去提。

唐纭同样没问过，还是在国外读书深夜交心时，路秾秾喝得微醺，靠在她肩头主动和她说的。

母亲辗转于情爱多有疏忽这个女儿，父亲呢，结婚有了家庭，还有个女儿，早就把路秾秾忘得一干二净。

摊上这样的爹妈……唐纭想想就头疼，换作是她，肯定不会做得比路秾秾更好。

见路秾秾神色微黯，唐纭怕她烦闷，故意逗她："别的不聊，在私人飞机上，不拍个合照说得过去吗？来来来，照一张！"

"不照。"路秾秾躲镜头，"说得像你家没有似的，无聊。"

"拍一个！"

"不拍。"路秾秾头一歪，干脆闭眼，"我睡了，别吵。"

唐纭警告："我把你当景点了啊？"

路秾秾没反应。

唐纭还真凑上去，和"睡着"的路秾秾拍了张合影。

经过长途飞行，两人抵达目的地。

到下榻的酒店时，路秾秾只觉得睡得不够，唐纭却精神抖擞，洗漱后还饶有心情地把飞机上那张照片修了修，发在微博上，并配文：

> 偶遇睡着的 @路秾秾，合照一张！

她发完，手机一扔，颠颠地跑去和路秾秾商量吃什么。

除了试婚纱和伴娘装以外，路秾秾和唐纭闲下来就逛街购物，许久没有一起度假，她们过得开心又充实。

这里和国内有时差，路秾秾几天都没有关注网络，唐纭却不行，每天都要刷微博浏览一下，生怕回去了吃瓜跟不上。

这天中午，酒店送来食物，两人面对面在小圆桌边坐下。

唐纭一边进食一边刷微博，路秾秾早就习惯，却见她忽然一顿，手指快速在屏幕上滑动几下，半分钟后唐纭抬眸，问："霍观起有没有给你打电话？"

路秾秾道："今天上午打了一个，怎么了？"

唐纭纠结地咬了咬唇，而后还是将手机反过来，伸到她面前："你自己看——"

热搜上，有一个词条是：

隋杏霍观起

路秾秾手中的刀叉微停。

隋杏。

隋少麟的女儿，也是她同父异母的妹妹。

几个月前跟随剧组去墨尔本拍戏的隋杏在完成拍摄后，顺便在国外度假休息了一阵，近日才回国。

回国的第二天傍晚，隋杏现身涟京大酒店，记者在地下车库里拍到她露面，蹲点等她出来的时候，没多久又拍到霍氏集团副总霍观起。

两人到达时间相隔不久，先后进入涟京大酒店，媒体第一时间爆料，标题"私下约会？"

隋杏的粉丝第一时间就赶来控评：

请勿发散。隋杏只是去吃个饭，其他人也有出入涟京的自由。去过同一家店就是约会吗？麻烦媒体不要乱写。

杏杏很忙，刚结束工作，只是想好好吃个饭，别替她乱编恋情，谢谢。

不信谣不传谣，恋爱与否我们只听隋杏说。

和微博上不同，论坛立刻有人开帖，并贴出霍观起的照片。

视频里有点模糊，去搜了一下，霍氏那位副总长得也太好看了吧？

后面跟帖都在舔颜。

> 这么年轻？我还以为是什么老头呢！这个颜值可以秒不
> 少男明星了！
> 你们忘了路秾秾几次和霍观起"同款"？要不是这样长
> 得帅又年轻有为，她费那么大劲干吗？
> 之前吃瓜没看过照片，原来就是他啊！
> 别说，看起来和隋杏还挺般配，郎才女貌。

国内正是傍晚，唐纭告知路秾秾之后没多久，热搜上的词条就
撤了。

"没了？"唐纭皱眉，"我问问谁撤的。"

很快她从朋友处问到。

她道："霍观起那边撤的。"

路秾秾脸上没什么表情，也没生气，端起水喝了一口，道："上午
他跟我提过，中午有应酬。"

他应该就是去的涟京。

"我也知道，估计就是碰巧。"唐纭说，"可隋杏那边一点动静都没
有，几个意思？平时有一丁点不好的消息，她团队出来得比谁都快。"
说着她点进论坛，想看看最新进展。

不看不要紧，一看，唐纭差点气死。

有个新帖子说：

> 问过内部人员，是霍氏那边撤的热搜！如果是假的，反
> 应何必这么大？这么干脆利落直接压死，该不会是真
> 的吧？！

这种论调得到了不少人的支持与附和：

> 隋杏的爸爸是影帝，妈妈是有名的金牌经纪人，星二代

出道，一直低调沉稳。家庭条件好不说，又有气质，十足的白富美，被高富帅追求不奇怪。

　　她拍个戏拍了这么久，拍完就休息，都没怎么听见她的消息，一点都不作妖，现在圈里真的很少见了。

　　按照她和她团队的作风，如果是假的，应该第一时间就会出来澄清吧？这都几个小时了还没动静？

又因当事一方是霍观起的缘故，网友聊着聊着，不免提到路秾秾。

　　同样是白富美，反观姓路那一位，倒贴高富帅人家都不理。

　　楼上这么一说我又想到路秾秾那几次同款，她真的好惨啊，哈哈哈。

虽然微博上大部分隋杏粉丝都在控评，澄清是谣言，是媒体看图说话，但另一部分粉丝却嘴贱了起来。

有个隋杏大粉，微博粉丝十几万，喜欢隋杏的同时讨厌路秾秾，发了条微博：

　　同样都是"白富美"，一个天天作妖常住热搜，试图和别人炒绯闻，可人家理都不理；一个低调温和路人缘好，一回国，人家就主动出现在有她的地方。什么叫差别，这就叫差别。

这条微博引起不少人转发，有路秾秾得罪的段靖言粉，有路秾秾自己的黑粉，有爱吃瓜的好事者，还有隋杏的粉丝。

比起别人赤裸裸的嘲笑，隋杏的粉丝画风相较之下有点不一样：

　　杏杏就是这么优秀。

　　高贵的玫瑰当然会吸引到最优秀的骑士，我们杏杏生来就配得上最好的。

虽然本妈粉不同意小杏谈恋爱，但还是要大声喊一句：她值得！！！

有人觉得不妥，他们便立刻围攻：

没踩路秾秾啊！谁踩她了，我们说什么了吗？只是夸自家孩子都不行？

想夸路秾秾你可以自己夸啊！我们是隋杏的粉丝，眼里只看得到隋杏。

一个两个都振振有词，堵得对方招架不住。

路秾秾的口碑确实不大好，每次上热搜都被人翻来覆去地骂，但骂她的人太多，骂得太难听，反而触底反弹，有一小撮人不由对她生出了怜爱。

再加上她几次举动的行事脾气都是直来直去，其实也有不少吃瓜网友喜欢。

路秾秾也没那么差吧！她长得很好看啊，身材好，气质也好。

服了，路秾秾干什么都是错。不想她上热搜那就别搜她别关注她，一边骂一边盯着她的一举一动，无不无聊？

今天的事跟路秾秾有什么关系？为什么又骂她？有必要吗？

有这种想法的人不少，然而不知是粉丝控评控得太严丝合缝，还是真的有什么水军下场，这股声音全都被盖住。

唐纭一边点赞了几条帮路秾秾说话的微博，一边生气。

什么路人缘好，不是国民演员，也不是有深入人心作品的实力派。花钱营销得多了，自己都出现幻觉了？

搞娱乐圈这一块儿的，谁还不知道谁。

隋杏长得不够美，没继承她爸的好基因，相貌在娱乐圈只能算普通小美女，于是她的团队一个劲吹她的气质，吹她的高级脸，问题是她的脸真不是高级那一类的。

唐纭正想着怎么不动声色地发条微博撑隋杏一下，没等她出手，有网友注意到她之前发在微博的照片。

立时，又一个热帖由此诞生：

> 你们看到博唐副总微博里的合照了吗？她和路秾秾坐的私人飞机的背景，和霍观起接受采访时的背景一模一样！

帖里放出图片对比。

霍观起某次在飞机上接受商业杂志采访时拍的照片里的背景细节，和唐纭发的合照中机舱内部的各种细节，相似的地方不止一处。

帖子一开，前排都在嘲笑：

> 又来了，同款又来了是吗？
>
> 路秾秾还要倒贴到什么时候啊，我都累了。
>
> 这是看大家说隋杏和霍观起般配坐不住了吗？醒醒吧，再作妖人家也看不上你。

但也有人仔细比对过，发现是真的一样。

> 不是啊，飞机舱里的装饰确实一模一样，你们看那个花纹。
>
> 私人飞机也能搞同款？她难不成找人偷了霍观起飞机的内部构造图？
>
> 巧合太多，多到我觉得根本就不是巧合……

微博上立马有八卦博主整理帖子内容发出：

路秾秾和霍氏副总搭乘的私人飞机细节一致，他们这是
在一起了吗？

酒店这厢，唐绘气不过，道："我要不要发条微博帮你说一下？"
"不用。"路秾秾气定神闲，唐绘刚一着急，就听她道，"等下我来。"

国内晚上七点半，正当网上众人热议纷纷之际，路秾秾吃饱喝足，
上线给说她和霍观起在一起的那条微博，点了个赞。

路秾秾这个赞，犹如一石激起千层浪，引发了一串连锁反应。

她哥路君驰成了两个当事人以外首当其冲的追问对象，和他关系
好的第一时间截图来问：

路总，你妹妹和霍观起在一起了？

路君驰向来不关注网上那些八卦消息，路秾秾的事都是让助理盯
着告之，突然被好些人问，才后知后觉地知道这是怎么个情况。

一看这闹得乱七八糟的，他直接问路秾秾："你点的赞？"

远在意大利的路秾秾坦然地在电话里回答："对啊。"

确认没被盗号，既然她不遮掩，路君驰回朋友自然也回得大方：

小妹和观起确实在一起了。本来想过段时间再和亲戚朋
友分享喜讯，闹成这样真不好意思。

得了路君驰承认，这消息像插上翅膀似的，在圈内朋友中飞快
传开。

望京这些人家，牵牵连连之间多少都有些交集，许多人虽心里讶
异却不敢问霍观起，与霍氏合作过的人灵机一动，纷纷找上霍观起身
边最亲近的助理。

高行工作本来就忙，被消息轰炸得头晕眼花，只好发了条朋友圈：

> 感谢各位亲朋好友，问询的人太多无法一一回复，还请
> 见谅。霍总不得空，太太暂时不在国内，具体事情等合适的
> 时机会正式告知各位。多谢关心！

这条内容一发，惊倒一众人。

都知道唐纭和路秾秾出国了，可路秾秾和霍观起不是才刚开始谈恋爱吗？

她怎么是太太？

这就已经结婚了？！

回复消息呈线状增加，如高行所说，他不能一一细看，只能暂时搁置在旁。

本该午休的时间，路秾秾的手机却消息不断，嗡嗡振个不停。

"你不看？"

"我不敢动它。"路秾秾正襟危坐，盯着手机皱眉，"怕卡死。"

"……"

唐纭收到的问询不比别人少，因为她和路秾秾关系铁尽人皆知。在几个不同的群分别回了几句之后，她干脆发了条朋友圈：

> 很快就要迎来人生中第一次当伴娘的日子了，好期
> 待哦！

该条动态下，定位地点：意大利。

朋友们纷纷留言：

> 秾秾和霍观起在一起了？？
> 秾秾和霍观起什么时候好上的？！
> 谁结婚啊！秾秾吗？

唐纭统一回复：

礼服和伴娘装都巨美。秾秾婚礼本人是首席伴娘，谁都不准跟我抢。

登时惊讶声一片，众人半天才想起祝福。

望京富二代圈里的各种截图被爆到网上，微博和论坛登时热闹极了：

> 年度大戏！路秾秾和霍观起在一起了！他们朋友圈里好多人都证实，好多明星都在朋友圈祝福，超热闹的现在！！
> 不止在一起，要结婚了啊！博唐副总亲口说要当伴娘！
> 我的天！这什么反转！

嘴硬不肯相信的人嚷嚷着"截图我也会P"，被人嘲笑"死鸭子嘴硬""柠檬精都没你酸"……他们大概也自知丢人，一个两个的很快销声匿迹。

在微博上，有一个ID叫"秋天啃枣"的女生，是那一小撮给路秾秾说话的人之一，她的评论在一片骂声中艰难地收获了为数不多的几个赞。

还有一个是唐纭赞的。

路秾秾和霍观起结婚一事刚刚传开时，秋天啃枣正在路秾秾被糟蹋到不能看的评论里留言给她鼓劲儿。

为她打气的话刚发了几条，忽然得知她结婚的消息，愣怔地去看完八卦，秋天啃枣回到自己微博主页，半天才发了一条动态：

> 路秾秾怎么突然要结婚了？？我看得好晕啊，不知道是真是假。是真的话祝小姐姐幸福！！（呜呜呜，她可太好看了）

没几分钟，秋天啃枣就收到新消息的提示。

秋天啃枣只是一个没有粉丝的普通冲浪网友，以为又是哪个讨厌路秾秾的人搜索关键词摸来骂她，正欲一战，点开看见ID，当场一愣——

@路秾秾V回复：祝福我收到了，谢谢你哦。

以为自己眼花，秋天啃枣瞪大眼用力眨了眨，定睛细看，真真实实是路秾秾本人没错！错愕过后，秋天啃枣惊讶又激动地回她：

小姐姐你好漂亮！！！别理黑子！！一定要开开心心高高兴兴！

随后她忍不住截图发新微博：

我被漂亮姐姐回复了！好幸福！嘤嘤嘤，我恋爱了！

评论里逐渐拥入吃瓜群众的同时，秋天啃枣的微博也被人截图发到论坛各处：

路秾秾亲自实锤了结婚，这不可能有假了吧？
笑死，说她倒贴的人呢？这下好多人的脸都要被打肿了。
人家明明是情投意合，非要硬嘲，胸针、车、飞机，都不是同款，就是同一个。这反转太刺激了！

隋杏的粉丝先前那些言论这时就变得尴尬起来，虽然那位大粉及其他粉丝删博的动作飞快，但还是有人留下截图，整理发出。
转发里都在吃瓜：

意淫人家对象还要踩人家一脚，今年第一好笑。
来看翻车现场。
自认是高贵的玫瑰，可是人家骑士根本看不上你呀。

踩一捧一必遭报应，这就是现世报案例，望饭圈各家引以为戒。

天天吹这个吹那个，作呕。就那张脸敢往人家路秾秾身边站吗？真是没见过这么一群丢人的玩意儿。

很能说的那些隋杏粉这会儿好像都哑巴了，逼得急了就死鸭子嘴硬，说别人结婚与隋杏无关，暗讽别人蹭热度。

可惜再倔强，隋杏粉在这件事上被群嘲已成定局，不仅给路人留下了十分不好的印象，还硬生生整出了一个过不去的梗，被人嘲了又嘲。

唐纭捧着手机，看着微博上与最开始彻底反转的情况，冷笑一声，不知在骂谁："让你装，你妈买菜必定超级加倍！"

路秾秾满脸问号，怎么还学会花式骂人了？

路秾秾给不小心看见的秋天啃枣回复，是觉得这个网友在一片骂声中挺自己不容易，至于这件事，眼下到了这个地步，已经差不多可以打住。

然而，霍氏集团旗下各企业官微这时候突然齐齐出动，整齐划一地发博并@她——

奥鑫购物广场V：收到通知！为庆祝霍总和太太@路秾秾新婚喜事，在评论和转发里留下祝福的账号，本月内在全国所有奥鑫广场购物，都可凭祝福享受7.5折优惠！

悦园地产V：为庆祝霍总和太太@路秾秾新婚，在评论和转发里留下你的祝福，本月内在全国各城市的悦园花苑购置新房，凭祝福可享受九折优惠，本月前购房的户主，可凭祝福免三年物业费。

德力电器V：庆贺霍总和太太@路秾秾新婚之喜，在评论和转发里留下祝福的账号，本月内购买德力门店所有电器，凭祝福均可享受八折优惠！

老饕盛宴 V：热烈庆祝霍总和太太 @ 路秋秋新婚！祝霍总和太太永结同心百年好合！！在评论和转发中留下祝福的账号，本月内老饕所有门店的上新菜品，凭祝福均可享受五折优惠，其他菜品可享七折优惠。大家快来留下美好祝愿吧！

湛源酒业 V：祝霍总和太太 @ 路秋秋百年好合！小湛来送喜酒啦！在评论和转发中留下祝福的账号，本月内凭祝福可在全国各大门店享受酒品单买七折、买二送一、买三送二的优惠。快来喝喜酒！

霍氏盛景酒店 V：祝福霍总和太太 @ 路秋秋长长久久！在评论和转发中留下祝福的账号，本月内入住霍氏旗下所有酒店（含洲际、国际酒店在内），均可凭祝福享受五折优惠，新婚夫妻可享一折优惠。霍氏盛景为爱护航，欢迎您的光临。

……

多到一只手都数不过来的优惠，让网友们登时沸腾：

我家旁边就有个奥鑫，我妈每天都去！路秋秋新婚快乐！祝你和霍观起百年好合！

悦园花苑打折？？我和老婆准备买房，本来一直犹豫不决，这个月可以下手了！祝霍先生路女士新婚快乐！恩爱永不疑！

老饕超好吃啊，我每周去三次，新菜品我来了！！路秋秋霍观起新婚快乐！希望你们长长久久白头到老！

我爸爱喝酒，我买点儿酒给他。路秋秋新婚快乐！还有霍总！

啊啊啊，这个月我和老公蜜月旅行！霍观起路秋秋祝你们新婚快乐长相厮守白头偕老！

……

热闹景象，不止路秋秋，连唐纭都有点看呆了。

"看得我都想去祝福了。"

路称称:"我在你面前呢,你直接跟我说不就完了。"

不管怎么说,这次的动静大到几乎全网都在凑热闹。

优惠策略从吃穿住行入手,普通的、高档的,生活的方方面面都被囊括其中。

路称称第一次"路人缘"这么好,不管认识的不认识的、男的女的,一时间都对她热情不已。

有人怕祝福不够真诚,影响到优惠力度,在各官微下评论完,还到她最近一条微博里祝福。

因为这样大规模的优惠,她的评论被铺天盖地的祝福淹没,以前那些骂她的话,十分钟不到就全都被刷了下去。

所有人都在祝福他们。

路称称突然很想和霍观起说点什么,又不知道从何说起。

正想着,霍观起发来消息,不提微博上的事,只问:

试婚纱一切都顺利?

她回复:

顺利,婚纱没问题。

霍观起:我不担心婚纱。

路称称一愣。

他不等她说什么,又发来消息。

霍观起:我离开公司了,去吃饭。

平时事情忙没有应酬的时候,他吃饭一向晚。

下一句出现在屏幕上:

霍观起：凡事有我。

——有我。

路秾秾指尖微顿，停了半晌。

她往常都被人骂习惯了，从没觉得有什么。

他这简简单单却又认真的几个字，却忽然叫她感觉喉咙里涩涩的。

网上弄出这么大的动静，当然不可能人人开心。

比如隋杏这边。

第一时间，她就接到了工作室挂靠公司的老板的电话，被骂了个狗血淋头。

"你怎么回事？这样的消息为什么不立刻澄清反而让舆论发酵成这样？你知不知道今天这事对你的形象会有多大影响？！"

老板是她妈妈年轻时的朋友，签下她，也给了不少资源用心捧她。

隋杏没什么底气："是工作人员反应不及时……"

"他们都是你妈妈以前带出来的人，办事能力我还不知道？"那边驳斥得不留情面，"还不是个个都听你的！"

"我只是……"

"只是什么？你拎清楚一点，你现在事业刚刚起步，需要保持一个干净的形象。这点眼光和气量都没有，谈什么以后！"

隋杏哑口无言，半晌弱弱道："我知道了，您别生气。"

她的工作大部分都交给安漪芳打理，她们早就给她规划好了路线，她只需要按部就班地走就行，她很少忤逆强势的安漪芳，这次和霍观起被误会的事情，其实第一时间就可以澄清，是她拦下了工作人员。

路秾秾这个"姐姐"的存在，她早就知道，暗中一直多有关注。回国前她看到消息，得知路秾秾多次试图和这位霍总扯上关系，原本只是看笑话。这次被拍，她本来想借机硌硬一下路秾秾，晚些再澄清也来得及，谁想到……

那些她让工作室发出去混在粉丝中推波助澜的言论，结果竟成了打自己脸的巴掌。

事情发展至此，已经无可挽回。

等远在别地的安漪芳收到消息，势必也要训斥她。

听着电话里先行而来的教训，隋杏脸色晦暗，一个字都不敢再说。

正在电视台休息室的季听秋刚化完妆，沸沸扬扬的消息就刷遍了首页。

——路秾秾要结婚了。

他愣怔地将前后经过看了一遍又一遍，喉咙发堵。

犹豫许久，他还是掏出手机给她发消息：

你要结婚了吗？

他发完堪堪反应过来，她此刻肯定被各种信息淹没，怎么可能理会他。

失落和更复杂更说不清的情绪一齐袭向他的心头，恍然间，她竟回了：

路：对啊。

路：怎么，你也要祝福我？

路：不用这么麻烦，喜欢什么优惠说一声，这还不好安排！

后两句带点儿玩笑的口吻，她甚少这样和他说话，看来心情是真的极好。

而她的回答敞亮又直接，没有半点遮掩——虽然也遮掩不了——那语气自然得不能再自然。

季听秋更加清楚地意识到，她从没对他有过一点不一样的心思。

怔怔地，他忍不住问：

你开心吗？

路秾秾全无察觉：

> 开心啊。干吗不开心？你是说网上的事？那些影响不
> 到我。

季听秋对着手机陷入呆怔之中，自己都不知道自己在想什么。久
到时间每一秒都仿佛被拆分成十倍那么长，他才在这份冗长中一步一
步晃晃悠悠走到头。

他的视线定格在"开心啊"三个字上。

他反复咀嚼了好多遍，终于艰难地咽下。

她说她是开心的。

浊气从喉间散去，季听秋一字一字，打下祝福：

> 新婚快乐，秾秾姐。

路秾秾回国当天，霍观起特意来接了她。

唐纭有自己的助理来接，见霍观起对路秾秾殷勤又体贴，很识相
地没有做电灯泡，自己走了。

路秾秾在回去的车上，忍了半天，像是憋着话。

霍观起不由看向她："你怎么了？有话直说。"

"你刚刚在唐纭面前好不自然。"她瞥他一眼，吐槽，"特别做作。"

"……"

半个下午，霍观起一直待在家，路秾秾在客厅挑选婚礼请柬的样
式，时不时和唐纭连个线。他好像格外不忙，一会儿从书房出来喝水，
一会儿从书房出来拿水果，再不然就是嫌鞋子不舒服出来换。

不知第几次经过客厅，霍观起终于站定："明天晚上去'Louis'
如何？"

忙于选择的路秾秾"嗯"了声："'Louis'？干吗的？"

"餐厅。"

"新开的？"

"对。"

"好啊。"路秾秾奇怪，"你站那儿干吗？"见他端着杯子，指了指柜台，"喝水？去啊。"

"……"

第三次端着杯子出来接水的霍观起陷入沉默，试婚纱去了这么一段时间，她好像半点都没觉得久。

好不容易挨到晚上，霍观起搂着她，把不能说的用另一种方式发泄完毕，终于正常。

隔天，路秾秾睡醒，他已如以往一样身在公司。

路秾秾以为他会看着点让高行来接自己，到了傍晚，他却迟迟没有动静，过后他才打电话来："今晚我有事回不来，我让高行送你去餐厅？"

路秾秾一听就没了兴致："什么事啊，很要紧？"

他稍作沉默，道："我爸和赵苑晴吵架，两个人动手了，我安排医生过去看看。"

路秾秾皱眉："没事吧？"

"看了才知道。"他说，"你不用操心，去吃饭吧。"

两个小时后，大概八点多，霍观起回家，面上有少许疲惫。

路秾秾迎上去："春城世纪那边严重吗？"

他道："还好，不是大问题。"

路秾秾记着他还没吃饭，想问他要不要吃点什么，霍观起先开口："我去书房待一会儿。"言毕，缓缓上楼。

他进了书房就不出来，路秾秾放心不下，煮了点粥端上去，她一看，霍观起面前空无一物，只是在书房里枯坐。

"吃点东西。"

霍观起拧了拧眉，"嗯"了声。

她没走，默了默，问："在想什么？"

他道："想我爸。"

面前的粥飘着袅袅热气。

路秾秾犹豫几秒，终于还是问："你和他，和好了吗？"

她是知道的。

父慈子孝这件事，在霍观起和霍清源身上有多诡异。

霍观起的母亲文香如，四十岁就死了，正是他们上高二那年。

她久病缠身，直至行将就木，文家人才辗转联系上霍家，但霍观起却不被准许回去见母亲一面。

他和霍清源争执，被罚被骂，换来的除了斥责还是斥责。

不管他怎么求，霍清源都只是说："你爷爷发了话，不准你和文家接触。"

那阵子他时常走神，路秾秾和段谦语十分担心，有次在学校池子边找到他，他正发呆，听见他俩找来，一抬头，双眼红得吓人。

路秾秾和段谦语商量了两天，在那周礼拜六当天，由段谦语出面去了趟霍家，他借口年底学校校庆表演，需要霍观起参与排练节目，晚归不便，会到他家暂住一天，周日晚上回。

段谦语一看就是家长喜欢的那种有教养有气质的孩子，他好声好气地说，分寸拿捏得刚好，本就容易让人心生好感，在他出示了学生会证件之后，霍清源便没多加为难，把霍观起叫了下来。

几天都没有好好吃饭的霍观起精神不振，被他俩带到段家，段谦语和路秾秾提前准备了钱和两张大巴车票，路线也摸清了。

段谦语身体不好，不能出远门，就留在家里等，叮嘱他们："路上注意安全，明晚之前一定要回来。"

准备了朗诵节目是真，但那会儿只是拿来当借口，为了能让霍观起如愿，好学生段谦语为他们撒了这个谎。

路秾秾和霍观起坐大巴一路辗转到隔壁省，文家所在的是省内一个小城市，他们到了医院才得知文香如当天中午离世，已经被送去火葬。

等他们赶到墓园，骨灰已经下葬，新墓封死。他被文家舅舅痛骂，路秾秾替他委屈，但也只是陪着他沉默。

路秾秾永远都记得那一天。

霍观起在墓前磕了三个头，手指紧紧抠着地面，用力到指节泛白。

十八岁的大男孩，眼泪一颗一颗，悄无声息跌入尘土。

那个学期末的校庆上，霍观起真的登台表演了诗朗诵。

在皑皑白雪的寒冬时节，他赞颂春日暖阳，一字一句，让路秾秾想起他在墓园磕头的瞬间，那时在他头顶坠下的天光，就如诗里一般明亮高远。

路秾秾记了好多年，这些令她总是不由自主站在他这边和霍家对抗的原因，她一直记得。

如今时隔无数个日夜，在此刻的书房里，路秾秾心情复杂。

霍观起能够放下，是好事。

但——她觉得不值，真的不值。

"你原谅他了吗？"她又问。

骇人的沉默中，书桌上霍观起的手机忽然响起，乍然打破了这份安静。

霍观起敛眉接起，没有特意避开她，那边不知说了什么，半分钟后霍观起结束通话。

"我现在过去春城世纪，一起？"

路秾秾稍作犹疑，点头。大晚上，两个人赶到春城世纪霍清源的宅子，还没进门就听见吵架声和砸东西的动静。

赵苑晴像个泼妇似的站在厅里，对着霍清源痛骂："这么多年都是假的！都是假的！你害我不浅！霍清源你这个骗子！你这个骗子！"

路秾秾和霍观起步入客厅就听见这一句。客厅被砸得不像样，入目一片狼藉，地上扔着许多东西，赵苑晴陷入自己的情绪，对他们的到来反应并不大，满眼都是霍清源。

霍观起将路秾秾半护在身后："当心点。"

"你为什么不告诉我？你背着我结扎为什么不告诉我？你骗得我好苦！你根本没想让我要孩子对不对？你从一开始就在骗我！"

赵苑晴一边哭一边厉声质问。

路秾秾听见关键词，神情一滞。

结扎？

霍清源神色淡淡，这般表情和霍观起看起来倒像是十足的亲父子。

"我嫁给你之前你就做了手术，你这么多年瞒着我，看我费尽心思却不吭一声，霍清源，你还有点良心吗？！"赵苑晴哭得更凶，"你赔我儿子！赔我——"

嫁给他之前就……

路秾秾被惊到了，他们难道不是一直很恩爱？！

她看向霍观起，见他镇定如常，毫不意外，看样子分明早就知道。

霍清源被连番质问仍一派从容，声音听不出起伏："儿子？"他瞥了眼霍观起，"我儿子不是在这儿吗？"

赵苑晴眼睛微瞪，看向霍观起有几秒滞顿，而后，她呼吸起伏，嚷道："我要回赵家！我要回家！"

"你愿意回就回。"霍清源不为所动，"就是不知道赵家愿不愿意让你回去。"

赵苑晴一怔。

赵家从前就不如霍家，她爱慕霍清源多年，霍倚山会同意她嫁给霍清源，一则是见她等到二十八岁仍然执意要嫁，二则是因文香如。只要能拆散霍清源和文香如，霍倚山一切都不挑了。

霍倚山给了赵家不少优待，赵家许多生意都要靠霍家照顾，她这些年之所以这么想要孩子，除了想有个和霍清源的结晶，也是希望将来有她血脉的儿子能接下霍氏的偌大家业。

霍清源被生活磨尽了他和文香如的情意，一向不待见霍观起，赵苑晴和霍清源结婚后，霍清源对霍观起多有责罚，有时甚至因为她一个不高兴，就能令他罚站。

她如果有孩子，一定会是霍家的接班人。

可是……现在的事实是霍倚山倒下，霍家权力易主，当家的成了霍观起。

赵家早就是新一辈当家，谁会愿意为一个出嫁的女儿得罪霍氏？

一时间，赵苑晴如晴天霹雳，恍惚发觉一切已经在点滴中悄然变了。

天地已非昨日。

"你……你是不是早就准备好，是不是早就这样打算？"赵苑晴像是想通什么，颤颤指着霍清源。

霍清源眸色沉沉："你糊涂了。"随后，他冷淡又无情地吩咐家里的人，"太太身体不适，送她回房间休息。"

不知藏在何处角落的帮佣们纷纷出现，架着激动叱骂的赵苑晴往楼上去。赵苑晴的声音渐远，最后被彻底隔绝。

路秾秾动了动喉咙，愣怔无言。

霍清源这才看向他们："来了，让你媳妇坐一会儿，你到书房来。"

闻言，霍观起对路秾秾道："你坐下等我，她们马上下来打扫卫生，你无聊的话，就让她们弄点东西给你吃。"

路秾秾哪有胃口，什么都吃不下，霍观起顿了顿，说："别担心。"

她抬眸，见他眼里柔光隐约，心慢慢安定下来。

书房里，父子俩在《胜意图》下说话。

"你爷爷身体怎么样？"

霍观起道："医生说不乐观，恐怕最多只能撑到年底。"

霍清源闻言，脸上无悲无喜，道："老爷子时日无多，等彻底尘埃落定，就送她回赵家。"

这么些年，也算是过够了。

霍观起"嗯"了声。

"这些年你做得很好。"霍清源声音低沉，"跟着我，让你受苦了。以后霍氏交到你手里，我……还有你母亲，都会为你骄傲。"

霍观起看着面前白发丛生的人，只觉他比记忆里苍老了许多。

霍清源忽地问："你娶她后悔吗？"

霍观起微顿，道："从没后悔。"

他的执拗，或许是像了自己，霍清源沉默下来，在这个话题上没多说。

"你把她叫进来。"

见霍观起表情明显一变，霍清源道："别紧张，只是把你母亲的镯子给她。"

如此，霍观起才依言去叫路秾秾。

霍观起不在，单独和霍清源谈话让路秾秾莫名有点紧张，她拘谨地站在桌前，开口叫了声："爸……"

霍清源颔首，从抽屉里拿出一个盒子，打开推到她面前。

"这是银镯，不值钱。我和香如结婚之后，身上没有多少钱，只买得起这些。"他声音听起来似乎犹有遗憾。

路秾秾被今天的事情弄得紧张兮兮，不敢插话。

"你知道观起为什么娶你吗？"霍清源盯着镯子看了一会儿，忽然抬眸问她。

路秾秾说："知道，是因为爷爷他希望……"

霍清源摇头："商业联姻？你想多了，真要为这个牺牲婚事，观起可以选择的范围很大。"

他似是叹了口气。

"你们曾经交好，我都看在眼里，后来你们突然不来往，其中缘故我不清楚，年轻人的事我也不好多问。只是，当初你舅舅问到我面前，后来观起同意娶你的时候，我是问过他的。

"两个人彼此怨怼，这样的日子过着有什么意思？我这样问他，笃定他会后悔，但他却说永远不后悔。

"他说，哪怕做一对不睦夫妻，也希望这辈子是和你过。"

讶然间，路秾秾蓦地愣住，忘了反应。

"多的我不说，这话他也不让我告诉你，别对他提。"霍清源垂下眼，像是累了，"出去吧，让观起带你回去，我这边不用你们守着，过好你们自己的日子。"

第 9 章

很重要的人

这一番交谈并没有进行太长时间。

路秾秾从霍清源的书房出来以后，整个人都有些恍惚。

霍观起看她神色，皱眉："怎么了？"

她愣愣摇头，忙敛好表情："没事。"说着她拿起手里的东西给他看，"爸给了我这个。"

霍观起瞥一眼，眸光柔和几分，道："给你就收着。"

他只当她是被晚上的事情惊到，没有再多想。

之后两人没有继续留在春城世纪，回了喆园。

到家后，路秾秾泡完澡出来，见霍观起难得没去书房，他坐在窗边的沙发椅上，望向窗外，小矮桌上放着酒和杯子。

"怎么喝起酒来了？"路秾秾诧异。

他回头，反问："来一杯？"

路秾秾想了想，点头，她去酒柜取来酒杯，在他对面坐下。

两人之间鲜少有这么宁静祥和的时候。

外头夜色阴沉，不见星光，看样子近日有雨。

晚上的事，值得好好谈一谈。

霍观起没有隐瞒，一句话就让路秾秾诧异不已。

"我爸，他知道我们去送我妈的事。"

"他知道？！"

霍观起点了下头，沉沉地说："猜到的。"

他恨了霍清源好多年，追溯源头，要从霍清源和文香如离婚开始。

他们离婚前很长一段时间气氛就已不同寻常，文香如私下的哭泣，霍清源闷坐一旁的呆怔，他全都看在眼里。

一开始以为他们是吵架，霍观起时常去安慰母亲，心里还有点生父亲的气。

等时间长一点就会好，他这样想，可谁知道等来的却是他们分开的消息。

那天他放学回到家，文香如做了热腾腾的饭菜，有鸡蛋，有猪蹄，有排骨……好多都是往常过节才能吃上的东西。

一家三口围坐在桌边。

他吃了两口，发现文香如眼眶微红，霍清源垂着头不说话，饭桌上死气沉沉。

后来，文香如告诉他："以后妈妈不能和你们一起生活了，你跟着爸爸去新的地方，要乖乖的，要听他的话。"

他惊愕交加，过后反应激烈，扑到文香如身边抱紧她不撒手。

文香如的眼泪扑簌簌掉下来，鼻头红红的，连声说乖，不停叮嘱："要听爸爸的话，记得，跟着爸爸，一定要听爸爸的话，要乖乖的，好好长大。"

他又哭又闹，可是没有用。

文香如定定看着他挣扎号啕，最后转身走回房间，锁上门，而霍清源僵直着坐在椅子上，一动不动。

他都忘了是什么时候，总之，他们就那样回了霍家。

他的行李一件都没有带，霍清源也只收拣了几样东西。

头一年，他哭闹不休，霍清源无动于衷，大部分时间都把自己关在屋子里。霍观起甚至趁机逃跑过，每一次都被逮回来。那些给霍家办事的人又高又壮，他们不理会他，也不理会霍清源，只听霍倚山一个人的。

第二年，他不得不开始接受现实，霍清源也开始从屋子里出来走动，没多久就和赵苑晴结婚了。

他越发地恨起霍清源。

他恨霍清源冷血无情，恨霍清源和新娶的女人恩爱有加如胶似漆，恨霍清源对自己严苛。每受一次罚，他看霍清源的眼神就更冷漠一分。

他最恨的是霍清源背叛母亲，这么快就忘了她。

那种感觉，即使时至今日他回想起来，还是彻骨切肤的痛。

霍观起闭了闭眼，说："我也是后来才知道，我爸其实早就猜到我们在撒谎。"

他高中时朋友不多，如果不是遇到路秾秾和段谦语，或许会一直独善其身。从没参加过活动的人，突然说要去表演朗诵，不早不晚偏偏在文香如病重那一阵，他们自以为掩藏得很好，其实霍清源一开始就看出来了。

路秾秾愣怔："那他为什么……"

为什么没有拦下他们？

"我犯过太多自以为是的错。"霍观起眸色黯淡。

高三毕业前夕，霍清源把他叫去，和他谈志向一事，希望他留在国内读大学。

彼时他们关系差得像仇人。

霍清源说了很多，将他的无动于衷看在眼里，便沉默了半分钟。

他以为霍清源要使什么雷霆手段逼他就范，然而沉默之后，霍清源站在书桌后，毫无征兆地问了一句："你母亲走的那天，你赶上……见她最后一面了吗？"

他诧异又警惕地看向霍清源。

霍清源只是说："我知道，那时候你回去见她了。"

他抿紧唇，终于开口："你想说什么？"

霍清源定定看他，半晌，从抽屉拿出一份图纸，推到他面前让他看。

那是一份双人墓设计图。

"百年之后，我想和你母亲葬在一块儿。"霍清源说，"等我死了以后，将你母亲的墓起开，把我们的骨灰一同葬在这里。"

他没想到霍清源竟然有这种想法，一时不知是该怒还是该悲，厉声质问："人都死了，这些有什么意义？"

霍清源稍作沉吟，缓缓道："有些话，我只对你说一遍。

"我们离开家已经九年，如果你记得那一天的心情，记得这些年是怎么过来的，还有你母亲离世的感受，那你就给我好好听着，听清楚。

"霍氏，不会永远在你爷爷手上，他会老，会倒下。霍氏不出十年就将迎来下一位接班人，而我要这个人是你。"

不给他开口的机会，霍清源目光灼灼地直视他，问："你记不记得小时候过的苦日子？家里人不敷出，我和你母亲四处碰壁，艰难维持生计，你知不知道这是为什么？我们一家三口过了那么多年，一朝说分开就分开，你又知不知道这是为什么？"

霍清源一条条细数，再一一给出答案。

"如果你不知道，我现在告诉你，是因为我的父亲，你的爷爷。他不认可你母亲，不认可我们的婚姻，将你母亲拒于霍家门外不算，连我们离开也走不出他的掌控，他无处不在地磋磨我们还不够，就因为我们不肯分开，你母亲的哥哥、嫂嫂、侄子，和她有关的文家人，全都没有好日子过。"

他僵在原地，一瞬间似乎明白了十岁时不懂的那些事——恩爱的父母好端端的就要分开，一切来得像梦一样突然。

霍清源说："你母亲跟着我受了半辈子的苦，最后还要为了家人而忍痛放弃丈夫和儿子。我无能无用，给不了她体面，只要你爷爷在一天，他就绝不会同意我和你母亲葬在一起，他不同意的事谁都不能忤逆，为什么？因为他是霍氏的当家人。"

他动了动唇："你……"

"我要你做霍氏的接班人！等我死之后将我和你母亲葬在一起，我要你告诉以后的儿孙，文香如是你的母亲，是他们的奶奶——"霍清源难得那么激动，呼吸发颤，说得眼眶泛红，"她这辈子，从没做错什么，凭什么不可以存在？"

书房里的空气沉寂了好久，更让他惊讶的还在后面。

霍清源平复情绪，缓缓告诉他："我只会有你一个孩子，再婚之前我就处理好了。"

所有的一切霍清源都已准备妥当。

霍清源将志愿表推到他面前。那时他才知道，不动声色之间，霍清源早就为他规划好了一条路。

"在国内读大学，方便你提早进入霍氏，你爷爷从前觉得我聪慧胜过你大伯，有意要我接手霍氏，只是因为香如，即使我回来霍家，你爷爷也已经不再信我，我也无心无力，做不了什么。你比我强，比霍家所有人都出色，我相信你。"

那天，霍清源最后对他说："去做吧，我和你母亲已经等得足够久了。"

路秾秾的震惊不比当时的他少："等一下，等一下！"她差点从沙发椅上蹦起来，"所以——"

所以他父母根本不是因为所谓的爱意衰驰而离的婚！

是被拆散，被迫分开！

霍观起轻轻点头。

赵苑晴执意要嫁给他爸，他爷爷磋磨他父母近十年，后期把手伸向他舅舅一家，一是因为他父母始终不肯放弃，另一个原因就是赵苑晴。

他父母婚后，赵苑晴得知霍老爷子不同意这桩婚事，就表态说愿意等，后来真的一直没结婚在等他爸。

霍倚山控制欲太强，他们越是爱得深，他越是痛恨，再加上还有个赵苑晴在等，且等了那么多年，他总得给赵家一个交代。

路秾秾心里堵得慌，呼吸都不顺畅。

文香如和丈夫、儿子生离，霍清源甚至被迫和完全没有感情的人同床共枕过了这么多年，连文香如去世都不能去见最后一面。

这也太……

那些年文香如是怎么过的？霍清源又是怎么过的？

还有她亲眼看在眼里的霍观起。

霍倚山和赵苑晴的这一份"如愿以偿"，踩在了这其中多少人的眼泪和痛苦之上！

霍观起被苛待多年，赵苑晴从未将他放在眼里过，满心期盼着自己的孩子到来。赵家见她婚后得丈夫疼爱，过得顺心畅快，自然不会插手霍家的家事。

而霍倚山日理万机，文香如留下来的这个儿子过得好与不好，他哪里上心，就算听闻些许也睁一只眼闭一只眼。

就这样，一年又一年，赵苑晴等的孩子没来，霍观起却在不知不觉中悄然长成，早早地独当一面，成就了雷霆手段。

霍倚山不得不注意到这个孙子，在他比霍见明强上百倍、出色百倍的情况之下，犹豫再三，终于决定下手培养他。

所有的一切出人意料又仿佛顺理成章，可只有真正一步步走过来的当事者，才知道这其中每一步有多艰难。

霍观起喝下杯中酒，望向窗外的眼里隐约有几分酒意，待细看，却又始终清明坚定。

"不早了。"他说，"休息吧。"

大概是晚上聊了太多，信息量过大，待霍观起洗漱完，两人就寝时，路秾秾却毫无睡意，闭上眼，呼吸规律和缓，她脑子里却乱糟糟一片。

夜色下寂静如许，她自己都记不清过了多久，身后忽然传来一声极轻的沙哑声音："秾秾？"

霍观起在叫她。

她慢两拍才回神，刚要睁眼回应，就感觉身后的热源缓缓朝她靠近。

霍观起从身后揽住她的腰，路秾秾一惊，身子微微发僵不敢动作，直至被他拥进怀里。

他抱她抱得并不太紧，许是怕吵醒她，但手臂有力地束缚着她的腰，和他的怀抱一道，将她牢牢锁在他的领域内。

路秾秾呼吸都变得小心起来，平时入睡，他们向来各自一边，不至于生硬到背对背，但也不亲热，除去有时行房事，清醒时他们几乎不会有过分亲昵的举动。

她睡着以后，他每晚都这样吗？

她胡思乱想间，脖颈上降临了温热的触感，一同扫过的还有他的呼吸。路秾秾忍着轻微的酥痒，只感到几个摩挲似的吻落下，他抱着她未再有更多动作。

在霍家书房和霍清源的对话闯入脑海，路秾秾心情十分复杂。

霍清源说，霍观起并不是因为屈服于霍倚山才和她结婚，他甚至做好了婚姻磕磕绊绊的准备，即使如此，他也执意要和她在一起。

她的喉间莫名泛起一股涩涩的味道。

她曾经觉得霍观起对她是不一样的，于是执着又直白地朝他大步迈进，后来他的闪躲逃避又让她觉得自己错了。

现在呢？路秾秾忽然不知道该如何去想。

身后的霍观起抱着她，怀抱像个火炉，她暗暗深吸一口气，将自己肩膀放松再放松。

她到底还是没有挣开他。

路华凝带着新男友回国，像是怕路秾秾躲开，路闻道特意打电话通知她回家吃饭："和观起一块儿回来，你哥也会回，别忘了！你舅妈给你准备了好多你爱吃的菜。"

舅舅发话，路秾秾不会不给面子，应下后告知霍观起，彼时他在公司，她不是很郑重地发了条微信，说：

> 明晚回我家吃饭。

他自然不会拒绝：

> 我让高行准备些舅舅喜欢的酒和茶带去。

路秾秾却说不用：

> 这次就算了。路华凝回国，我们去坐一坐就走。

过了半晌，收到那边的回复。

只简短的几个字，十分顺从她的情绪，半点异议都没有：

> 嗯，知道了。

路华凝的新男友是个华裔富商，姓贝。路秾秾和霍观起到荣园路家时，厅里正聊得热络。

"来了。"见他们进门，路闻道起身招手，"就等你们两个，快来。"

路秾秾近前叫人："舅舅，舅妈，哥。"

霍观起跟着问候三人。

问候到这儿忽然打住。

路闻道瞥一眼旁边，主动介绍："这是贝先生。"又对霍观起说："这是秾秾的母亲，我妹妹。"

路秾秾面色冷淡，但还是保持礼数地冲贝先生点了点头："您好。"

霍观起也跟着颔首。

路华凝不满："这么大的人，见了长辈不知道叫？"

路秾秾仿佛没听到，忽然侧头对霍观起说："我们结婚这么久，你还是第一次见她吧？应该挺陌生的，不过不要紧，反正以后也没什么见面机会。"

"秾秾！"路闻道皱了皱眉，"闹什么脾气？好好的。"

路秾秾沉着脸抿唇不语。

等阿姨端上茶水，她也没吭声，只和霍观起一同坐下。

路华凝阴沉地盯着她，路闻道到底还是心疼一手带大的孩子，略带斥责地说路华凝："孩子这么大了，你别总是凶她！"而后冲路秾秾使眼色，"秾秾。"

路秾秾这才不情不愿地开口，反而是先喊外人："贝叔叔。"而后看也不看他旁边，对着空气扔下一句，"妈。"

霍观起自是随她，顺序一模一样："贝叔叔，妈。"

贝先生不知道她们母女关系这么差，此刻一见才有所了解，但路秾秾的不善明显不是对他，她们母女间的事，他没有插手的余地。他已经快五十的年纪，哪会跟小辈计较，笑笑便过去了。

路华凝碍于未婚夫在不好发作，只能压下脾气，语气生硬地换了个话题，问："你们什么时候办婚礼？"

路秾秾冷淡道："年底。"

她一听又开始挑刺："年底？那不是事情最多的时候，怎么挑这样的时间？"

"你有事要忙就去忙。"路秾秾打断她，"没谁非要你来参加婚礼，你不来也行。"

"你怎么说话的？"路华凝就要发脾气。

路闻道先斥她："孩子定的时间，他们喜欢什么时候办婚礼就什么时候办，你挑三拣四干什么？"

霍观起适时出声："时间是我定的。"短短一句就揽下责任，维护之意十足。

路华凝被兄长教训，气闷："我只是说两句，又没别的意思。"接着她看向不瞧自己一眼的路秾秾道，"你不小了，脾气这样坏，对着霍家长辈也这样？你……"

"我父亲和爷爷都很喜欢秾秾。"霍观起冷不丁又抢白一句。

路华凝一噎。

路闻道哪看不出霍观起的意思，就怕路华凝把路秾秾惹毛，又让霍观起心生不满，斥路华凝道："你少说两句。"一个眼神横过去，不让她再开口。

路秾秾懒得理会，转向戴芝苓，立时换了种语气："舅妈，我想喝虾粥。"

戴芝苓有意缓和气氛，笑说："已经给你炖了，晚上有得喝。"

"真的？"路秾秾一笑，撒娇，"还是舅妈对我好。"

路华凝见路秾秾对别人如此亲昵，表情不由几变，还是贝先生伸手拍了拍她的手背，她的脸色才好看些。

艰难的开场白过去，没坐多久，戴芝苓去厨房，路秾秾起身跟着，让霍观起陪他们聊天。一到厨房里，戴芝苓睨她一眼，嗔道："你啊！干吗非得故意气你妈，让她吃醋？"

路秾秾语气里透着冷漠："她不会，她才不在意这些。"随后不满，"什么叫故意，我就是喜欢舅妈才跟舅妈好，舅妈你不喜欢我吗？"

戴芝苓拿她没办法，忙说："喜欢喜欢，谁敢不喜欢你！"

路秾秾笑嘻嘻，立时高兴起来。

戴芝苓任她挽着胳膊，话锋一转，突然问："你和观起过得还好吧？两个人平时有没有吵架？等办完婚礼，好好地去度个蜜月，放松放松。"

路秾秾听她提起婚礼之后，怔了半秒，只笑："到时候再说吧。"

"你年纪不小了，可不敢再任性，做事要有分寸些，平时两个人要是有摩擦，也要学会好好沟通，知不知道？"

戴芝苓传授夫妻相处之道，那口吻，是让他们奔着百年去的。

路秾秾不想细想这件事，赶紧岔开话题："哎，我突然想起来，怎么没看到哎呀？！它出去玩了是不是？我去找找它！"

说着她也顾不上缠着舅妈了，立刻脚底抹油地开溜。

推了唐纭好几次约，路秾秾得空终于应了一次。许寄柔办聚会，邀请一众圈内好友，路秾秾和唐纭相携到场。

都是熟人，不需要谁带着玩，和许寄柔打了声招呼，她俩就端着酒杯径自去逍遥。

"好好的她怎么想起来搞 party？"路秾秾尝了尝甜味甚重的酒，望着人群中交际花一样忙得抽不开身的许寄柔。

唐纭道："她最近不是在捣鼓她的个人品牌，见天满世界飞来飞去和各种设计师见面。这次她请我们来就是宣传一下，打响名声。"

放眼周围，来的人确实不少。

路秾秾好久没出来社交，身处热闹之中，喧哗既远又近，感觉竟十分不错，只是有一点美中不足，她晃晃酒杯："这个不够劲，太甜了。"

"许寄柔哪懂喝酒，看着贵就买了。"唐纭道，"你以为是在我家，满酒柜的好酒敞着任你祸害。"

路秾秾笑笑，将就着喝。

她俩聊着，时不时有人上前来搭话，路秾秾从路小姐进化成霍太太，这消息一公布，让她在社交圈里登时越发炙手可热起来。

想接近霍观起却没门路的，纷纷把主意打到她身上，毕竟霍观起是出了名的难请，不是轻易能见到的。

唐纭在一旁帮着打发了好些人，两人到沙发处坐下，招手让经过的侍应生取了支新的酒送来，唐纭开了酒，给路秾秾和自己一人倒一杯，突然发觉不远处有人盯着她们。

"又是哪个想过来和你套近乎的？"

路秾秾说："不像，他一直看着你呢。"

"我？"

"嗯哼。"路秾秾挑了挑眉。

唐纭看过去，男人五官俊朗，气宇轩昂，不慌不忙地冲她举了举杯。

路秾秾"哇哦"一声，笑问："要不要过去看看？"

"你怎么知道不是冲你举的杯？"

"我都结婚了他还冲我举杯，你是觉得我太温柔，还是霍观起太好欺负？"

酒意上来，唐纭在路秾秾的怂恿下，一跺脚，端起酒杯过去。

之后两人似乎聊得不错。

没多久，唐纭回身冲路秾秾挤了挤眼，两人朝场中别的地方走。

路秾秾在心里冲她竖中指，这么快就有异性没人性，狗啊！

独自坐了坐，路秾秾有些饿，正想去取点东西吃，就过来一位穿正装的男士。

"霍太太，好久不见。"

路秾秾顿了顿："我们见过？"

男人不矫情，直接道："时间太久您或许不记得，几年前港城拍卖会上我们见过，那场拍卖是我们对接的，您拍了一对耳环。"

这么一说，路秾秾就想起来了："啊……抱歉，我记性不太好，好久不见。"

男人笑道："今天正巧在这儿碰上您，特意过来和您说一声，新婚快乐。"

路秾秾含笑，指指沙发："那儿有位子。"

"不了，不打扰您，我只是过来问候一声。"

男人婉言谢绝，他是从事拍卖行业的，时常和这些有钱人打交道，处事分寸拿捏得极好，问："霍先生今天没来吗？"

不等她答，男人立刻笑言："去年苏富比秋拍，霍先生一开始嘱托我们替他拍下那枚墨涅胸针，我们估算了一下，定了个价格，都是按市价和珠宝的价值计算的，这方面我们都是专业的。不想后来霍先生又亲自打电话联系我们，跟我们说，一定要拿下，落锤价格不管是多少，超出预计价格也没关系，只要拍下，别的都不重要。

"我们以为是他喜欢才舍得花那样的价钱，霍先生却说是为了送人，我们一行工作的人都特别惊讶，成功拍下后还多嘴问了两句，问他是不是要送给什么重要的人，霍先生当时就说确实很重要。

"早前不知道是要送给霍太太您，如今看来，真是再贵也值得。"

路秾秾一怔。

男人没察觉，还在说："霍先生对霍太太如此上心，实在叫人羡慕，鄙人祝你们白头偕老，百年好合。"

今年闹出这么多动静，男人知晓了那枚胸针在路秾秾手里，她和霍观起又是新婚宴尔，那定是霍观起一早为她准备的。

表达完祝福，男人微举酒杯向路秾秾示意，道："不多叨扰了，您坐。"

路秾秾独自愣在沙发上，待人走开半天，她才艰难回神。

那枚胸针……

不管花多少钱，一定都要拍下？

她突然有点不敢去想象，他说那话的时候，是什么样的。

不计价格，执意要人拍下的珠宝。

他说是要送给，很重要的人。

唐绘和帅哥相谈甚欢，度过了一场愉快的酒会，只是临了对方向她发出暗示时，秉持着一贯谨慎的作风，唐绘还是点到为止，委婉地拒绝了对方。

离场前不见路秾秾的踪影，唐绘到露天院子里才找到她，她正坐在喷泉水池附近发呆，听见靠近的高跟鞋脚步声，回过头来。

唐绘走到近前，搭上她的肩："我找你半天。"

路秾秾笑笑："我以为你不回来了，这就把人抛下了？"

"我又不是真奔着猎艳来的。"唐绘满不在乎，"你一个人在这儿干什么？"

"想事情。"

"说来听听。"

路秾秾没有正面回答，叹道："没什么！只是忽然觉得，我不了解的事情，真的太多了。"

从许寄柔的 party 回来，路秾秾打开首饰保险柜，取出霍观起送的那枚胸针端详许久。喆园这里的安保十分严格，闲杂人等轻易出入不得，屋里也安装了警报系统，又给珠宝这些东西额外加了一道屏障。

当晚，路秾秾没跟霍观起提 party 上的事，也并未将拍卖行那个男人说的话告诉他，只是忍不住频频打量霍观起，还总被他逮个正着。

一身睡衣的路秾秾坐在沙发上，一边玩手机一边不知第多少次窥觑经过的霍观起，视线接触，她飞快移开，霍观起忍不住停下："我脸上有什么东西？"

路秾秾眼神闪烁，装傻："呃……帅气！"

霍观起："……"

没等他继续探究，路秾秾飞快穿起拖鞋，借口有事躲回卧室，一个人闷了很久。

这一晚，睡觉前路秾秾给自己热了杯牛奶喝。

她有时有喝牛奶的习惯，说是喝了舒服，能助眠。

霍观起靠在床头看书，打算等她躺下就关灯。

她在外头趿着拖鞋走来走去，半天没进屋。

霍观起正打算出声，却见她端着一杯牛奶走了进来。

杯子不大，牛奶也不多。

她没有直视他，把牛奶往他床边桌上一放，像是在躲着他的视线，而后匆匆地、逃也似的走开了。

许久没有过问季听秋的事情，路秾秾知他近来工作顺利，在《遮天》里戏份不多，已经拍完杀青。

她给他的机会也没有打水漂。

综艺还在拍摄周期，播出的几期反响不错，季听秋一潭死水般的演艺路开始出现浪花，他也算争气，借一部待播剧和正在播出的节目各处面试，为自己挣来不少合适的工作机会。

季听秋在综艺节目里的形象和他本人出入不大，温柔、平和，如春风一般怡人。节目组一开始担心会少了话题，只因恒立旗下的子公司是台里的重要冠名商之一，才不得不看在路秾秾这个"资本方"的面子上点头。

然而他在节目里意外地吸粉，许是近年油腻的综艺咖看多了，这样清新的角色，观众竟十分买账。

再加上他的脸正是时下吃香的类型，和段靖言一个风格，气质与路线却截然不同，在不撞型的前提下，他吸了不少粉丝。

路秾秾本就打算等他事业稳定以后就不再多加干预他的生活，帮人只有帮一时，没有帮一世的道理，程小夏便渐渐减少了提起季听秋动向的次数。

上一回是说季听秋录了一个演员比拼演技的节目，成功将许多对他出演《遮天》男三的黑评压下去，至少书粉里多了一些表示看看成品再说的声音。

他现在正在等待进下一个组，到年底《遮天》的片花出来，若是他在其中表现得够好，那时他的事业上升期才真正开始。

他身边还多了个助理，是《遮天》拍摄期招的，似乎十分能干。

所以冷不丁，程小夏突然联系路秾秾，开口便提季听秋，让她着实有些意外。

待听完，她又多了几分不确定的疑惑："你再说一遍？"

程小夏从头复述，道："……《遮天》还没杀青时张姐的人留意到就跟我说了，我特意让人盯着他，这两天发现他和对方又见了一次。"

路秾秾顿了几秒。

季听秋和身份不明的人接触？

他身后哪有什么靠山，否则不会几年下来混成这个样子，他能和谁接触？

"是什么人？"

"不清楚，没露面。应该是约好的，他到地方，直接上的车。"

路秾秾沉默了。

"老板，这件事怎么处理？"程小夏询问她的意见。

路秾秾稍作思考，道："让人查，查清楚。"

程小夏道"好"。

霍观起准点下班离开公司，路秾秾发觉他有些反常。

他在她面前晃了几次，最终在沙发对面坐下，却突然提起唐纭："她最近忙吗？"

路秾秾诧异："你怎么想起来问她？"

"很久没见你们出去了。"

"我们前不久才去了许寄柔的 party。"

霍观起默了默，在路秾秾的紧紧凝视下，道："听说博唐最近情况不错，随便问问。"

"少来。"

路秾秾哪里不知道，霍氏对娱乐这一块兴趣不大，有相关子公司，但霍观起从来不过问。

起身站到他面前，路秾秾捏住他的下巴将他逃避的脸扳正，直视自己，霍观起自然而然握上她的手腕，顺势就要往上摸，路秾秾一下抽回手。

"你是不是有话要跟我说？别吞吞吐吐的。"

霍观起有些可惜地瞥了瞥她收回身侧的手，道："我只是听说他们有部叫《遮天》的戏……那部戏还在拍着？"

他什么时候对别家影视公司拍什么戏都知道？

路秾秾狐疑："了解得这么清楚，你暗恋唐纭？"

霍观起眼角抽了抽："我看起来像疯了？"

再说下去恐怕她要想歪，霍观起只好如实交代："我让人拦下了一些报道，跟你和季听秋有关。"

"我和季听秋……"路秾秾一愣，"什么时候？"

"就这两天。"霍观起说，"文河传媒的郑总事先给我透了消息，对方价钱出得不低。"

"这和《遮天》……"说着顿住，路秾秾明白了他什么意思，"程小夏刚跟我说，季听秋这阵子好像见了些人。"

霍观起点头："我知道。"

"你知道？他身边多了个新助理，听小夏说很能干，这个人……"

"这我也知道。"

路秾秾瞥他一眼。

霍观起犹豫两秒，说："那个助理是我让高行安排的。"

路秾秾惊讶地皱眉："你让人安排的？"

"他经验丰富，工作能力很强，能帮得上季听秋。"霍观起解释，"并不是为了监视他。"

虽然他的确有那么一点点这个意思。

路秾秾看着霍观起不说话。

霍观起不想让她生出防备："我知道你想帮他，只是你的身份有时候总会不方便，不如让我来。"

路秾秾闻言有些意外："你……"

季听秋像段谦语。

何止是她一个人记得段谦语，霍观起也叫过他很久的"谦语哥"。

季听秋的眼睛、半张脸，真的和故人很像，霍观起分得清，知道这是两个人，但路秾秾因为这一点机缘照拂季听秋，他并非不能理解。

又不是什么难事，他只是不喜欢那些总把她和季听秋捆绑在一起四处流传的八卦消息。

既然如此，不如让他来。

霍观起说："他见的人应该和这次被我压下的消息有关。"

路秾秾舒了口气，问："都是高行安排的助理告诉你的？"

"嗯，他们第一次接触我就知道。"

路秾秾腹诽，你还说你没监视人家。

夫妻俩干脆坐下来谈。

"知道是谁吗？"

"已经有头绪了。"

路秾秾听他这么说，知道八成不会再出乱子："所以，你突然提唐纭、提博唐，是为了告诉我，让我小心季听秋？"

霍观起默认:"多一点防备没有坏处。"

路秾秾当然知道,只是突然有种无法形容的感觉。

"他为什么……"

提起段谦语,他们总有吵架的风险,两个人也容易尴尬,因此他们很久以前就开始刻意避开与之有关的事,但这时候霍观起不得不提醒她:"季听秋只是长得像他,并不是他。"

路秾秾有些许僵滞,没有反驳。

避开段谦语不谈,她语气不由变得怅然:"季听秋其实挺好的,从来不主动跟我开口要什么,偶尔联系,都是因为他的经纪人和经纪公司逼得紧,他不得不找我。

"唐纭跟我说过很多次,娱乐圈里根本没有什么单纯的人,我知道这些,但他真的很安分,没有因为外面的传言就拎不清真的缠上来,相反很注意拉开和我的距离。是我自己莫名其妙主动要帮他……"

霍观起听她说这么多,越听越不是滋味,逮着空立刻打断:"人是会变的,不管出于什么原因,你帮了他,他接受了,也确实得到了好处。"

怕她再絮絮叨叨说季听秋,霍观起岔开话题:"家里有吃的吗?"

路秾秾的注意力被转移:"你饿了?"

他点头。

"那我煮点面?家里没有别的食材了。葱花面吃吗?我看看还有没有瑶柱……"

吃什么不重要,让季听秋三个字离开他的耳朵才是当务之急,霍观起很好说话地点头:"都行。"

大概是听别的男人的名字听得有点多,入睡前,霍观起好好和路秾秾进行了一番"探讨"——非常深入且深刻的那种。

季听秋联系路秾秾是在两天之后,路秾秾看见来电表情有些复杂,直到他开口。

"有人找我,出很高的价钱要我配合他们,炒作和你的关系。"他一五一十地把事情告诉她。

对方想要他配合，将他和路秾秾捆绑在一起，许了他钱、车、房还有资源，并保证事后会安排营销，把他捞出来，替他洗白。

"我本来想探探对方是谁，但是接触了好几次，一直是委托人和我谈，没有其他进展。"季听秋很内疚，"抱歉。"

路秾秾沉默了几秒，问："对方最近一次找你是什么时候？"

季听秋告诉她的时间，和程小夏说的一样，正好对上。

听他没有隐瞒，她心里那一点芥蒂立刻消散。

说实话，路秾秾不想和他走到对立的地步，但如果他真的和别人一块儿阴她，她势必是要处理的，她本来已经做好了最坏的打算。

"我知道了。"路秾秾暗暗叹气，转而问，"你最近还好吗？"

"挺好的，《遮天》拍完，我试了另一部戏，拿到了角色，再过一阵就要进组。现在综艺还在拍摄期，我前段时间参加了一个节目，就是那个演员考验……"

意识到自己话太多，季听秋说着蓦地停住。

路秾秾淡笑："怎么不说了？"

"抱歉，我没控制住，说得有点多。"

她不介意，但这些她都知道，便没纠结于此，只道："以后会更顺利的。"

简单聊了几句，路秾秾对他告知的事情表示了解，她会着手处理，说着就要挂电话。

季听秋忽然叫住她。

"秾秾姐……"

"嗯？"

"结婚以后一切都好吗？"

她结婚都半年不止了："很好啊！怎么了？"

"没事，你过得开心就好。我……"他停顿两秒，缓缓说，"真的很感谢你，我一直把你当成姐姐，以后也是。"

婚礼请柬

绯闻开始炒热，短短两天，微博上炒起旧饭，有关于路秾秾和季听秋关系的传闻逐渐扩散。

程小夏每天盯着，每天电话打个不停。

"对，那边不用卡，让他们发。"

"收集到的数据马上传回来。"

"可以稍微推波助澜……动静别太大……"

将近下午一点，程小夏才暂时从电话中抽身，简单地解决了午饭，手里没一刻放下过手机。

路秾秾是季听秋"金主"一事传得沸沸扬扬，从《遮天》、综艺、代言，到后来连季听秋自己试镜争取得来的工作，也被一竿子打翻全归为路秾秾给的资源。

热度最高时，有人出来爆料说路秾秾如何冲冠一怒为蓝颜、如何维护季听秋给他撑腰，传着传着，又演变成她私下常常飞去影视城、电视台，还有综艺摄制城市等地探班季听秋，私下约会，被所谓的"工作人员"目击。

边边角角的也没放过，季听秋在剧组如何脾气不好、动不动耍大牌、排场比主角都大……诸如此类，说得仿佛亲眼所见。

见缝插针似的黑法，能黑的点全部黑了个遍。消息一出自然动静不小，几处论坛都在热议：

> 路秾秾不是结婚了？假的吧！
>
> 结婚了又怎么样，不兴她喜欢养小狼狗？
>
> 好恶心啊，这是出轨吧？！
>
> 逗，霍观起什么身份，这要是真的，季听秋还能好好的？
>
> 假的一批！

信的有，不信的也有，而上次优惠活动的后续影响还是在的，至少多了很多为路秾秾说话的声音。

各种评论看法不一，正看着，高行的消息进来，程小夏忙不迭抽纸擦嘴，正襟危坐地回应那边。

消息是他们放出去的，这种事可以卡一次卡两次，但不能卡一辈子，毕竟没有千日防贼的道理，索性一次性揪出来，解决干净。

霍观起的人办事向来动作干净，这次也丝毫没让对方察觉，悄悄一抬手，中间截断的事仿佛不存在。

> 高行：文件 .doc
> 高行：文件 .pdf
> ……
> ……
> 高行：都在这儿，你可以看一下。

程小夏把他发来的文件下载下来，回了个"嗯"字。

那边十分客气：

> 高行：麻烦你了。

后面跟了个笑眯眯的表情。

程小夏打了个冷战。

自打他俩的老板结婚，她和高行的交集渐多，高行对她的态度一天比一天好，有时和蔼到令人毛骨悚然的地步。

作为霍观起身边的第一助理，高行毕业于一流大学，工作能力强过她百倍，照她原本的工作轨迹，和这种能够胜任大集团高层心腹的精英根本不在一个层次，何谈"共事"。

如今他不仅见面三分笑，时不时还要被支来给她帮忙解决路秾秾的麻烦……她实在是沾了老板的光。

回给高行一个笑脸，特别提醒一响，程小夏的神经瞬间绷紧，连忙先退出去。

愿好春光

点开一看——

老板：图 .jpg
老板：图 .jpg
老板：这两个菜，你说我做哪个比较好？

程小夏看着菜谱无语凝噎。

网上的动静弄得人紧张兮兮的，她老板倒好，这个时候还有心情问她关于做菜的意见。

尽管心里腹诽，她的手还是很诚实地打字回答：

第二个。

牛筋煲，当然是牛筋煲，她喜欢！

路秋秋回她一个"ok"的表情，程小夏猜，老板大概是晚上要做菜给霍观起吃。

对于老板的这段婚姻，程小夏觉得非常奇妙。

两年前，她刚到路秋秋身边工作时就知道霍观起这么个人，只是从别人嘴里听到的多，因为她几乎从没见过这位和她老板不对付的霍先生。

今年上半年路秋秋突然结婚，商业联姻的架势摆得十足，程小夏本来打起精神，决心要陪老板好好应付这段可能很棘手的关系。一朝得知对象是霍观起，她吓得差点以为自己年纪轻轻出现幻听。

当时她惊讶得嘴里足以塞下两个鸡蛋，脑子里当场就飘过一个念头：让两个冤家仇人一起过日子，这婚结的，是不是有点太危险了？

有一阵可把她愁坏了，整天都在担心两人闹出伤亡事故演变成社会事件，好在霍观起出国一去就是好久，但紧接着，他回国来，事情也发展得和她想的越来越不一样。

没有打架，没有动手，但能看得出他两人之间偶尔会尴尬，有时还有一种说不清的气流涌动，但渐渐地，他俩相处竟然开始融洽。

霍观起给她老板买首饰，她老板开霍观起的车，现在更是发展到愿意为霍观起下厨，而霍观起为了解决她老板这些不好的传闻，连高行都随手扔给她使唤——虽说可能是为了自己身为男人的尊严和面子，可要说他对她老板不上心，绝对不可能。

有时闲下来，她也会想，这到底是怎么一回事？

想归想，往常她是绝不多嘴的，这两天或许是因为接连看了太多骂声的缘故，脑袋疼得紧，她急需一份"岁月静好"来填补心灵。

思忖之下，她问：

> 老板，你晚上在家做菜吗？
> 老板：对啊。你想来吃？

不不不，她可不敢。

程小夏连忙回道：

> 高行说霍总最近十分辛苦，脸色不太好，我看你也瘦了点，要不炖点汤，你们补补吧。

路秾秾似乎兴头十足，一听这个意见不错，接连发过来好几张食材图：

> 老板：你觉得煮什么汤比较好？

程小夏看了看，给她出了主意，选了汤还不够，又帮着在他们晚饭的菜单上加了两道菜。

路秾秾听从她的建议，兴致勃勃地去选购食材了。

高行又发来新的消息，程小夏不慌不忙点进去，比先前多了几分从容。

看，虽然自己的工作水平比不上他，但胜在贴心，能尽职尽责地维护好老板的婚姻，这就是一个好助理！

一边和高行谈工作的事，一边自觉自己功成身退的程小夏，不由微微一笑。

霍观起回到家，一阵扑鼻香味温和地迎面而来。

不用想也知道，只有路秾秾会在家煮饭。今天做的应该是味道比较重的东西，香味闻起来较平日浓郁了许多。

霍观起到厨房前一看，路秾秾正在里面自在地忙碌。

原本他还担心这两天她会因为网上的事情不舒服，这样看来，她估计是没有过多理会。

甚好。

霍观起迈步走到近前，轻缓地扯了下嘴角："在煮什么？"

路秾秾早听见他回来，忙着切食材，闻声才回头，指了指两个炉子，告诉他："在炖牛筋煲，还有洋参鲍鱼汤。准备炒菜了！"

"你……"刚想夸两句，霍观起突然瞥见她跷起的手指上贴着两个创可贴，话音一顿，唇角本要加深的弧度蓦地僵住。

路秾秾切菜切得专注，不防身后突然多了个人，一把握住她的手，刀也被拿开。

"哎——"

路秾秾抬眸对上霍观起的眼睛，他拿起她的手，盯着她的小指眉头紧锁。

"什么时候弄伤的？"

路秾秾愣了下，笑说："这个啊，前面切菜没注意把手切破了点，小伤。"

她要把手抽回去，霍观起握着不放，小指上贴了两张创可贴，见他表情不好，她解释："第一遍没贴住，所以就用了两张……"

霍观起一言不发，拉着她上楼。

"我的菜！"她回头看了几遍，对厨房依依不舍。

霍观起脚步不停，到二楼找出医药箱，给她的伤口消毒。路秾秾见他消完毒拿出那么老长的细绷带，眼睛都瞪大了："不用那么夸张——"

霍观起不理会她的抗议，仔细地将她的伤口包好，而后还细细检查了两遍。

路秾秾想说包完是不是可以下楼继续煮饭了，就见蹲在她面前的人忽然站起，掏出手机，侧着身打电话。

"让医生过来一趟。"

路秾秾一诧："叫医生干吗？这点小伤，都已经包好了！"

霍观起置若罔闻，催促："快一点。"

路秾秾昂着脑袋，微微蹙眉看他，对他的大惊小怪表示不满。

对上她的视线，霍观起顿了一下，别开板着的脸："你舅舅把你交给我，你要是有什么闪失，我拿什么赔给他？"

一个切菜的伤口……路秾秾泄气，还好楼下炖的牛筋煲和鲍鱼汤开的都是小火，厨房里也有消防警报器，不用一秒不差地盯着。

路秾秾被迫坐在沙发上："医生来了都会发笑，你让人家怎么办？把你包的地方拆了再包一遍？有必要吗？"

霍观起道："有必要，我不是专业医护人员。"

路秾秾拗不过他，往后一靠，无奈："我听小夏说，高行说你最近挺累的，本来想煮个汤做点好吃的，现在……"

味道如果出了什么差池，一定记在他的头上。

霍观起握着她的几根手指，稍作停顿，在她看不到的角度神色柔和下来，半晌才说："我不累，这些以后你让别人来做就行。"

"可我看你最近确实挺忙的，给你补一补嘛，我找煮汤的菜谱找了好久……"路秾秾兀自沉浸在自己还没做完菜的情绪中，语气满是可惜。

半个小时后，医生赶到，路秾秾的小拇指获得了一次全新的、完美的包扎。

一顿饭磕磕绊绊，霍观起不让路秾秾再动手，好在菜都好得差不多了，剩下几个只需要把火全都开上就好。路秾秾在他的监视下把炖到一半的东西都炖上，老实地出了厨房，连刀的边都没摸到。

这餐晚饭，一向胃口不大的霍观起，破例吃了个十足饱。

她炖的那些中途停火后来继续煮上的汤羹，在他碗中一滴都没剩。

网上那些消息，路秾秾当然不可能一条都不看。

看得多了，她发现什么好笑的都有。

其中就有一条，是说霍观起厌烦和她的关系，最近在私下购置别的房产，地段都选好了，过不了多久就会搬出去。

路秾秾正无声地感慨这些人说得仿佛真的亲眼所见一般，霍观起端着水杯从她身后经过，似是停了一停。

她察觉到，回头见他站在自己身后，她正要说话，就听他淡淡道："少看点八卦。"而后径自回了房。

路秾秾没来得及反驳，撇了撇嘴。

晚上快要入睡前，霍观起突然很认真地对路秾秾开口："都是子虚乌有。"

路秾秾一时反应不及："嗯？什么？"

霍观起侧头朝她看，道："我没有让人看房子。"

路秾秾滞顿着"哦"了声，才想起先前看的那些网络消息。

她被传得多了，有经验，对这些事不以为意，以为他介意，道："这种东西不需要解释。"

"需要。"霍观起说。

她一愣。

霍观起眼神淡淡的，但很认真，他对她强调："我没觉得烦。"

什么他想要搬出去，全是无稽之谈。

路秾秾被他盯着，脸微微发热，回过神来，她移开视线，佯装翻杂志，"哦"了声。

片刻后，她抿了下唇，又轻声说："我知道。"

蒋浩忐忑不安的样子叫人十足眼累。

季听秋实在看不下去，递了瓶水过去："喝一点？"

蒋浩接过，却没拧开，握得紧紧的："真的没问题？"他总觉得不放心，"你去见路小姐和……和她先生，这样会不会怪怪的？"

季听秋安慰："没事。"

季听秋工作步入正轨以后，蒋浩对他的态度已经好了很多，再不曾逼他出席酒局、饭局。其实蒋浩也不想这样做，只是为了生存混口饭吃不得不四处低头，如今大部分时间他都专心带季听秋，给季听秋的规划靠谱了很多。

只是他没想到，路秾秾结婚的消息会来得这么突然。

霍氏集团各公司齐齐发博那天，蒋浩慌了神，直问季听秋到底怎么回事。

那时候他才知道，事情压根不是他想的那样，季听秋和路秾秾之间干净得不能再干净。

而对于蒋浩追问的她为什么帮你，季听秋则用了三个字回答——合眼缘。

蒋浩好不容易接受现实，这两天网上舆论就闹成这样，蒋浩差点没被吓昏过去。路秾秾的丈夫他们哪里开罪得起，平白多了项给人戴绿帽子的罪名，他们还要活不要活？

要是季听秋和路秾秾真的有什么，受罪还有点说头，可他们不是啊！

蒋浩又惊又怕，要不是季听秋一副胸有成竹的模样，让他少安毋躁，他已经收拾包袱准备退圈几年躲一躲了。

车平稳地朝约好的地方开。

蒋浩不放心他一个人："等会儿你们吃饭，我在外面等你？用不用我进去在附近找个地方坐着，有什么事……"

季听秋摇头，还是那般语气："你放心吧。"

那天他打了电话告知路秾秾有人暗算一事，没多久，程小夏就联系他让他配合，不管网上有什么动静他都别发声，又和他约了时间，说路秾秾和她先生想跟他吃个饭。

其实应约之后，季听秋这几天也没怎么睡好——并非担心网上那些事，因为路秾秾说了会处理，她的话，他毫不怀疑。

他只是对于即将到来的见面，有几分说不清的紧张。

蒋浩一脸愁容，明显在担心他会被那位霍先生收拾，季听秋看在眼里，浅浅弯了下唇："霍先生要收拾我这种小虾米，不必特意见我一面，既然愿意和我吃饭，霍先生想来应该是没有生气的，你不要自己吓自己。"

被他这么一说，蒋浩的表情稍微好看了些。

这顿饭的用意，他们多少能猜到一点，三人同桌吃饭，这也是澄清的一环。

蒋浩拧开水瓶，喝了几口水，心里稍微安定下来。

十几分钟后，车轮卷着月色开到约好的餐厅，蒋浩不能陪同，将季听秋送到门口，之后便有侍应生上来带路。

季听秋跟在侍应生身后向包厢走，灯光在他黑色的发丝末梢晕开，他一步一步，听着自己的心跳有规律地在节点落下。

抵达包厢门口，侍应生敲了两下门，得里面准许后将门轻轻推开。

内里是和外面走廊同色调的灯光，许久不见的路秾秾朝他看来，她身边的男人器宇轩昂，和她并肩，仿佛天造地设的一对。

季听秋眼里像是被灯光刺了一下，有一瞬轻微的痛感，但随之而来更多的是早已了然的如释重负。

他悄悄地长长舒出一口气，放下心里最后的那一点念想，牵起嘴角温然一笑。

"秾秾姐，霍先生——"

他们很般配。

这样就好。

这样就很好。

和季听秋吃饭是霍观起的主意，路秾秾起初也很诧异，他说："只是吃个饭，没有别的意思。"

考虑到要澄清传闻，他们的态度越正常大方，就越有说服力，路秾秾便答应了。

当下，看着许久不见的季听秋站在门口打招呼，路秾秾收敛神思，笑着让他进来。

不等她做介绍，霍观起主动伸手："霍观起，秾秾的丈夫。"

季听秋礼貌回握："霍先生，您好，我是季听秋。"

这餐饭他们夫妻两个做东，霍观起的态度比路秾秾预料的好很多。

霍观起二十岁就进了霍氏，如今二十八，气势、威严比许多年长的人更盛。他和季听秋谈话，询问季听秋对事业的规划、将来的发展方向，明明是个娱乐圈外行，却见地十足，态度也不会让人生出反感。

季听秋一开始稍有拘谨，后来和霍观起越聊越投机，反倒是路秾秾插不上话，若不是霍观起接到电话离席，他们还不知道什么时候停。

霍观起暂时离席，路秾秾瞥季听秋一眼，笑说："很少见你这么多话。"

季听秋不好意思："抱歉，又没控制住，不小心说多了。"

"没事。"路秾秾道，"他平时也很少说这么多，聊得来挺好。"

"他"指的自然是霍观起。

季听秋淡淡含笑，之前他在手机上问过她几次结婚后开心吗，这一回面对面却没有再问。

不需要问，他看得出来她是开心的。

她和霍先生感情基础如何，相处得怎样，这些轮不到他探询，他只是感觉得到，她在霍先生身边很轻松自在。

季听秋停下手中的动作："秾秾姐。"从得知她结婚开始他才改的口，现下也叫得不那么别扭了。

"嗯？"她看过来。

他稍作沉默，问出口："我和你认识的人，很像吗？"

他不傻，路秾秾第一次帮他是路见不平，但后来的关照，想必就是事出有因，之前他猜测过段靖言，但直觉告诉他猜得不准。

路秾秾微微顿住。

见她神色如此，季听秋等了几秒没得到回应，便道："如果不方便的话也可以当作我没问。"

路秾秾沉眸，轻声回答："你和我一个朋友，有些地方很像。"说到这里她停了停，"其实我觉得挺抱歉的。"

"抱歉？"

"如果不是我，你也不至于被人议论……"

"没有的事。"季听秋打断她，不赞同道。

如果不是她，他可能两年前就不在了。

那段时间他真的很脆弱，还债的压力苦不堪言，未来一片黑暗，他没有梦想，没有兴趣，看不到希望，他在娱乐圈这个泥潭挣扎浮沉，为的就是还钱，生存。

如果那天被那个男女通吃的黑心导演带走，他或许早就不复存在，但是因为遇见路秾秾，他虎口逃生，两年里陆陆续续有了一些工作维持生计，也慢慢地调整好了心态。

现在的他比起那时候，真的好了很多，至少看得到一条通往将来的路。

"帮了我就是帮了我，任何理由都抹杀不了结果，你对我的照顾都是真的。"季听秋说，"你不应该有抱歉的情绪，我很感谢你，真的。"

被他少见的认真模样弄得一怔，路秾秾一笑："行了，我知道了，不说就是。"

季听秋脸色稍缓，瞥向她身旁空着的位子，犹疑道："霍先生他……希望没有给你们造成误会。"

路秾秾停顿两秒，说："他没有误会。"

这世上不会有人比霍观起更明白她照拂季听秋的原因。

那也是他的朋友。

对霍观起而言，段谦语是他学生时代唯二亲近的人，会为他解围，愿意不怕麻烦地帮他完成心愿去给母亲送行。

比起朋友，段谦语有时候更像他们两人的兄长。

季听秋没有多问，这是他们的私事，他不方便探究。很快，霍观起回到包厢，坐回位子上，季听秋端起酒杯："一直没有机会当面祝福秾秾姐，这次正好，霍先生，秾秾姐，祝你们新婚快乐，白头偕老。"

霍观起大方地接受了他的祝福，倒是路秾秾脸稍稍热了一点，这些祝福词听了好多次，她还是没能习惯。

白头偕老啊……

她抿了抿唇，和霍观起一起，同季听秋轻轻碰杯。

九点多用完晚餐，季听秋的经纪人和司机来接，他们互相告别后便上车离开。

返程车上，路秾秾偷偷打量霍观起，忍不住问他："你今天出门前干吗打扮那么久？"

平时他不这样的，季听秋虽然是男艺人，但也不至于吧？

霍观起侧眸瞥她，她喝了酒，脸泛着酡红，淡淡的酒香味传过来。明明他也喝了，却觉得她身上的味道就是不同，她那双眼睛熠熠发亮，清明中透着几分醉意，正直勾勾看着他。

在她疑惑的目光中，霍观起佯装镇定地转回头，一本正经道："为了艳压。"

路秾秾："……"

和男明星见面，他还挺不服输。

网上舆论发酵的第四天，向来很少接受采访的霍观起，破天荒地接受了一次访谈，一半商业问题，一半私人问题。

被问到网上的事情时，霍观起不闪不躲，全部正面回答。

"季听秋是个不错的年轻人，每个行业都不容易，两年前我太太曾经出手帮过他一次，替他垫付了医药费，后来跟我提过，出于惜才，她偶尔也会帮他介绍一些工作机会，这些我都知道，包括季听秋身边的助理也是我帮忙聘请的。"

"有人说您和霍太太私下互不干涉对方的感情状况，这是真的假的？"记者暗暗咽了咽口水，一边提心吊胆，一边不得不照着他们给的要求提问。

霍观起面无表情，眼里有些许寒意："无稽之谈，我和太太感情很好。"

"你们两位婚前似乎有不和的传闻？"

"假的。"霍观起伸手去拿镜头外递进来的几张照片，他翻出其中一张，展示给记者看。

照片里，是二十岁以前青涩的霍观起和路秾秾。

少年沉默寡言，如今的稳重初现雏形，而旁边的少女和他肩并肩，姿态亲昵，冲着镜头比"V"，笑得灿烂热烈。

霍观起展示了一小会儿就收起，没有给他们看更多的意思，很快他将几张照片递出镜头外，高行立刻小心地收好。

"我和我太太很早就认识，她是我的初恋。"霍观起看着镜头说，"对于网上恶意诽谤、造谣传谣的人，我们会交由律师严肃处理。"

视频一经发出，很快就被炒热。

季听秋一方发布律师函，表示将对造谣者追究到底，同时展示了霍观起在采访中提到的两样相关物品：一是两年前的一张医院缴费单，二是季听秋身边助理曾睿的聘用合同。

曾睿是霍观起安排的这件事，程小夏在让季听秋配合时就已经告知了季听秋，以后季听秋还聘不聘用他再论，眼下他倒是正好能派上用场，若是季听秋看得上曾睿的工作能力，他在霍氏那边的合同便可以直接解除，彻底归季听秋管理。

霍氏方面也派出律师代表霍观起本人，公开发函向传播谣言的人追责。

这个视频的时间虽不长，信息量却十分大。

路秾秾和霍观起不是死对头，是年少相识，霍观起还说她是自己的初恋。

路秾秾没有养"小狼狗"，何况这些事霍观起都知道，就更不是出轨。

季听秋背后所谓的"金主"，不过是好运遇上路秾秾，连带着被人家夫妻俩照拂。

这些事情一桩桩一件件清楚地摆出来后，原先骂得欢的，讨伐得激烈的，还有浑水摸鱼的，有的消声沉默，有的还想蹦跶，然而霍氏律师团不是吃干饭的，告了好些个造谣厉害带节奏凶的，其他人立刻老实了。

之后几天，除了吃这个反转瓜，大家更多的是讨论倒霉的人。

众所周知，霍氏每年都会资助国内学校，还给不少大学提供资金帮助，让很多实验团队的项目得以顺利进行。

被告的人里有一个大学生，在网上黑路秾秾黑得很凶，这次的事情她骂得相当起劲，一看她的微博主页，只要提到路秾秾的连篇都在骂路秾秾。

霍观起让人取消了她所在学校今年的资助名额，不准备再提供任何资金，校方多次联系他，他虽派人见了，但始终没有松口。

还有一个高中生情况与这个大学生差不多，霍氏去年向他所在的学校捐赠了一栋楼，今年本来要赞助盖一座体育馆，事情一出来，霍观起也直接让人把这所学校从资助名单上划掉。

这些事一时间传遍教育界，成了师生之间的谈资，许多学校开始狠抓素质教育，不能因为一颗老鼠屎坏了一锅汤连累整个学校。这就是前车之鉴，他们不得不重视。

那两个学生会如何艰难，霍观起无心理会，人要为自己的行为付出代价，他做慈善，不代表他就要任人插刀。

作业太少，学习任务太轻，学校教不好学生，那他就给他们上一课。

一边骂他老婆一边想占他的好处？做梦。

除了这些，业内有传闻说几个黑路秾秾的水军公司突然都倒了，论坛有人开帖讨论这些事，聊得神秘兮兮的，没多久帖子就被删除。

而娱乐圈的人里，有两个男艺人的资源受了影响，原本到手的代言飞了，定下的剧临时换人，明眼人都看得出，那两个是因为和季听秋路线相仿，想干掉他，于是在这场事件里浑水摸鱼，结果把自己搭了进去。

这就是傻子的典范，搞季听秋一个人就算了，也不看看这次和他牵连在一起的是谁？

霍氏的人也敢动，职业生涯夭折得不冤！

女艺人倒是没受什么影响，路秾秾毕竟不是真的混这口饭吃，正儿八经的角色都没演过一个，和谁都谈不上冲突，她又是路家大小姐，又是霍氏少夫人，一个个抢着和她交好都要挤破头了，还下手黑她，怕是疯了吧？

但还真就有那么一个疯了的。

敏锐的吃瓜群众发现，和那两个男艺人一样，隋杏接连掉了几个资源，先前传出在谈的"P&G"高定代言突然没戏了，她是几乎板上钉钉的彩妆大使，官方微博都点赞过她好几次，这次说换人就换人了。

更可气的是，她出席活动穿的礼服，原本已经借好，一夜的工夫品牌方又不肯借了，她的团队磨破嘴皮子，她也只得穿过了季的旧款。她被几个时尚博主挨个点名，在论坛被嘲好几天。

这对隋杏后续的时尚资源有极大的影响。

虽说她爸隋少麟拿过影帝，但在那个年代，明星哪有现在赚钱，隋少麟是有些家底，但这么多年下来，总归不如从前。

而安漪芳作为隋少麟的经纪人，和他一体，收入还得取决于他。

一件礼服动辄几十万上百万，要出席的活动那么多，隋杏怎么可能次次买得起新的？

这个时候，网友们再想起先前隋杏粉丝拿她和路秾秾比，话里话外说路秾秾不如她，不由觉得有些好笑。

> 霍观起给路秾秾买一枚胸针就好几百万，够隋杏买多少件礼服？
>
> 全球限量的跑车你们忘了？人家开着去买菜！
>
> 路秾秾自己也不差啊！路家也很厉害，她哥哥可是有名的小开，多少女明星想傍，他颜值又高，又有能力，可惜沾不上边。他但凡门槛放低点，估计能被那些艺人网红生吞了。
>
> 她和她闺密——博唐的唐总，看秀不也是手挽手坐第一排？UG高层和她们合照都给她们让C位。
>
> 还有私人飞机！更过分的是你们记不记得霍观起采访时拿出来的照片，看起来很多年了吧？路秾秾那时候就那么好看……
>
> 人家纯天然的，肯定了。哎，真是人生赢家。

被网友羡慕的"人生赢家"路秾秾，正一心在家钻研厨艺。

霍观起这几天除了让人处理网上的事，还在着手处置霍见明。

找上季听秋的人，是从前霍见明派系的，之前因为亏空一事暴露，被霍倚山扫地出门。

霍见明三番两次试图挑唆他们，这次更是奔着弄个大丑闻来的，要是季听秋被收买，闹大了，闹到霍倚山面前，他俩免不了又是一桩麻烦。

得亏季听秋没被他们说动，霍见明按捺不住，想逼季听秋就范，就先搞出了这点小动静。霍见明估计也想不到，季听秋从一开始就打算探底，之后更是直接找路秾秾全盘托出，一丝一毫都没有隐瞒。

霍见明本想让季听秋骑虎难下，失了路秾秾的信任不得不配合他，谁知道计划就这样落空。

路秾秾清楚霍观起的性子，一而再，再而三的，这次他绝不可能轻拿轻放。她当然不同情霍见明，只是冷眼旁观之余，不由感慨霍家的智商上下限真的相差太远。

这些事情浮出了水面，自有人去处理。

没了烦心事，路秾秾心情大好，看时间，霍观起差不多该下班了，她就先把汤炖上，然后擦净手，到厅里休息。

趁机刷了几下手机，她划拉一下，划出来季听秋的一条微博。

这次事情之后，她干脆正大光明地关注了季听秋。

季听秋发了一张照片，路秾秾看小图就觉得眼熟，点开一看，果然是她和霍观起婚礼的请柬。

他配文说：

祝秾秾姐和霍先生新婚快乐。@路秾秾

季听秋现在已经有了自己的粉丝，甚至有部分还是在这次被黑事件中被吸引来的。评论里的气氛很是不错：

哇！秋秋你是全网第一个晒请柬的！！秾秾姐霍先生新婚快乐！

谢谢秾秾姐邀请秋秋，祝秾秾姐和霍先生新婚快乐！

姐姐新婚快乐！正大光明的姐弟情，我疯狂流泪QAQ！

好了，我要开始挑衣服陪秋秋去参加姐姐姐夫的婚礼了！

楼上的你但凡吃一粒花生米都不至于醉成这样……

路秾秾看得发笑，听见进门声音，抬头一看，是霍观起到家了，他换上鞋走过来："在看什么？"

她正想问，便把手机冲他的方向翻过去："你什么时候给季听秋请柬的？"

"请柬？"霍观起随意道，"吃饭那天。"

吃饭那天？

路秾秾诧异："我怎么没看到？"

霍观起淡定地松了松领带："走之前给他的。"

路秾秾："没看出来你还挺热情。哎，其他的请柬呢？已经做出来了？给我看看！"

"明天我让高行找找。"霍观起换了个话题，"晚上吃什么？"

她一听，立刻起身朝厨房走："煮了虾粥，还有……"

霍观起提步跟在她身后。

他没告诉路秾秾，也不打算告诉她，婚礼请柬还没送来。

季听秋的那张是他让婚庆团队特意提前赶制出来的。

霍见明得知霍观起要送他出国，登时面如死灰。

霍泽海气得直骂："你这个不孝子到底又做了什么？好端端的他怎么会突然要赶你走？！"

霍见明不说话，满脸的不可置信。

关馨心疼儿子，怕霍泽海动手，上来劝："你骂见明有什么用，现在霍氏谁当家？要赶见明走的是你的好侄子！说来说去还不是他怕见明对他有威胁，变着法子折腾人……"

"眼中钉？就他也配！"霍泽海指着霍见明，骂得毫不留情，"霍观起的位置早就坐稳了，还用得着防他？他能有什么威胁！"

霍泽海和霍清源一母同胞，从小霍倚山就更喜欢他弟弟。霍清源聪慧，有灵气，学什么都一点即通，样样比他强，他暗地里和霍清源较劲多年，可父亲却从没正眼看过他。

本以为霍清源为个女人离开家，父亲失望透顶，怎么说都该把霍氏交到自己手里了，偏偏父亲死死攥住权柄，就是不肯让他沾手半分！

那时他才知道，霍清源是失去了霍倚山的信任，他却根本就没在父亲的考量之中。

他只好花大力气培养儿子，这些年他一直悉心教导霍见明，再怎么样，他的儿子也总该比弟弟那个市井里长大的儿子强吧？

可就像霍清源强过他一样，霍观起稳稳压了霍见明一头，这么多年，霍清源父子彻底将他们父子都比了下去。

他这个不孝子各方面不如人也就算了，还总是用歪门邪道丢人现眼，上次亏空的事，气得他几天都没睡好！

老爷子的身体眼见着是不行了，霍氏落在了霍观起手中，他这个儿子没有一争之力，他已经认命，这时候霍见明还要去触霉头，是想让他们一家人以后都喝西北风吗？！

霍泽海越想越气，从墙边的高尔夫球包里抽出球杆就往霍见明身上抽。

"你在外头又干了什么？！你说——"

"爸！你疯了？！"

霍见明在沙发上边躲边吼，又不敢还手，关馨扑上去死死抱住霍泽海的胳膊："他都多大的人了，你还打他干什么？有话不能好好说？！"

霍泽海用力抽了几杆，气喘吁吁地骂道："我怎么就养出你这么个没用的东西！样样不如人，成天就知道捅娄子！"

"你自己还不是一样！"霍见明胳膊被抽红，眉头紧拧，涨红着脸还嘴，"我不如霍观起，你不如他爹，我不过是随你！"

霍泽海一听更气，抓起球杆就要再抽，这时外头的阿姨跑进来："先生，太太！"

"出去！"

阿姨硬着头皮道："霍总来了。"

老爷子在医院，如今的霍总便只有那一个。

话音刚落，霍观起便带着高行缓步进来，厅里略显狼藉，衬得他越发气定神闲。

"我好像来得不是时候。"

霍泽海连忙扔了球杆，脸色大大转变："观起来了，坐坐坐。是不是有什么事……"

霍观起道："我想和霍见明聊聊。"

厅里几人一愣，霍泽海回神，立刻低斥沙发上的人："没听见？还不快起来，带观起去书房！好好把你做的破事处理干净！"

霍见明脸色阴晴不定，沉着脸起身，往书房带路，高行跟在霍观起身后。待他们上了楼，关馨挨在霍泽海身边，小声说："他进门连声大伯和大伯母都没叫。"

霍泽海本就悬着的心更是咯噔一下，怒瞪她："还不都是你那宝贝儿子干的好事！"

关馨悻悻道："那是我一个人的儿子？不也是你儿子……"

书房里。

霍观起沉稳如常，而霍见明一脸被狠狠踩到痛脚的表情，显得有些狰狞。

见霍观起特地上门，霍见明还以为出国的事只是对方吓唬自己，然而等霍观起身边的高行拿出一份份文件摆在自己面前，他才知道这人是来真的。

他再也忍不住，厉声质问："霍观起，你就这么容不下我？"

"你的所作所为，需要我提醒？"霍观起不为所动。

霍见明一噎，眼神闪烁，强自镇定，然而被那道了然的目光盯着，又不由心虚。

他当然知道自己做了什么。

他想搅黄霍观起和路秋秋的婚姻，并且是用一种极其难堪的方式。

谁让这一切都是拜他们的婚姻所赐？要不是霍观起结婚，娶了门当户对的路家人向霍倚山表忠心，表明自己不会像霍清源一样，霍倚山怎么会把大权交给他？

霍见明想到这点就恨，只要搅黄了他们，让霍观起结婚没多久就闹出丑闻婚变，霍倚山还能放心他吗？

都怪那帮蠢货，连个十八线小明星都搞不定。

霍观起像是知道他内心所想，冷淡的声音怎么听都有些讽刺："我倒是突然有点同情爷爷，以你这个脑子，除了我，他也确实没别人可选。"

霍见明脸色一僵。

"认清局势吧，即使这出闹剧真的成功，也不过是小打小闹。爷爷不会因为这个让我下台，换你上，别做梦了。"

"你——"

"退一万步说，就算他想，他也没这个本事。"

霍见明被他大胆的话说得一愣，皱眉："你竟敢……"

"这是事实。"霍观起泰然自若，"除了你，所有人都认清了现实，包括爷爷。"

霍见明怔怔的，这样的霍观起他从未见过，这个堂弟一向不屑把他放在眼里，每每相见除了冷淡还是冷淡。

而这一刻，霍观起身上流露出凛然气势，俨然一副上位者的姿态。

就像……

就像霍倚山。

好似还觉得不够，霍观起一句话打碎霍见明的幻想："让你出国这件事，是爷爷同意的。我来也是他老人家的意思。"

霍倚山是什么意思？让霍见明死心，不要再对染指霍氏抱有期望。

"不可能！"

"你信不信无所谓，反正你还是要走。爷爷愿意给你的都加进了信托基金，按时领取，够你衣食无忧过一辈子，你最好安分守己，否则，我有的是方法让你拿不到一分钱。

"至于霍氏——"

霍见明下意识抬眸，眼里残存最后一丝希冀。

霍观起微微勾唇，一字一字浇熄那火光：

"我说了算。"

"你大伯那边,你去过了?"

轮椅上的人精神早已大不如前,白发也比从前多了许多。

霍观起点头:"去过了。"

"赵苑晴,是你让人送去医院的?"霍倚山看着他,眼里仍有精光。

霍观起不闪不避地承认:"她精神状况不好,需要好好调养。"

"是真的精神状况不好,还是你觉得她不好?"

霍观起坦然迎上他的目光:"医生是这么诊断的,您要是有疑惑,可以让医生和您说。"

霍倚山沉默数秒,眼里的精光慢慢褪去,闭上眼:"罢了……"而后他轻声问,"镶水古镇进展如何?"

"项目进展很顺利,艺术馆预计一年建成,以后会作为镶水古镇的重要文化标志。古镇入驻的星级酒店数量也在增加,原本的园区拟扩建三分之一,项目组实地考察后决定改为扩建三分之二,项目组拿出的几个方案都不错,综合古镇的发展和定位,我选定了其中一个。"

霍倚山闻言,表情稍微舒缓。

之后又谈了几句工作上的事,霍观起见时间差不多,便起身告辞:"如果没什么事,我就先走了。"

霍倚山没有挽留,只是在他快到门边时,突然开口叫住他。

"赵家那边,你打算怎么安抚他们?"

"安抚?"霍观起背对霍倚山,"这么多年,霍氏给他们的好处难道还不够?"

"你要拿赵苑晴撒气,好歹给他们一个交代……"

霍观起打断:"不需要。"他的声音比先前冷了几分,"爷爷,您还是好好调养身体,这些事我自有分寸。"

赵家沾了霍家多少光,受了多少照拂,如今,赵苑晴身体不济被送进医院"疗养",他就需要给赵家好处安抚?那文家呢?他母亲文香如四十岁离世,身边没有丈夫,没有儿子,孤零零撒手人寰,他们又该怎样弥补她?

这么多年了，霍氏亏欠他们一家三口的，也该还回来了。

霍观起面无表情地理了理衣襟，头也不回地大步离开病房。

脚步声渐渐远去，轮椅上的霍倚山陷入长久的沉默。

霍观起恨赵苑晴，何尝不恨他？

可是霍氏只能交给霍观起，只有他能撑起这个门庭，只有他能让霍氏继续繁荣鼎盛。

霍倚山看向窗外。

落日西下，薄黄的光照进来，笼住一切。

已经是黄昏了。

霍见明被送出国的同一周，霍氏集团迎来新的人事调动，霍倚山退位让贤，原先的副总霍观起正式升任集团总裁。

路秾秾的朋友圈里一片恭喜之声，霍观起成了霍氏老板，她也水涨船高地成了霍氏老板娘。不认识她的人想结交她，原本与她有交情的人想更进一步，消息太多，除了唐纭和几个时常往来的朋友，路秾秾只好让程小夏替她统一回复。

唐纭组了个局，说是要替路秾秾庆祝，结果路秾秾到场一看，发现唐纭分明是想借着她的名头满足自己痛快喝酒的私心。

看在唐纭没追问自己和霍观起早就认识这件事的分上，路秾秾懒得揭穿她，只在心中默默竖起中指。

唐纭喝得开心，拉着她神秘兮兮："你知道今天还有谁来？"

"谁啊？"

"薛娇娇！"

路秾秾一听诧异："她不是在国外？"

"回来了！我一听说她回来，就立刻给她下了帖子，还让许寄柔她们挨个去刺激她。"唐纭坏笑，"薛娇娇本来不想来，被许寄柔她们一激，只能咬着牙来了。"

薛娇娇从前在国内时，时常和路秾秾别苗头，论家世她俩差不多，偏偏路秾秾走到哪儿都是人群焦点，不管好的坏的，只要路秾秾在，别人都毫无存在感。

路秾秾倒是没有存心和薛娇娇较劲，但她心里不服，总想和路秾秾一争高下，直到她离开国内才消停。

"来了来了！她在那儿！"唐纭坏得很，拉起路秾秾就往薛娇娇的方向冲。

薛娇娇今天特意精心打扮过，一见过来的两人，尤其是路秾秾那化妆都比不上的好气色，整个人像会发光似的，瞬间没好气。

唐纭笑吟吟道："我还以为你不来了呢。"

"怎么不来？秾秾的好日子，我当然要来。"薛娇娇咬着牙根笑，"都说人和人运道不同，还真是。有的人找个老公厉害，两手一摊在家做阔太太就行，不像我们，还得一点一滴靠自己打拼。"

薛娇娇被她家长辈塞进公司历练一事，唐纭有所耳闻，这话明摆着在说路秾秾靠男人。唐纭假装听不出，故意顺着她的话说："是啊，人和人哪能一样啊，听说你哥之前想约霍观起吃饭没约成，我看啊都是因为你不在国内的缘故，要是你在，跟秾秾说一声不就好了，哪用费那么大的劲，是不是？"

才上几天班，装什么独立女性，唐纭气她可有一手。

薛娇娇果然脸色都变了，路秾秾心里发笑，扯扯唐纭的衣袖，示意她差不多就行。

唐纭本想再说点什么，见状只好暗暗撇嘴，不得不收敛。正巧有朋友来喊她，她放心不下，临走前叮嘱路秾秾："我先过去一下，有什么事叫我。"她边说边瞥薛娇娇。

薛娇娇差点没气晕过去："你那什么眼神？这么多人，我能对她干什么？"

唐纭不予理会，迈步走开。

只剩她俩面对面。

路秾秾嘴边笑意浅浅，被薛娇娇看见："你笑什么？"

"没笑什么。"路秾秾挑眉，"不能笑？"

薛娇娇腹诽，不知是不是错觉，路秾秾看起来比以前更沉稳，多了些从容，真是人逢喜事精神爽，自己化妆那么久，一往她面前站，还是被比下去。

薛娇娇忍不住尖酸道："你少得意了，不就是结个婚？我如果想找，分分钟也能找到个好的，我只是不想而已。"

路秾秾一点反应都没有，仍是笑："哦？"

薛娇娇："……"

刀枪不进，太气人了。

路秾秾确实不太喜欢薛娇娇，但也就是一般程度，远不到要撕起来的地步，大小姐们哪个没有点缺点，平时呛来呛去，早就习惯了。

这人虽然烦吧，但和她别苗头这么久，看不惯和互相较劲都摆在明面上，她倒也没使过什么阴毒的手段。

薛娇娇看着路秾秾，心里十分不爽，但事已至此，也没什么话可说。

冷哼一声，她微抬下巴："看你这样估计是过得很好？呵，我早就猜到你们有一腿。"

路秾秾刚把酒杯送到唇边，听她这话不免一愣。

"那年白鹭慈善捐款，要不是有人传话说霍观起要拿头名，合照 C 位就该是我的！"薛娇娇提起来就一肚子火，"他花那么高的价钱让我知难而退，我哥说我争不过，说什么都不肯让我白白多花钱，要不是这样，我哪会是第三。"

时间有点久，路秾秾愣怔片刻才想起她说的事情。

白鹭慈善捐款那会儿，她和薛娇娇谁都不让谁，铆足了劲儿比谁捐得多，都奔着头名去，结果第一花落霍观起，她屈居第二，原本放话要超过她的薛娇娇只排到第三。

她本来没打算去，是晚会举办人打电话拜托她，说霍观起确定不出席，薛娇娇丢了面子不肯去，请她千万千万一定要到场，否则捐款最多的三位都不在，晚会可就没法办了。

于是那年她和薛娇娇针锋相对争夺的合照 C 位，就这么归了她。

薛娇娇没察觉她的异状，用一种我早就猜到的语气说："他花那么多钱占头名，捐了款还故意不去，给你让位置，我当时就知道你们肯定有什么！看吧，你们果然结婚了！"

后知后觉发现路秾秾有点怔，她顿了一下，嗤道："怎么的，突然脸皮薄，被我说这么几句就不好意思了？少装了你。"

路秾秾回神，僵硬地扯了下嘴角："你不说我都忘了。"

那些年大家还传呢，说霍观起和路秾秾不和，她也没少拿这个刺激路秾秾。

结果……

"霍观起这样的男人都对你死心塌地，路秾秾，你可真是好本事。"薛娇娇朝路秾秾脸上睨一眼，语气发酸，"我就知道你们今天在这儿等着我没安好心！你能，你厉害，祝你百年好合幸福快乐行了吧！！"

路秾秾现在不幸福也不快乐，沉浸在薛娇娇"爆料"的旧事里，还在消化，整个人都有点蒙。

到底还有多少事情是她不知道的？

第 11 章

生日

不知该说薛娇娇是想和路秾秾抢风头好，还是该说她嫌路秾秾风头不够盛才好，回国没几天，拜她所赐，圈里一众朋友都知道了白鹭慈善晚会的事，霍观起对路秾秾早就"死心塌地"的消息更是传遍了。

害得路秾秾一连几天面对霍观起时都感觉怪怪的。

他倒没什么异状，不知是没有听闻还是没放在心上，他对此只字未提。

几次下来，路秾秾心里有那么些问题想问，只是每每对上霍观起平静的眼神，最后全部卡在了喉中。

秋意悄无声息弥漫，气温日渐下降。

路秾秾裹紧薄被窝在家里，前脚刷微博看完八卦，后脚就见朋友圈里有制片人发消息宣布筹备项目，欢迎各方合作。

要拍的是她特别喜欢的一部经典小说，原著是民国至近代的一位文学大家。

路秾秾立刻截了张图发给唐纭：

这是什么情况？！

作为路秾秾最熟悉的圈内人，唐纭回得很快：

这个啊，要翻拍了，版权好像是在光华影视传媒手里。

路秾秾一瞬间原著粉上身，忽然就体会到了当初抵制季听秋的那些人的心情：

翻拍？谁拍啊？男女主是谁？团队靠谱吗？

唐纭连发三条:

> 姐, 冷静。
> 男女主还没定, 在选角呢。
> 导演赵致桦, 团队应该是赵导自己的。

路秾秾一看, 那颗躁动的原著粉之心这才安定下来。

赵致桦在圈里有点特殊, 作为野路子出身的非科班导演, 出道头两年就用一部文艺片、一部商业片成功名利双收。

只是他的两类受众互相看不惯, 他一拍商业片, 文艺片粉就捶胸顿足痛心疾首, 感叹铜臭玷污他的灵气, 影响他前进的脚步。他一拍文艺片, 商业片粉就叹息这是什么阳春白雪, 咱下里巴人搞不懂, 你快回来搞大片冲击票房……

每回他作品面世时看他在两者夹缝间求生, 也成了大众的一种乐趣。

赵致桦做导演, 片子应该差不了。

路秾秾裹紧小被子, 回复:

> 原来是赵导, 那我放心了。

屏幕上, 唐纭冷不丁来了句——

> 他们还在选角呢, 你想去试镜不?

路秾秾吓了一跳:

> 你开什么玩笑, 我?
> TTT: 就是你。怕什么, 你不是很喜欢这部小说, 试个镜而已。我帮你联系?

句末打的是问号没错，然而唐纭一说，就立刻行动起来，没等路秾秾回答，她已经开始找人。

不论路秾秾怎么刷屏"等一等"，那边都无动于衷。

十五分钟不到，唐纭便带着答复回来。

> TTT：我问过了，赵导那边说可以约时间见一面，见面详谈！

路秾秾不由为她的效率赞叹：

> 你是耳聋＋神速吧你！
> TTT：嗨，赵导团队的选角导演拍过我公司的现代剧，联系不是分分钟的事？！

隔着屏幕路秾秾都能感觉到她的骄傲，尾巴怕是要上天了。

路秾秾本来没考虑好，被唐纭赶鸭子上架，一下子又好笑又无奈，发过去一个呆滞无言的表情。

唐纭在中间牵线，联系上选角导演后迅速定下见面时间，安排吃饭。

唐纭这么积极，让路秾秾不免感到疑惑，唐纭这才贼兮兮地告诉她："你知道还有谁想拿这个角色？"

"谁？"

"隋杏。"

原来如此。

"所以你让我来试镜，就是想我截和她？"

唐纭摆摆手："能截和当然最好，不过我猜你八成只能走个过场，因为想要这个角色的不少，你能给隋杏添点堵就添点堵，反正不亏。"

路秾秾眼一睐："走过场？"

顿了顿，唐纭悄悄往旁边挪，嘴上中气十足："干吗！你又不是科班演员，我对你抱太大希望是害你！"

路秾秾："……"

那还真是谢谢了。

到约好的餐厅，赵致桦导演和选角导演差不多同一时间抵达，路秾秾起初有几分紧张，聊开以后，那点情绪便抛到脑后。

路秾秾是那位原著作家的忠实粉丝，他的所有作品均阅读过不下三遍，尤其喜欢这本。赵致桦问了很多和故事有关的问题，路秾秾都有自己的见解，赵致桦对此十分感兴趣，两人意外地聊得来。

唐纭和选角导演听他俩热火朝天地探讨角色和故事，在旁边插不上话，一时成了摆设，尴尬地互相笑笑。

一餐饭，赵致桦和路秾秾相谈甚欢。

"下个礼拜正式开始选角，你看看什么时候方便，挑个合适的日子？"赵致桦为人大气，觉得合适，立刻就安排上。

路秾秾差点忘了自己是为试镜的事来面谈的，于是看向唐纭，略微愣怔。

唐纭在桌下用胳膊肘捅她，替她答应："下周是吗？她时间宽裕，您看哪天合适就行。"

赵致桦颔首："我们主动接洽的演员先试，后面老林他们再从递资料来的演员里挑。路小姐就不用跟他们一起了，这样吧，咱们留个联系方式，单独选一天试镜。"

路秾秾再迟钝也反应过来了，和导演互相交换了号码。

赵致桦还有事情要忙，说定后，便和选角导演先行离开。送他们到门口，等车驶离视线，唐纭心情大好："真没想到这么顺利，晚上去喝一杯？"

路秾秾无语："只是说试镜，又不是角色拿下了。"

"赵导明显对你很满意，他可不是和谁都聊得来。"唐纭夸她，"你这么多年饭真没白吃。"

"你才白吃。"

两人正斗嘴，旁边响起一道声音："路秾秾？"

她俩看过去，见挎着时下新款包的女人拉下墨镜，露出半张脸——隋杏。

"真的是你。"隋杏在几步远的地方站定，脸上微笑。

路秾秾笑意一敛："是你啊。"

"刚刚那是赵导演？"隋杏朝赵致桦的车离开的方向轻瞥，眼神微妙，"你们约在这里见面？是谈什么事吗？"

唐纭挑眉反问："关你什么事？"

隋杏不见生气，仍笑道："秾秾姐，你要去试赵导的新戏吗？"

路秾秾对路华凝都没好脸色，更何况是这么个便宜妹妹。

"我跟你不熟，别乱攀亲戚。"

她说着就要走人。

隋杏笑容有些绷不住，叫住她："秾秾姐——"

一双眼盯住面色不善朝自己看来的路秾秾，隋杏道："过几天我爸会来望京，你听说了吗？"

路秾秾眼里寒光闪过："你爸去哪里，我没兴趣知道。隋小姐，你要是想在店门口被拍大可以多站一会儿，我不拦你。"

唐纭扔下个白眼，和路秾秾一道走向车位。

隋杏静静看着她们上车扬长而去，直至车影远远消失才戴上墨镜。助理小心翼翼走到近前："小杏姐，快进去吧，万一有记者……"

"打个电话给我妈，让她联系赵导演问问。"隋杏冷声吩咐，想到路秾秾送赵致桦上车时，双方都笑意融融的场景，不由暗恨。

又是她。

简直阴魂不散！

秋天来势汹汹，路秾秾的情绪也像秋风扫落叶一般低沉下来，连高行都察觉到她不对劲，去了几次喆园替霍观起送东西，回来后便多留了个心眼，悄悄发信息问程小夏：

太太最近是不是有什么烦心事？

程小夏作为路秾秾身边唯一的助理，对她的状态当然再清楚不过，然而深究其原因，却也并不了解。

高行只得到一个无用的回答：

　　程助理：问过，没说。

高行叹气，身后突然响起一道声音："你在看什么？"

他吓了一大跳，猛地回身，霍观起那张刻板的公事脸差点让他把手机扔出去。

"霍总，我……"

霍观起睨他一眼，倒没苛责："让司机备车。"

"您准备回去？"

他点头。

高行咽了咽口水，霍观起停住："你有话说？"

老板的私生活不好干预太多，但太太不开心，霍总就不开心，为了自己和同事的生存环境，高行斗胆开口："霍总，太太最近看起来心情不好。"

言毕，高行等着他发话。

以往和路秾秾相关的事情，事无大小，霍观起比谁都上心，高行早就习惯了，然而今天，等了又等，他却没听见那声深沉的"怎么回事"。

高行疑惑抬眸，见霍观起眉头微蹙，略有些出神，他试探道："霍总？"

霍观起眼睫一颤，沉沉舒气，只说："没事，你不用管。"

霍观起当然知道路秾秾所烦何事，回程路上，他拿来高行的手机，登上微博，在搜索框打下一个不太喜欢的名字，隋杏。

点进她的微博一看，最新的一条，正是她这几天发的：

　　收工到家，爸爸 @隋少麟和妈妈来给我过生日啦！爸妈每年都会为我准备礼物。其实我什么都不想要，只要我们一家三口在一起，对我而言就是最幸福的！

配的照片，是隋少麟和他的妻子安漪芳，以及隋杏的三人合照，亲亲热热的一家人，围聚在隋杏的生日蛋糕前，温馨又甜蜜。

霍观起看了几眼，退出去，将手机还给高行，高行小心接过，见老板脸色不甚明朗，心里越发忐忑。

他不敢问，霍观起更没打算说。

路秾秾的生日也在这个月。

和隋杏前后相隔，并没差多少天。

唐绘知道路秾秾不喜欢过生日，但还是想给她庆祝，于是打电话来问："你生日要不要弄个 party，大家一起出来玩？"

路秾秾兴致缺缺："不要了，我不想弄。"

"那不弄 party，我们吃个饭？"

她还是拒绝："算了，我懒得出门，在家随便吃。"

唐绘没办法，怕再说下去，路秾秾连生日礼物都不收。

接完唐绘的电话，路君驰又打来，路秾秾还是同样的说辞，甚至舅妈让她生日当天回家吃饭她都拒了。

摁亮手机，以往最喜欢打发时间用的微博图标，这会儿她一点都不想打开。

路秾秾看着显示的时间发了会儿呆，还有两天就是自己的生日。

安静间手机忽然响起，来电显示是路华凝。

路秾秾一顿，抿了抿唇，摁下接听。

"……喂？"

"你最近是不是见了个导演？"路华凝一开口，旁的一个字没说，"那个导演好像有新戏要拍是不是？我听说安漪芳的女儿也在争取，你怎么样，能不能抢在她前面拿下？"

路华凝说了好多，路秾秾一直没吭声，久久未能得到反馈，路华凝终于停下："你有没有听我说话？"

路秾秾吐出一口热气："你打电话来，就是为了和我说这些？"

"不然呢？"路华凝不喜欢她无所谓的语气，"安漪芳那女人从前就眼睛长在头顶，这个看不上那个看不上，结果，哼，生了个女儿样样普通。我就是看不惯她那副臭脾气！你要是比她女儿强，她……"

路秾秾打断她："又能怎样？"

"什么怎样？隋少麟那个人最要面子，你要是比安漪芳的女儿强，够她们母女气上一年半载！"

"我在你眼里就是用来气人的？"

"你……"

路秾秾突然想笑："你才是真够气人的。"

不想再听路华凝说话，她直接把电话掐断。

霍观起不加班不应酬的时候，几乎都是同一个点到家。路秾秾在家下厨的次数越来越多，这天傍晚屋子里没有半点烟火气，霍观起却丝毫不觉意外。

他上到二楼，见客厅里没开灯，所有见光的窗户都拉上了厚厚的窗帘。光线昏暗，路秾秾缩在沙发一角，墙上的大屏正在播放一部九几年的国外爱情电影。

路秾秾侧头朝他看，蓝光投照在她脸上："回来了？"

霍观起"嗯"了声，解着领带问："想吃什么？"

"不想吃，没胃口。"

"那我就随便煮了？"

路秾秾眼睫颤了下："你煮？"

他点点头，说着就朝楼下走："你继续看，好了我叫你。"

路秾秾定定地看着楼梯口的方向，全然不知屏幕上在放什么，他到家之后没有多问，也不需要多问，这种无言，像是某种属于他们的默契的证明。

等了一会儿，霍观起还没上来叫她，她终于忍不住准备下楼。将电影暂停，她趿着拖鞋下到一层，远远就见他在半开放式厨房里的身影。

他在外运筹帷幄，掌握着集团上下数不清的人的饭碗，这副模样大概没几个人见过，说出去怕是都能惊掉许多人的下巴。

路秾秾从未惧过他，却也没见过他洗手做羹汤的样子，直到面端上餐桌，她还有点愣愣的回不过神，霍观起给她拿来筷子和汤勺，在旁边坐下。

面热气腾腾，是最简单的清汤底，卧了一个荷包蛋在上面，还撒了一层葱花，翠绿翠绿的，碗旁几根烫过的青菜看起来清新又爽口。

是长寿面。

路秾秾吸吸鼻子，闻着热气，忽然觉得鼻尖发酸。

"吃吧。"霍观起什么都没给他自己准备，就只是为她下厨。

"你呢？"

"我不饿。你吃。"

"……"

"生日快乐。"

路秾秾捏着米白骨筷的手不由用力，热气熏进眼里，熏湿了她的眼眶。

路秾秾深吸一口气。

"她今天没有打电话给我。

"她在国外玩得开心，一点都没想起。

"前几天打电话来一直在说安漪芳怎么样，根本不记得我生日。"

霍观起沉默地听着，半晌，缓缓伸出手揽住她的脖颈，将她的脑袋揽进怀里。

怀中响起轻微的低闷的啜泣。

"想哭就好好哭一次。"

不知是不是因为他这句话，路秾秾鼻尖的酸意变得更浓了。

她在他怀里低头，哽咽道："我好丢人，这么久了，还是只能对着你说这些……"

霍观起轻轻抚摸她的背，一下一下，动作和声音一样温柔。

"那这次，你想去哪里，我还是陪你去。"

十七岁那年，她的生日，霍观起和段谦语也想为她好好庆祝，那时她表现无所谓的方式比现在还拙劣。

舅妈提前告诉她，会准备好生日蛋糕，希望她回去吃饭，她不肯，口口声声一点也不想庆祝生日。

"我妈在国外逍遥自在，哪记得我的生日，至于我爸……嗨，那就更别提，他估计早就忘了还有我这个女儿。"

霍观起和段谦语可不像她，听到这话谁都笑不出来。

段谦语犹豫着问："你爸，是上次电影里你指的那个？"

有次他们一起看怀旧电影，路秾秾看着看着脸色突然不好，当她沉着脸指着画面里的男影星说那是她爸时，段谦语和霍观起都颇感意外。

路秾秾对他们没有隐瞒，说："是啊，就是他。他早就结婚了，还生了个女儿。"

"你们没见过吗？"

"没有，大概四五岁之后我就没见过他了，要不是他拍过电影，我都不知道他长什么样。"

彼时离她生日还有几天，她一边吃豆腐脑，一边口吻随意地吐槽。

但霍观起和段谦语看出她没有表现得那么不在意。他们在网上搜索相关消息，得知那个叫隋少麟的影星参加活动要从望京转机，立刻告诉她。

"你要不要去见见他？"

路秾秾一听，沉默两秒后笑了："见他？怎么见？以什么身份见？"随后自己否定，"有什么好见的，还不是两个眼睛一个鼻子，不去。"

嘴上拒绝得不留余地，然而那两天，她一直心神不宁。

到隋少麟经望京转机当天，刷了一整天"隋少麟影迷会"咨询的霍观起和段谦语，最终在晚自习第二节课，到路秾秾班上把她拉出来。

她一直说不去，不去。

拽着她跑的霍观起中途停下，看着她说："那你就当是我想去，是我想去看看，你陪我去，行吗？"

他的眼神让路秾秾愣了片刻。

三个人，其中一个是好学生模范段谦语，一个是在老师眼里沉稳上进的霍观起，他俩带着她逃晚自习，从教学楼跑到后门。

翻墙的时候，霍观起让她踩着自己的肩膀上去，随后第二个翻上墙头，不巧，他们就在那时被巡逻的老师发现，霍观起趴在墙上，朝段谦语伸手。

指尖就差一点。

段谦语收回手，让他们走："赶紧跑！"

段谦语留下拦住老师，捂着心口皱眉往地上倒，几个老师也就顾不上打开后门去追，脚步被他绊住。

霍观起带着路秾秾一路跑过两条街才拦到的士，赶在隋少麟离开机场前到达，他们气喘吁吁，看到被二十几个等候的影迷围住的隋少麟，一边和气地和她们说话，一边接过花，给她们签名。

他们站在远远的地方。

霍观起问她："不过去吗？"

路秾秾只是驻足，怔怔望着那边，许久才说："不了，这样就够了。"

隋少麟走后，他们离开机场，回程的路比去时慢得多。天已经晚了，他们没有回学校的必要，因为赶回去晚自习也已经结束了。

霍观起收到好多段谦语的消息，问他们怎么样，有没有赶上，说自己差点把老师吓一跳，看在他身体不好的分上，老师没有让他做检讨，等等。

霍观起给段谦语回了消息，和路秾秾朝春城世纪的方向走。

她一直沉默，踢着路上遇到的所有小石头，全无平时一个人也能侃侃而谈半个小时的样子。

走着走着，霍观起带她去了一个山坡，坡道很高，可以看见远处的护城河和大桥，风从开阔的河面刮来，抽得脸生疼。

河面黑漆漆的，只有在很远的地方，快要接近桥的那部分才隐约泛着彩光，其余都是浓沉如墨的颜色。

路秾秾望着河面，第一次承认："霍观起，我真的好难过。"

霍观起沉默地听着。

她忽然站起来，用力扔出一枚石子，对着呼啸的风大喊，长长的声音在风中未能持续太久，甚至没能传出去多远。

连喊三声，她喘着气面色发红，舒服多了。

十二点，钟声从大桥的方向，从五光十色熠熠生辉的远处传过来。

"生日快乐。"霍观起因想起没将礼物带在身上而皱眉，"你的生日礼物等回去拿给你，我……"

路秾秾摇了摇头："不要紧。"她指天上，"你看。"

还没被污染的夜空，星点密布，像一件璀璨的斗篷。

十七岁结束，十八岁马上就要来临。

在十二点的第一分钟，她收到了霍观起的祝福，还有一整片星星。

漂亮得令人永生难忘。

霍观起拿出准备好的首饰盒，推到她面前："你打开看看。"

路秾秾哭了一会儿正觉得不好意思："什么东西？"

盒盖一开，亮闪闪的宝石戒指流光璀璨。

她一愣："给我的？"

他点头："试试。"

路秾秾拿起戒指，戴进无名指，大小正好合适。

见状，霍观起清浅勾唇，又说了一遍："生日快乐。"

路秾秾转了转手，眼睫低垂。

她知道这个一定不便宜，她不是没戴过珠宝首饰，但……

她刚忍住情绪，鼻尖又酸了。

和那天晚上的星空好像。

这样好看的夺目的光，在天上，在她手上，这一刻和那一刻，像是永远不会熄灭一样。

生日之后，路秾秾察觉霍观起待她又更亲近了几分，这种情况说不上好或坏，她也不知自己是希望抑或不希望，有些被动。

霍观起正值血气方刚的年纪，一黏糊就容易擦枪走火，晚上行事越来越频繁，一天两天还好，一周连着几天，周周如此，路秾秾渐渐有些吃不消。

趁他难得下午在家，路秾秾打算找他聊聊。

她欲言又止地在他经过面前时投去有话说的眼神，霍观起如她所愿停下。

"怎么？"

"我们……谈谈呗。"路秾秾脸上闪过尴尬。

霍观起略一思忖，在她对面坐下。

路秾秾酝酿半天，道："我觉得，你白天工作挺忙的，晚上是不是可以……"

霍观起用眼神等她下文。

路秾秾在一片安静中，吐出几个字："节制点？"

霍观起才知她原来是想说这个，换了个坐姿。

"你觉得我不节制？"

她点头。

他道："在成年男性中，这是正常的频率，你不信可以自行查阅相关资料。"

"不是，是……"

"我让你觉得不舒服，影响到你日常出门和休息了？"

路秾秾脸一热："那倒没有……"

"那么高行和你打小报告说我工作效率有所下降？"

"也没有。"

高行他哪敢呐。

"那就是了。"霍观起眉头轻挑，"良好的夫妻生活有助于彼此身心，既没有影响你，也没有影响我，我们的生活很健康，还谈什么？"

路秾秾："……"

好像有那么点道理？

"还有什么问题吗？"

"没了……"

"那我回书房工作了。"霍观起淡淡颔首，悠然起身。

"等等……"

路秾秾见他走得潇洒，总觉得哪里不对。

她不是来找他商量的吗，怎么被他绕进去了？

当晚，路秾秾心里就生出了浓浓的懊恼情绪，直至霍观起飞往国外出差，仍后悔自己和他讨论的时候没有再坚定些。

抱着这样的心情，在看到唐纭首次正式来他们婚房做客所带的礼物，路秾秾的脸一下涨红，随后变绿——

"你带的这几块破布是什么啊？！唐纭你简直有伤风化！！"

唐纭带来的暖房礼物，是几套款式非常特别的内衣。

"你干吗干吗？都是成年人，害什么羞！"

捡起被路秾秾扔开的几块"布"，唐纭对她的不识货很有意见："这都是我精心挑选的，你看，多性感，你一穿上保准霍观起……"

"闭嘴吧你！"路秾秾让她打住，不由分说抢过她的礼物，往袋子里囫囵一塞，远远扔到放衣服的凳子上。

唐纭靠近，挤眉弄眼："你脸这么红？"

路秾秾啐她："少在这儿不正经，扔你出去啊！"

唐纭笑嘻嘻，一副了然的表情。

反应这么激烈，看来夫妻生活很和谐很滋润嘛，她用不着担心了。

路秾秾带着唐纭在家里各处逛了一圈，唐纭是第一个来他们婚房做客的人，连路君驰都还没来过。要说唐纭最感兴趣的，当属她那间占了半层的衣帽间。

"啧啧。"唐纭边看边摇头，"霍太太你好奢侈。"

衣橱里全是各个大牌的最新款，衣服、包包、鞋子……琳琅满目。腕表摆了六格，小的耳坠、戒指，都是小几十万的单品，装了满满一盒，不拘小节地摆在外面。

随便挑几个首饰就够在望京最好的地段买房了，更别提还有没打开的保险柜。

唐纭的衣帽间足足比这小了一半，她公寓面积和这座别墅没得比，衣帽间自然装修从简。路秾秾对自己人不小气，唐纭喜欢什么，二话不说就拿给她试。

许多都是限量款、绝版货，如今早就入手无门。

路秾秾很大方："喜欢就拿去戴。"

唐纭和那些眼皮子浅的人不一样，试归试，玩闹过后物归原位："我是来暖房的，礼物没带还顺东西走，哪有这个道理。"

路秾秾让她别谦虚："你不是带了几块破布做礼物？"

唐纭："几块破布就肯让我换首饰，看来你口是心非，其实很喜欢吧？"

路秾秾白眼一翻，关上透明衣橱，当作没说过。

逛完一圈，唐纭问："家里都是你的东西，霍观起的呢？"

"他的衣服和我常穿的一起挂在卧室衣柜，其他没什么。他在书房待得多，东西大多在那儿。"

听到他俩衣服放在一块儿，唐纭终于有点他们已经结婚的实感。

"对了，他这次出去多久？"

"一周左右。"

"一个人独守空房，辛苦你了。"唐纭没正经地搭上她的肩，"寂寞就 call 我，暖心小唐随叫随到，让我们一起稳稳地给霍观起戴上幸福的绿色之帽。"

路秾秾推开她："滚。"

"你好冷漠！小唐这么温暖这么贴心，你却态度如此恶劣，你摸着你的良心直视我的双眼……"

"再废话晚上你站着喝西北风。"

忧伤小唐闭上了嘴。

晚饭是路秾秾亲手做的，唐纭不仅没帮上忙，还差点把橱柜里的碗报废一半。路秾秾头一次这么嫌弃她，吃完饭忙不迭把这尊大佛送走。

家里安静下来。

只剩自己，她莫名又觉得冷清。

路秾秾瘫倒在沙发上，望着书房的方向出神，以往霍观起在家，哪怕是待在书房处理工作，他们各忙各的，但只要那盏灯亮着，这个家就不会让人觉得空荡荡。

翻了个身，路秾秾长叹一声。

这份孤独的安静，静得让人讨厌。

霍观起出差回来那天，路秾秾做了一桌子菜，他却特别忙，一吃完饭就进了书房。

路秾秾洗完澡，吹干头发，又在梳妆台前护肤半个小时，他还没出来，书房门虚掩着，灯光透出来，里头静悄悄的，偶尔能听到他翻阅文件和笔尖落在纸上的沙沙声。

路秾秾看了一会儿电影，坐不住，没几分钟去敲书房的门。

"我泡红茶，你要不要来一杯？"

专心处理文件的霍观起头都没抬说："不用。"

路秾秾在门边稍站，"哦"了声，关上门快步走开。

回去继续看电影，越看越提不起劲，路秾秾烦闷地将画面暂停，回到卧室，往梳妆台前一坐。

镜子里照出她的脸。

眉如远山，杏眼盈波，完美继承了路华凝的美貌，比起路华凝过分艳丽的外表，她又多了一丝清纯，美艳而不低俗。

即使刻薄如毒舌网友们，也都承认她的颜值，从没人攻击过这一点。

没问题啊，脸还是那张脸。

路秾秾皱着眉，凑近看了半晌，最后拿起晚霜又擦了一遍，擦完，视线落到一旁的凳子上，唐纭送的礼物在袋子里静静待着。

她忽然生出一种心虚感，意识和身体挣扎较劲，扭捏好久，她腾地一下站起，拎起袋子快步走进浴室。

一块块"破布"拿出来，精心设计的款式越看越让人脸热。

喉头微咽，路秾秾犹豫半天，对上镜子里自己的视线，理智占了上风，最终还是把"破布"塞回去，像做了坏事一样，把袋子扔在洗手台上掉头就跑。

霍观起忙完公事，回卧室一看，路秾秾已经睡下。他没吵她，动作轻轻地进浴室洗漱，在洗手台前站定，目光被一旁的纸袋吸引，随手拿起一看……

稍待片刻，从浴室出来，霍观起这才发觉路秾秾不对劲，她卷着被子朝向另一边，背对着他，姿态不似往常，仔细听呼吸，能听出她并未睡着。

"秋秋？"

没有应答，那背影一动不动，霍观起掀起被子，贴上她后背，察觉到被自己揽住腰肢后她明显的僵硬，他道："睡着了？"

她片刻后才吭声："干什么？"

霍观起无奈拧眉，哪会听不出她情绪不好，这次手头事情太多，赶着回来，他只得把工作全带回家。

她好似中途来敲了一次门？

料想她许是生气，霍观起不仅不恼，心里还隐约生出欣喜。

将人搂进怀里，不在意她故意不配合的僵硬姿态，霍观起贴在她耳边，缓缓道："刚刚看的电影好看吗？"

她闭着眼，语气敷衍："忘了。"

霍观起稍停，道："这些天我不在家，有没有想我？"他声音压低，手也开始不老实。

路秋秋一把抓住他的手，生硬道："你工作这么忙这么累，还是休息比较好。"

她眼睛不睁开，看也不看他。

霍观起不急，不作声地，任呼吸撩过她耳边，看着她的耳廓一点一点变红，而后一字一句慢条斯理道："浴室袋子里的衣服，是你买的？"

路秋秋僵了一下，睁眼瞪他，有几分羞恼："我没有，是唐纭送来的……"

他眼里闪过笑意，随后目光变得浓沉深邃，呵出的全是热气："我想看。"他说，"你穿上给我看看好不好？"

静默间，路秋秋僵硬着，整个脸轰地变红。

因为暖房礼物，路秋秋几天都对唐纭没好气，可这理由她说不出口，就怕唐纭再反过来追问她到底用没用上。

莫名其妙被冷待数日的唐纭还不知道自己被路秋秋在心里唾骂了

一通，为酒会的事，好说歹说求了她半天。

"你去约会，我去干什么？"路秾秾很有意见，"还有，他怎么回事？约人约到酒会上去，够别致的。"

唐绗让她别说风凉话："为了显得不在意，我考虑了几天才答应他，这种时候你不陪我去考察一下，合适吗？"

上次在许寄柔的 party 上遇见的那位男士，约唐绗出去。

"谁让你拿乔。再说我考察管用吗，我觉得他好你就跟他走？"

"少废话，你就说去不去？！"

路秾秾能不去吗？都说到这份上，不去怕是要被她手刃。

莫名其妙地应邀，路秾秾不甘心地吐槽："你知道你像什么？像中学结伴上厕所的女学生。"

"是哦，不然要像你结婚半年才告诉朋友。"

路秾秾突然理亏，识相地闭嘴。

成天左一个酒会右一个 party，路秾秾兴致真的不高，不过她倒是有了借口躲一躲霍观起。

前几天她还因为被霍观起忽视心里不舒服，这几天又有点吃不消了。明明唐绗来暖房时她骂得义正词严，结果"破布"真的成了破布，经霍观起手里一过，全都报废。

当晚，霍观起一踏进卧室，路秾秾立刻道："我明天要陪唐绗参加酒会。"

霍观起眉头轻挑。

她默默把时尚杂志举高挡住脸："晚上要早点睡……"

"酒会？"

怕他不信，她特意说得详细："嗯，在栗山公馆那儿。"

霍观起看她防贼似的模样心里好笑，说："知道了，晚上好好睡。"

第二天一大早，高行如常和司机到喆园别墅外接霍观起。

车没开多久，后座闭目养神的霍观起忽然想起什么："高行。"

高行连忙回头："在，霍总您说。"

"今晚什么安排？"

高行翻出备忘录："晚上有个饭局。"

霍观起眉目平静："推了。"

"啊？"

"上次霖发的钱总说有个金融沙龙？"

高行不知他怎么忽然提起这个已经推掉的邀请："对，就是今晚，在栗山 2 号公馆。"

霍观起说："告诉他，我会到。"

高行一愣，不敢多问，道"好"。

赵茜好久没出来活动，因为最近家里一团糟，几个堂兄成天为公司的事吵来吵去，她听不懂，他们也不让她过问，可气的是他们吵归吵，竟然还缩减了她的开支！

她最喜欢购物，那点零花钱本来就不够她用，这下更是捉襟见肘。别的小姐妹都在买买买，背的用的都是新品，她的包包却还是上季那个，害得她不好意思出门，推了好几次聚会。

一向疼爱她的姑姑赵苑晴又病了，霍家请了医生检查，把人送进医院，以往她还能和姑姑撒撒娇要点零花钱，现在没了可能。

赵茜一边喝着酒一边烦躁，全然忘了自己在得知姑姑进医院后，第一反应和其他赵家人一样都只想着以后要避开，顺便惋惜少了个经济来源，根本没有半点要去探望的心思。

烦闷间，几个小姐妹端着酒过来。

"茜茜，你怎么一个人在这儿？"

赵茜挤出笑："太吵了嘛，我就在这儿待会儿。"

"你平时不是最爱热闹？"小姐妹笑言一句，又道，"哎哎，你知不知道今天谁来了？"

"谁啊？"

"路秾秾！她和唐绘都来了，就在那边！"

路秾秾可是圈里有名的人物，早年"望京十大名媛"排行榜一出，服气的不服气的，私下里什么好听话难听话都有人说。但甭管评价如何，她名气大是事实。

尤其随着霍观起声名鹊起，在商圈年轻一辈里，单就她敢给霍观起冷脸，这一点已经让很多人佩服。

更别说现在她嫁进霍家，成了霍氏当家老板娘，加上霍观起早就对她情有独钟一事传得沸沸扬扬，她的身价更是今非昔比。

"你是没看到，许寄柔她们平时一个个眼睛长在头顶，见人爱答不理的，路秾秾一来，她们比谁都热情！"

"薛娇娇还不是一样，霍观起暗恋路秾秾的消息就是从她那儿传出来的。原本她哥约霍观起一直约不到，这一搞，前阵子突然就约到了……"

这群人远不够格挤进那个社交圈，但仍然不妨碍她们议论。

赵茜听她们话里话外吹捧路秾秾，心里不是滋味。

有什么了不起！她的姑姑也嫁进了霍家，还是路秾秾的婆婆！

"不是我说，"赵茜皮笑肉不笑地插话，"路秾秾也太爱出风头了，她在网上闹出那么多事，嫁到霍家还不消停，把霍家的脸都给丢光了。我姑姑就不一样，嫁给我姑父这么多年，谁提到她不是夸？"

听她这么一说，这群人都想起赵家和霍家的那层关系。

"对哦，茜茜，你姑姑是她婆婆吧？"

赵茜得意地"嗯"了一声。

"你姑姑和她关系怎么样？"

"你们有见过吗？算起来你是霍观起的表妹，你该叫路秾秾表嫂吧？"

七嘴八舌之中，她们最好奇的还是有关霍观起的传闻。

"茜茜你和你表哥熟不熟？他真的暗恋路秾秾很久了？我听说他送给路秾秾的胸针要好几百万呢！"

赵茜扯了下嘴角，不屑道："不过都是外面乱编的传闻，我表哥一心专注事业，前几年见着她就躲是大家都知道的事。什么暗恋不暗恋，你们又不是不晓得她有多嚣张跋扈，要不是看在路家的分上，我表哥怎么可能娶她！"

第 12 章

是不敢，也不配

"所有流程都准备好了，那边却不打招呼就突然变卦，为这我都奔波快半个月了，成天到处飞……"

许寄柔边和身旁的人说话边往前走，正烦着，被前面一群人挡住了去路。

她眉头登时皱起来。

"麻烦让让——"

聊八卦聊得欢的一群人正忙着吹捧赵茜，而赵茜被捧得飘飘然，心里正痛快，身后冷不丁响起一道不客气的声音。

回头看见许寄柔那张微蹙眉头的脸，一群人噤声，互相看眼色让开路。

她们说得太起劲，忘了自己站在桌旁，挡了人家的去路。

许寄柔不认识这些人，同个交际圈子的哪怕再不熟也见过，多少认得脸，她一向脾气大，又为个人品牌的事烦着，难免没有好脸色。

嘴角不悦地扯了扯，许寄柔和身旁的同伴继续提步，小声吐槽："聊天站在路当中，一点礼貌都不懂。"

这声音不大不小，正好被那群人听到，纷纷脸上一热。她不客气，但也是她们自己礼数不周在先，所以没人还嘴。

赵茜前一刻还被她们捧着，下一秒就受这样的奚落，心里不舒坦，忍不住冷哼："摆什么臭架子，自己不也是上不了台面的货色！"

她的小姐妹吓得一惊："茜茜！"

"干什么……"

赵茜不服气，白眼一翻，就见前面的许寄柔蓦地停住脚步。

许寄柔回过身，盯住她："你说谁？"

周围人大气都不敢出，赵茜眼里慌了一瞬，强行镇定："谁对号入座就说谁。"

气氛一时剑拔弩张。

唐纭和她的"桃花"在角落谈情说爱，路秾秾只得和其他几个比较熟的待在一块儿，喝酒聊天，慢悠悠地打发时间。

不远处忽然传来动静，路秾秾朝那边看了一眼："什么情况？"

一桌人都看过去。

疑惑间，闺密之一匆匆从那边过来："寄柔和人吵起来了！"

"吵起来？怎么会？"

"和谁啊？"

……

喝酒的也不喝酒了，纷纷放下杯子起身，路秾秾闲着无聊，便随她们一同过去。

许寄柔几个和一群女生分成两边，看起来倒没落下风，她眉眼冷然，唇边微带不屑，而她对面为首的那个女生则像是气哭了。

路秾秾知道许寄柔那张嘴，也就对着她们这些玩在一起的有点分寸，对其他人，尤其是她看不上的，简直比淬了毒的刀子还可怕。

这不，一到近前就听见她牙尖嘴利讽刺人的声音："不懂礼数就好好听人教，有胆子叫板就要有胆子受着。你以为全世界都是你爹妈？要不是你上赶着往枪口撞，本小姐才懒得在这儿看你这张痛哭流涕的丑脸脏眼睛！"

路秾秾："……"

和几个朋友走到许寄柔跟前，路秾秾问："怎么回事？"

见是她们，许寄柔的火气稍有克制。

"好好走这儿过，一群人非要堵着路聊天，让她们让开还跟我叫板，叫板那就叫呗，说两句哭得跟流泪青蛙似的。都是千年的狐狸，跟我面前装什么纯啊！"

她说着，一点不客气地翻了个白眼。

晚上一碰面，路秾秾就知道许寄柔心情不好，怕是她说话难听，这才吵起来的。

见对面那群人面露惧色，路秾秾打圆场："好了好了，出来玩，发什么脾气。我们都等你半天了，过去坐。"

许寄柔本意还想再损赵茜两句，奈何路秾秾开口，只好卖路秾秾这个面子。

路秾秾拍拍她胳膊，同她一块儿转身。

赵茜一点便宜没占到，虽逞了一时口舌之快，却被许寄柔骂了个狗血淋头，路秾秾一来，更是没怎么看她，眼神轻飘飘在她身上扫过，一个字都没和她说。

鬼使神差地，她张口："路秾秾！"

路秾秾一顿，疑惑转头："你叫我？"

见她全然一副陌生模样，根本没把自己放在眼里，赵茜觉得她摆谱，气道："你……你交的什么朋友，这么嚣张跋扈！"

见许寄柔脸色一变，路秾秾拦住她，开口道："你是在质问我？"

赵茜哼了声不作答。

路秾秾道："我交什么朋友，朋友如何，与你何干，轮得到你管？"

赵茜前不久才在这群小姐妹面前吹嘘，将路秾秾贬得一文不值，此刻被她这样轻慢对待，脸上挂不住，还嘴："你成天惹是生非，交些嚣张跋扈的朋友，霍家的脸都被你丢光了！"

路秾秾觉得好笑："霍家的事跟你这个外人有什么关系？你哪位啊？"

"我姑姑是你婆婆，"赵茜咬牙道，"霍观起是我表哥！怎么没关系？"

她不说还好，一听是赵家人，路秾秾的眼神立刻冷下来。

赵苑晴？

呵。

路秾秾松了拉住许寄柔的手，刚刚还拦着说要得饶人处且饶人，这下自己反倒忘了。

"我没听说过他有什么表妹，你少在这儿乱攀亲戚。"

"你！"赵茜不料她竟然这么不给面子，气急，"你得意什么？我姑姑都没你这么嚣张，你不过是嫁给我表哥才……"

最先和许寄柔一道的那位忽然开口打断："刚才我和寄柔经过这儿的时候，我就听到她们在说秾秾坏话。"

赵茜身边围着的人脸色一白。

"哦？"路秾秾饶有兴趣，"都说我什么了？"

朋友咳了声，道："说你作威作福，又给自己脸上贴金，其实霍观起根本懒得理你……"

许寄柔嗤笑："背后骂人的时候倒是不哭呢，嘴贱的东西！"

路秾秾的眼神变得玩味又捉摸不透。

赵茜的小姐妹们感情可没那么坚固，见麻烦一上门，立刻有人辩解："不是我说的！是赵茜自己……"

闻言，赵茜瞪大眼看向那人。

那人避开她的眼神："是她说她表哥看不上路秾秾，不是我们说的！她还说要是她姑姑在，她姑姑早就收拾你什么的……"

周围安静了两秒，路秾秾走到赵茜面前："你是赵家的人？"

赵茜强撑着不后退："对，赵苑晴是我姑姑，我……"

话没说完，路秾秾忽地揪住她胸前衣襟，高高扬手，直接给了她一个耳光。

"啪"的一声，无比响亮。

赵茜连叫都来不及叫，就被路秾秾扇得直接摔倒在地。

"你！你……"

赵茜坐在地上，顶着个巴掌印，满眼的不可置信。

路秾秾居高临下："我什么我？打的就是你。"

赵苑晴，毁了霍观起一家三口一生的赵苑晴，也配被这些人拿到她面前耍威风？赵苑晴没进医院前，她都敢让赵苑晴给自己煮东西吃，更何况现在？

"你姑姑是二婚，难道她没告诉你？"路秾秾眉头轻挑，"我正经婆婆可不姓赵。"

赵茜被她嘲讽的语气弄得一怔。

霍观起根本就没把赵家放在眼里，从赵苑晴被送进医院那刻开始，他们父子就不打算再与赵家虚与委蛇了。

曾经唯一能够压制他们的霍倚山，如今也已成过去式。

路秾秾才懒得给赵家人好脸色，况且这个赵茜还在背后骂自己。

路秾秾道："当着这么多人的面，我今天就把话跟你说清楚，我没听观起说过什么表弟表妹，麻烦八竿子打不着的人，少来乱认亲戚，以后在外也别打着霍家的名号招摇撞骗。

"这次你在背后出言不逊被我朋友逮到，给你一巴掌让你长长教训，再有下回，我保证你吃不了兜着走！"

这一番话震得众人傻了一般。

就连自己人也有点吓到，许寄柔都没想到路秾秾会真的动手。

厅里各处的人目光渐渐被这边吸引，路秾秾不想被人围观，正想走，一道熟悉的男声插进来："怎么回事？"

齐刷刷的目光投向声音来源，路秾秾一看，微顿："观起？"

身后跟着高行，霍观起走进内围，来到她身边。

她诧异："你怎么在这儿？"

"我正好在隔壁有事。"霍观起说。

高行心里吐槽，什么正好，分明是特意，原本还奇怪呢，他推掉的邀请怎么突然应下，到了沙龙，又没见他特别有兴趣和谁说话。

待他吩咐自己注意这边酒会的动静，高行才晓得原来老板这是醉翁之意不在酒。

所以一听路秾秾和人起冲突，下来看情况的高行立刻就打了电话给老板，没两分钟，老板就如风一般下来了。

路秾秾撇嘴："遇上了点糟心事。"

霍观起眉头蹙了下，视线轻扫四周。

赵茜愣了片刻，这个表哥她不怎么熟，早几年偶尔去赵苑晴家，从没注意过他，后来他读大学，进霍氏，那就更见不上了，实际他俩连话都没怎么说过。

是以赵茜并不知道他被自己姑姑苛待的那些事，从小只知姑姑在霍家过得很好，姑父和原配感情淡了，虽然是二婚对姑姑却很体贴，而且原配死得早，霍观起八岁开始就跟着他们。

赵茜没听说霍观起和他父亲传出什么矛盾，也没听说他和姑姑有什么龃龉，想来姑父对姑姑那么好，他要是知道路秾秾对长辈说那么难听的话，一定也不高兴！

赵茜连忙站起身："表哥！"

霍观起缓缓转头，对她这一声呼唤反应很淡，甚至没有反应。

"表哥，是我啊，我是赵茜！赵苑晴是我姑姑，小时候我经常去你们家的！"以为他不认识自己，赵茜连忙自我介绍。

听到这番话，霍观起眼神淡了几分，看起来没什么情绪。

路秾秾却知道他并不高兴。

天杀的赵家人，成天就会给霍观起添堵！

她当即语气不好："让你别乱攀亲戚，听懂没？谁是你哥，滚远点——"

"秾秾。"霍观起温声制止，摇了摇头。

赵茜眼里一喜，以为霍观起因路秾秾的话不高兴了，谁知下一秒，霍观起握住路秾秾的手，道了声："没事。"

然后霍观起才看向赵茜，说："我们不熟，我也没有表弟表妹，你别乱叫。"

"表哥——"

路秾秾的朋友们品出味来，原来路秾秾刚才那番举动是有底气的，她们还担心她又是动手，又是把话说得太过难听，落赵家面子落得彻底，会惹霍观起不悦。

这么看，从薛娇娇那儿传出的消息——霍观起其实早就对路秾秾有意思——未必是空穴来风。

于是有人道："刚才这位赵表妹当着那么多人说秾秾的坏话说得可起劲了。"

霍观起眼神一沉："坏话？"

"对啊，说你看不上秾秾，还说秾秾嫁给你作威作福，丢尽了你的脸，要是她姑姑在，当婆婆的肯定早就收拾秾秾了。连我们这些朋友都躺着中枪，挨了好一通讽刺……"

霍观起周身气压霎时低沉。

赵茜不知道，自己这些话全都不偏不倚地踩在霍观起的雷点上，她光是说赵苑晴是路秾秾的婆婆以及要收拾路秾秾，就足够在他心里死一百次。

"你哥哥是赵川？"霍观起看着赵茜问。

赵茜愣愣点头。

霍观起的声音还是那般平静，但不知为何让人背后发毛。

"告诉赵川，三个月之内，我必定让他连滚带爬滚出望京。"

在赵茜又惊又愕的呆怔中，霍观起侧过头，对路秾秾换了种语气："还想待吗？"

被这么一搅，路秾秾哪还有心情，摇了摇头。

"回家？"

"可是唐纭……"路秾秾回头张望，"我陪她来的，她人……"

霍观起不客气："让她自己回去。"

唐纭带她来这儿受了一肚子气，他没把唐纭吊在车顶上吹风都算不错了。

路秾秾还在犹豫，霍观起已经不由分说牵起她往外走。

她匆匆忙忙，只来得及跟许寄柔等人挥手："帮我跟唐纭说一下！"

其他的小虾米不值得费神。

至于赵茜……

所有人都看明白了，赵家和当家的赵川看来是要被她连累。

有幸目睹这场热闹的人纷纷端着酒杯绕开赵茜走。

回程车上。

路秾秾没说话，霍观起先开口："你躲着我，就是来参加这么个酒会？"

"我哪有躲你……"她不承认。

路秾秾心里其实也很感动霍观起当众为她撑腰。

外面不少人等着看她笑话，她岂会不知？多的是人巴不得她和霍观起相看两相厌，好等着哪天她下去自己上位。

霍观起今天的举动，狠狠打了那些人一记耳光。

暗暗舒出一口气，路秾秾偏头看向窗外。

秋风萧索的时节，掉下的落叶堆在道旁，她顿了顿，眼神不由一暗。

秋天的味道啊。

每个秋天，路秾秾都会想起那个在树下的身影。

少年时代，她和霍观起各自的遗憾，差一点就成了永远，是段谦语，让霍观起得以去为文香如送行，也是段谦语，让她得以见到隋少麟的面。

他伸出手推了他们一把，让他们两个因外界、因自身被绊住脚无法向前的人，成功踏出了那一步。

他们得到了治愈和弥补，可他却成了拼图上最后缺失的那一部分。

路秾秾盯着窗外出神。

她常常想，如果高二那年她没有对霍观起表明心意，会怎么样？如果那个时候，霍观起喜欢她，又会怎么样？

这样的话，她是不是就不会固执地在公园等霍观起来见她，而霍观起也不会为了逃避她，让段谦语去赴约？

如此更不会有那辆轮胎打滑的出租车，在夜里撞上围栏，车身翻转。

段谦语就不会被困在车里心脏病发。

那天漏油的车并没有爆炸，连受伤更重的司机都被救了出来，偏偏段谦语因为心脏病，没等到达医院就离开人世。

他总是说自己运气好，抽到再来一瓶、夹到大的娃娃、出门看见彩虹……一点点小事，都能让他笑着感慨"我运气真好"。

路秾秾每次想到他说这话的语气，心里就一阵一阵地疼。

他原本可以在二十岁的时候接受手术，原本还有一线生的希望，可手术还没等到，他却已经永远闭上眼睛。

可以的话，她宁愿他在小事上倒霉一点，也不希望他遇到这么大的坎坷——先天疾病、突发事故……

不敢再看窗外，路秾秾垂下眼睛。

霍观起察觉到她忽然变化的情绪："怎么了？"

她说："没事。"

段谦语哪里幸运，幸运的是她和霍观起，在最艰难无助的青春期，当他们陷于上一辈带来的痛苦之中时，他们能够遇到段谦语，才是真的幸运。

那一年，段谦语的逝世对他们两人而言都是沉重的打击。

她自责自己鬼迷心窍追着霍观起跑，逼着他回应自己的感情，而霍观起内疚让段谦语去赴约，谁都原谅不了自己。

是他们连累了他。

在药水味浓郁的医院，他们分道扬镳，彼此都红着眼。

她决绝地和他划清界限："以后，我们再也不要见面。"

之后他们就真的没有再见面，犹如陌路人的高三一年结束，她去国外，他留在国内，几年后在同一场宴会上撞见，他们也无法好好交谈。

他们像两只刺猬，互相针对，互相伤害。

一避就是好多年。

从形影不离到所谓的"王不见王"。

好久好久。

路秾秾吸了一口气，靠着车座的背脊有些发僵。

没有人知道，她真的好难过。

这一刻，霍观起的手就在旁边，咫尺距离，可她不能牵。

是不敢，也不配。

入组《望星楼》剧组已经将近两周，季听秋作为剧里的男二号，戏份比上一部《遮天》多了不少，他每天的通告单从早上五点做妆发开始，一直排到晚上十一二点才结束。

轮到拍夜戏的时候，他整宿整宿不睡觉也是有的。

这两日好不容易戏份排得少些，季听秋比平时多睡了一个小时，他睡醒还没出酒店的门，蒋浩就突然接到剧组工作人员的电话。

"……什么？好的，知道了。"

季听秋见他神色不对，问："怎么了？"

蒋浩眉头紧锁，说："郑承俊拍骑马戏坠马受伤了！人送去医院了。片场现在闹哄哄的，没法拍。"

"严重吗？"

"不知道，我问问。"

蒋浩拿起手机，点进群里。

《望星楼》剧组相关微信群里，各种消息已经满天飞。

上回和赵致桦导演吃过饭以后，先是在门口碰上隋杏，后又接到路华凝的电话，路秾秾的心情被搅和坏，时间一长，就把试镜的事忘到了脑后。

是以赵致桦亲自打电话来时，她还愣了一愣，赶紧致歉："不好意思赵导演，最近有些事，忘了和你们联系。"

赵致桦笑说："是我说让你等我们联系，你抱歉什么！这段时间我一直在忙，没抽出空，现在才好些。想问问你什么时候有空，我可等你来试镜！"

他这么热情，路秾秾不好拒绝："您看什么时候方便？我这一周应该都没问题。"

闻言，赵致桦和身边人小声说了几句话，然后和她约了一个日期："你看行吗？"

"可以。"

"那就两点四十见，我把地址发给你，你来之前打电话给我说一声就行。"

路秾秾道"好"，谢过他，闲聊几句才挂断。

"试镜？"

霍观起解着领带的手微顿。

路秾秾往脸上抹晚霜，道："对。"

"试什么镜？"

"电影，赵致桦导演正在筹备的那部。"

霍观起不关注这些，对她提到的这个名字也很陌生："什么角色？女一号？"

"算是吧。"她说，"严格地说有两个女主角，另一个年长一点，类似长辈那种。"

她偶尔会跟他分享一些事情，就像眼下。

霍观起道："你要是喜欢的话，我可以投资。"

"别！"路秾秾让他打住，"你投资了，我要是演得不好，导演是选我还是不选我？不选我吧，不好意思收钱；选我吧，那我不就成带资进组了？还是算了吧。"

以前她就被这么说过，客串的电影明明是导演亲口邀请，她看在导演面子上才去的，结果倒成了她带资进组，还说她挤掉了这个谁谁谁，那个谁谁谁。

一分钱没投资过都能被说成那样，投资方要真和她沾点边，那她就更洗不清了。

她坚持，霍观起便没再说。

路秾秾仔细地搽着脸，发现霍观起站在原地不动，从镜子里看过去，奇怪："你站那儿干吗？"

霍观起抬手，继续解扣子，缓缓问："有感情戏吗？"

路秾秾扭头看他。

他一顿，解着扣子往浴室走："随便问问。"

电影《玲珑桥》选角已经开始一段时间，团队内第一次产生如此大的分歧。

都是跟随赵致桦一起打拼出来的人，能聚到一起首先是因为目标一致，说话也不那么客气，这回几个团队老人都发了脾气，其中以郑导为首。

"这是我们筹备了三年的心血！我不懂你怎么能拿这个开玩笑？！"

赵致桦被说得沉下脸："谁开玩笑？"

"那你让路秾秾来是什么意思？张梨那些人来试镜，我就不说什么了，他们虽然是电视圈的，好歹演过几部像样的作品，未必不可一试。路秾秾是什么人？她连正儿八经的演员都不是！"

"我知道，我让她来是因为她的气质符合，她对这个故事，对整个片子的理解，好过很多候选演员。"赵致桦解释，"她只是来试个镜，你脾气这么大做什么？"

郑导比他脾气暴得多，本子一摔："你爱试你试，我不管！"

郑导说着就要走，其他人赶紧上去拦住劝说。

"郑导，郑导，有话好好说。"

"对啊，不管怎么样，路秾秾来的话，投资肯定有保障，之前你不是还担心资金不够……"

"我再担心资金问题，也不能拿这么重要的女主角人选开玩笑！"郑导发脾气，"钱再多，主角撑不起来，这片子不是废了吗？这是要拿去冲奖的，这样还冲什么奖，早撒开手得了！"

赵致桦沉沉舒了口气："老郑，我们这么多年朋友，你信不过我？"

郑导铁青着脸，听着他正经的语气，沉默下来。

"这也是我的作品，我看得比任何人都重，你觉得我会随便拿来糟蹋？"赵致桦说，"你信我一次，成不成的，让她试镜再说。"

其他人跟着说好话。

半晌，郑导没办法，虎着脸甩手，回到位置上："行，试就试！丑话说在前头，她要是不行，我可不会留什么情面！"

好歹稳住了这个活炮仗，满屋子人这才把各自的心揣回肚子里。

两点二十，路秾秾到了，赵致桦出去接她，郑导说什么都不肯去，还嘀咕："架子倒是大，让这么多人等。"

闹得旁边同事都不好开口，他们约的是两点四十分，人家提早了二十分钟来，再者不管她来不来，他们都是要工作的，谈不上什么等不等。

这是意见大，看哪儿哪儿不顺眼，瞎挑刺儿啊。

不多时，赵致桦带着路秾秾过来和一众同事打招呼，坐下闲聊了片刻，随后一群人到专门试镜的房间。

摄像机打开，进入录制状态，这是他们团队的习惯，每场试镜，不管是新人还是红极一时的影星艺人，都会保留影像。

"赶紧试完赶紧收工，我回去睡一觉。"郑导没好气地嘀咕。

他说话声音不大，但也没有特意遮掩，路秾秾听了个正着，和他对上视线，他移开眼，虽然他那几分不喜很轻，但还是被路秾秾捕捉到了。

赵致桦不想生事，忙岔开话，对路秾秾说："你先看一下片段，给你一分钟酝酿。"

路秾秾笑笑，没说话。

她试的这个角色，是个从小生活在困苦之中、不断遭遇不幸、过得极其艰难的人，被各种压力重击的同时，又有着数不清的物质欲望。

来之前她或许不了解，但站在这里，她能感觉得出来在座的人怕是都不看好她，除了赵导演，没几个人觉得她能行，甚至连赵导演对她可能也没有太大的信心。赵导向她发出邀请，估计是因为她对人物的理解正好与他契合，才想让她试一试。

路秾秾快速看完剧本上将要演绎的内容，暗暗吐了口气。

很久不曾出现的好胜心被激起，她本没有特别强烈非要拿下不可的心思，现在却决定必须好好表现才行。

如此，她背过身去，闭上眼。

等了一会儿还没有动静，郑导不耐烦地刚要催。

路秾秾倏然转身，睁开眼——

和来时一样，回去时，赵导演也亲自将路秾秾送到门口。

他们一出去，屋里留下的人无言半晌，不知谁打破寂静，话是朝着郑导说的："这下服气了？您还说赵导的不是，这一看，他真没拿自己的作品开玩笑。"

郑导沉着脸不说话，眼里的惊讶还残存几分，被刺了一句，嘴唇抿得更紧，但已经不复先前那般暴跳如雷的样子。

路秾秾……

这次竟是他先入为主，想错了。

其他和郑导一样原本不看好路秾秾的人也不说话，一个含着金汤匙出生的富家大小姐，怎么可能过过苦日子？所以他们都觉得她驾驭不了这个角色，可谁能想到，她转过头那一瞬气质的改变，恍惚间让人觉得她就是一个被生活反复磋磨、肩上背着无穷压力的小人物。

尤其是她那双眼睛，压抑、克制……有道不尽的情绪在里面，热烈的渴望中掺杂着痛苦，瞬间让人揪起心。

太出乎意料了！

"你辛苦了。"

"导演客气，您才辛苦。"

路秾秾和赵致桦在门口道别，坐上来接她的车，直至车门关闭前一秒，路秾秾还在向赵导微笑。

将赵致桦工作室的建筑楼远远甩在车后，程小夏递来水杯。

路秾秾拧开喝了一口，阖眼休息。

"我睡一会儿，不要吵我。"

程小夏小声说"好"。

车沿着回程的路前行，路秾秾闭着眼，睡意却并不浓郁。

她表现不错，在试镜结束时看到赵致桦团队成员的眼神，她就知道了这一点。

平心而论，她确实没过过苦日子，但是某种意义上来说痛苦其实是相通的。

在外人看来，她含着金汤匙出生，养尊处优，实际上……

不说别的，就仅仅是渴望，压抑着的狂热的渴求，却一直遥远难及，终不能成真，这种情绪她真的体会得太深刻。

她小时候在国外跟着路华凝，才几岁大就被丢给保姆，一月到头母女俩难得见上一面；后来被送回国，交到舅舅身边，又越来越多地知道隋少麟的事情。

他家庭美满，爱妻爱女，和路华凝一样早就拥有了自己的人生。

她无足轻重，在路华凝的世界里不重要，在隋少麟的世界里也不重要。

没有人在意她。

到了青春期，她表现出一副无所谓的样子，甚至连舅舅、舅妈的关心都故意拒之门外，就是想让他们看看，她一个人也能很好。

但真的是那样？不，她不好，一点都不好。

多少次开家长会，别人的家长争着去，她只能由舅妈代替出席；多少个夜晚，她躲在被窝里偷偷哭泣，不敢让人发觉。

路华凝更是从没给她庆祝过一次生日。

温暖的家庭、父母的爱，她曾经都幻想过，只是后来都放弃了。

那年在机场亲眼见到隋少麟的那一刻，她突然认清事实——这些她都没有，哪怕靠得再近，也没有用。

剧本里的角色渴求的只是财富和金钱，而她呢？

何止这些？

她想要的，太多太多了。

路华凝的电话打来，路秾秾第一反应就是挂掉，堪堪忍住这个念头，拿出两分耐心听她说，她倒是开口没问电影的事，不过也没好到哪去。

"我过两天回来，有没有什么需要我带的？"

路秾秾不客气："需要你带什么，现在什么买不到？"

路华凝被她一噎，没好气："是是是，知道你有钱！嫁了人，阔太太的谱摆得越来越大了！"

要比脾气大，路秾秾哪会输给她，当下轻嗤："你早干吗去了？"

"什么早干吗……"

"我过生日你问过一句了吗？只字不提，现在回国想起给我带东西，不要还成了我不识好歹。"路秾秾冷笑，"到底谁架子大啊？"

"你生日？"路华凝疑惑的语气暴露了自己完全不记得的事实，"你什么时候生日？我……"

"你哪会知道？你心里压根没我，哪肯浪费时间记我这个闲人的生日。"

"你怎么说话呢？！"

"不然我要怎么说？"

路华凝语塞，半晌憋出一句："不就是一次生日忘了，你至于发这么大脾气？"

"一次？"

路秾秾气笑了。

"你问问你自己，到底是就这一次，还是这么多年次次如此？你给我过过生日吗？舅舅、舅妈都记得我什么时候出生，你反倒不记得。

"隋杏和我同月过生日，她爸她妈特意飞到望京来陪她庆生！我还真想说，你整天叫我压她一头，你怎么不看看这些，我怎么跟人家比？"

不等路华凝解释，路秭秭接着道："算了，反正我对你早就没期待了，没事别打电话给我，我不想听见你声音。"

"路秭——"

在那边话音落地之前，路秭秭已然撂下手机。

傍晚她在朋友圈发了一条动态：

> 有的人的存在，除了让人生气没有别的作用。

底下一溜朋友留言，问她怎么了，是不是心情不好，遇到什么问题可以说。

路秭秭一条都没回复。

这些热络与盛情交织，她却只觉得冰冷。

《玲珑桥》的选角热度不低，网传的几位主演人选受到了网友们的热情关注，电视圈一众小花好几个都有意向，她们的团队和赵致桦接触的消息接连不断。

两个女角色，年轻的那个大概率会由新一代小花拿下，众人对大屏幕上即将出现新面孔抱有期待，同时也在猜哪个小花会最先杀入电影圈。

人选不少，莫名的，偏偏隋杏的存在感最强，要说她不是第一次出演电影，和其他人比起来，没有那么强烈的"要挤进电影圈"的争夺心，可在这种大家都把目光放在抢位战的时刻，她的粉丝硬是给她营造出不小的声势：

> 隋杏的脸和气质是最符合角色的，况且也经受过大屏幕的考验。
>
> 她爸是影帝，虎父无犬女，我觉得她最值得期待。
>
> 这种考验演技的角色，隋杏真的很适合。同龄女星里有比她更沉得住气压得住场的吗？没有了吧！

不敢太过拉仇恨，隋杏的粉丝只好暗戳戳假装成"路人"，口吻含含糊糊，给她添柴加火造势。问题是粉圈里谁都不是傻的，各种伎俩没见过十次也见过八次。

嘲讽来得同样不留情面：

符合什么符合，隋杏粉都没看过原著是不是？单是美貌这一条她就垫底。天天吹气质，这时候忘了自家不走美颜路线了？

她爸是影帝她就是影后了吗？照这么说明星们都不用混了，父母不是演员导演的，还混什么娱乐圈。

"沉得住气压得住场"，整天吹这个吹那个，吹上天了，真正拿得出手的有什么？前不久才被打脸丢人丢得连衣服都借不到的痛是忘了吗？

捧和嘲有来有往，热闹非凡。

上次模棱两可的绯闻事件，让一直塑造高端形象的隋杏，生生被扒去好几层皮。

这场小型混战没持续太久——路秾秾和赵致桦导演见面的照片爆出，焦点瞬间转移。

围观群众起先有点蒙——演员和导演吃饭，一般都意味着两边在接触，可能会有合作。路秾秾的身份……说她是演员，算不上，说她不是，她又确实和圈里有点关系。

路秾秾从前和赵致桦是没有交集的，在这个当口，偏偏是在《玲珑桥》的筹备阶段，她和赵致桦见面，实在由不得人不多想。

在群众眼里，玩票的富二代哪有演技，她也从没展示过演技，于是唱衰她的声音立刻盖过其他。

消息爆出来，路秾秾很快就得知消息。

这阵子工作清闲的程小夏又有了事做，给她念点赞最高的几条评论：

路秾秾演我就不看了。

本来还以为是走心大制作，没想到赵致桦竟然也堕落了。

线上随便哪个小花演都好过她啊！！我再也不挑了，求求来个小花把她挤下去！

程小夏每念一条就偷瞄一眼路秾秾的表情，她实在淡定，淡定得叫程小夏担心她是不是气过头了。

"老板？"

"嗯？"路秾秾挑眉，"继续念啊。"

程小夏为难："别念了吧，后面的……"

话越说越难听。

"都说什么了？"

程小夏别别扭扭地，想了想只好简述："就是都在骂你，希望你别演，然后提名其他女明星的名字。"

"还有呢？"

"吐槽啊什么的，还有就……就说你带资抢角色。"

路秾秾来了兴趣："带资抢角色？"

"我看了下，这样说的都是些等级不高的小号，说你以前就有前科，这次又是故技重施。"程小夏几次锻炼下来，养成敏锐的嗅觉，"一看就是有人恶意抹黑，要不要查查是哪家干的？"

"用不着，我又不像她们，指着这个吃饭，形象有一点受损工作就大受影响。"路秾秾被说玩票，还真就拿出玩票的态度，无比悠哉，"无非就是想要这个角色的在带节奏。"

程小夏说："我估计跟那个隋杏脱不了干系！"

见她这么愤然，路秾秾奇怪道："你怎么知道？"

"你看啊，除骂你的声音之外，最多的就是提名她出演的，不就是想把你踩下去好自己上位吗？"程小夏冷哼，"试镜没本事，歪门邪道倒是修炼得精！"

得知老板试镜成功，程小夏很是惊讶，其后赵致桦团队频繁派人接触，作为路秾秾唯一的助理，都是她在负责对接。接受现实后，她心里也是为老板高兴的，面对这些无缘由的质疑和诽谤，她当然生气。

路秾秾摇摇头，笑说："未必，其他人也不是没有可能。"

程小夏："可提她名字的最多……"

路秾秾一笑："你就不许她的粉丝比较高调比较蠢？"

程小夏："……"

有道理，蠢货粉丝和废物点心什么的，确实般配！

因为这事高行特来汇报，问："霍总，您看？"

霍观起蹙眉一瞬，道："还用问？"

高行一愣，点头："知道了。"随即忙不迭退出办公室。

他真是傻了，事关老板娘，这还用问？当然是搞定它！

对老板娘动手就等于跟霍氏对着干，太岁头上动土，不给点颜色瞧瞧说得过去？

心里有数的高行当即召集几个助理开小会。

"……好的，好的。这件事我心里有数，不会受影响的……我知道，您别担心，嗯……"

楼梯上传来熟悉的脚步声，半倚在沙发上讲电话的路秾秾回头看去，一身正装的霍观起出现在视线里。

霍观起站在客厅外没出声，静静等着她说完。

路秾秾和那边聊得差不多，道："那下次我们有机会见面再聊……嗯，麻烦您了赵导。哎，好的，再见。"

电话一挂，她舒了口气。

"这么早回来了？"

霍观起这时才提步："今天提早忙完。刚才的电话是电影导演打的？"

路秾秾说："是。"

"因为网上的事找你？"

"你知道？"她稍感诧异，叹气道，"今天消息一出就传遍了，热搜还上了好几个，导演那边看到马上就联系我了。"

"他说什么？"

"没说什么，赵导就怕我心里不舒服，和我聊了下。"

"你决定演他的电影？"

路秾秾想了想："赵导说我愿意的话角色就归我，但我还在考虑。"

霍观起私心不希望她参与这些，别的倒罢，要动不动就挨骂，且娱乐圈粉粉黑黑环境糟糕，现实里见了人人少说都得给几分薄面的霍太太，在网上被各种难听词汇问候，别人不在意，他在意。

但如果她喜欢，那他也不会说什么。

就像路闻道夫妇，对她从来没有要求，只希望她平安快乐，健健康康，他也一样，甚至更多——不管她做什么，只要她开心就好。

"想演就演，不想就别为难自己，其他的不用管。"许久，霍观起这样说。

路秾秾点头："我知道，我不会勉强自己。"

霍观起顿了顿，又说："热搜什么的不用担心。"

路秾秾压根就没放在心上："我担心什么？"下一秒，她语气优哉游哉，一副过来人甚至觉得他大惊小怪的口吻，"我上热搜就跟吃饭似的，一次两次不习惯，这么多次下来，早就脱敏了。有那个工夫去为这些东西生气，我还不如多看看杂志，多买两个包呢。"

包？

霍观起眉一沉，重点歪得彻底："你包不够？明天去买，用我的卡刷。"

路秾秾："……"

谁跟你聊这个！

母女

比起过分炎热的夏日和冷意刺骨的寒冬，爽朗的秋天是更适合拍摄的季节，停工数日的《望星楼》剧组在各方的协调之下，再度运转起来。

因男主坠马事故而忐忑的剧组演员们在酒店里无所事事了一周多后，终于回到了正常工作中。

复工首日，季听秋的戏排得稍晚，他十点才到片场，刚化好妆，就见蒋浩风风火火从外面进来。

他穿着戏里的衣服，内衬是白色，外面一层暂时未着，正拿着手机浏览网上的消息。

化妆师等人不在棚里，蒋浩走到他身边，道："男主角来了，你猜是谁？"

原先的男主受伤需要调养一个月，剧组等不起，只能换人，原先拍好的戏份，有男主镜头的也都要重来。

这几天组里众人一直在传男主人选，只不过都是捕风捉影。

季听秋好奇心不重："人来了？"

"对，等会儿就过来！"

"来就来，你这么急干什么？"

蒋浩额头上沁出薄汗，左右看看，忍不住说："是段靖言！"

季听秋一顿，默了默，随后镇定道："哦。"

"哦？你就这反应？"

"不然呢？"

蒋浩压低声音："他和路小姐不对付你不知道？"

"那又怎么样？"

"怎么样？是个人都知道你和路小姐交好，段靖言跟她有过节，这接下去的日子，他不得找你麻烦？"

虽说路秾秾和季听秋之间所谓"金主"和"小狼狗"的误会已经澄清，但"姐弟情"还是在的，刚进剧组时对他不以为意的人后来变了态度，还不都是看在路秾秾夫妻和他有私交的分上，不敢得罪。

季听秋没有露出惊慌的神色，只笑了笑："找就找吧，我做好自己分内的工作就是了，难不成要因为不相干的人影响自己？你想太多了。"

蒋浩一噎，偏偏没得反驳，他是小公司的经纪人，和同行相比，水平暂且不提，光是见过的世面和眼界就多有不如。

倒是季听秋，不知从什么时候开始，越来越沉得住气，反而衬得他毛躁。

也是，段靖言再红，还能生吞了季听秋？

蒋浩自知失态，咳了声，季听秋又拿起手机继续看，蒋浩瞥了眼，是微博界面。

"又在看什么？别去看那些黑粉的言论，影响心情！"

季听秋没回他。半晌来人，沟通午饭的事，蒋浩站起身："我来我来。"让季听秋坐，他接过递来的表格，一一勾选季听秋吃的和不喜欢吃的食材。

季听秋兀自对着手机出神。

《玲珑桥》选角争议不小……也不知她有没有受影响。

正想着，蒋浩和工作人员聊完，坐回他身边："不得不说，剧组的伙食是真的不错……"

季听秋道："喜欢你就多吃点。"

"那不行，我再吃这肚子就收不住了。"

"……"

没聊两句，棚口帘子被掀起，进来了几人，季听秋和蒋浩看过去，顿了一顿。

眼皮半阖的段靖言径自走到季听秋背后正对的位置坐下，一同进来的还有助理、化妆师等人。段靖言坐下就靠着椅背闭上眼，一句话都没和早就在棚里的季听秋说，他的助理倒是颔首笑了笑，算是冲蒋浩打招呼。

蒋浩只得扯起嘴角同样回以一笑。

中间仿佛无形隔开一道，楚河汉界泾渭分明。

段靖言的妆化了半个多小时，化妆师走后，助理出去替他拿东西，蒋浩这时有电话进来，起身就要去接，瞥及段靖言的背影，步子又犹豫起来。

季听秋像是知道他所想，淡笑："顺便帮我带点喝的回来。"

"咖啡？"

"嗯，美式，不要加糖。"

咖啡去水肿，身为艺人更要严格控糖，蒋浩道"好"，这才出去。

剩下的两人继续浸在闷煞人的气氛中。

冷不丁的，闭着眼的段靖言忽然开口："季老师对自己饮食要求这么严格，光看体型还真看不出来。"

这是在嘲讽他身材不好。

但其实并没有，季听秋瘦得匀称，身上根本没一块多余的肉。

他们俩长得像，有相似点，却又是截然不同的风格。镜子照出两张脸，季听秋是雅致的俊，段靖言是凌厉的美，他俩扮古装尤其好看，往那儿一站，一个赛一个的颀长高挑，风流偶傥。

季听秋不动怒，笑答："段老师话这么多，光看做派也看不出来。"

段靖言倏地睁眼，盯着镜子，像在看自己又像在看镜子里照出的季听秋的背影，半晌，冷笑着轻哼："牙尖嘴利，和路秾秾一个样。"

季听秋闻言笑意尽敛，温润的脸上少见地有冷意闪过，稍纵即逝，随后又勾起唇："多谢夸奖，能和秾秾姐一样，我荣幸之至。"

路秾秾带资进组即将出演《玲珑桥》女主一角的消息，沸沸扬扬传了三天。还在考虑中的路秾秾连续几天重温原文，这晚将睡前，忽地一翻身，面向霍观起。

已经阖眼的霍观起被她直勾勾盯着，缓缓掀开眼皮："想说什么？"

中间隔着皱起的棉被，路秾秾道："我想了想，我还是不演了。"

他的眼神清明了些："不演了？"

"嗯，虽然我是真的很喜欢这个故事。"

"怕演不好？"

"不是，要演也能演好，只是……"路秾秾纠结着说，"还是保留一些美感吧。"

美感？霍观起淡淡睨着她的脸，于他而言，这张脸就是最美的，但他只是说："你决定就好。"

路秾秾其实还有其他考量："赵导演和他的团队准备三年，这是很多人的心血，我不想辜负。我没有那么喜欢演戏，我觉得，这样不太尊重。"

霍观起将手搭上她的腰，似应非应地"嗯"了声。

路秾秾有好多话想说，可能是晚上看原文生出的感慨，莫名有点兴奋，睡不着觉，只是说着说着，她发现面对面躺着的人眼睛重新闭上，分明没在听。

"霍观起，你有没有听我说话？"

"我在听。"

"你都快睡着了。"

"没有。"霍观起轻轻舒气，手忽地收拢，路秾秾一下被搂到他面前。

"你……"

"我本来以为，你更想好好休息，看来是我错了。"他睁开眼，眉头轻挑，"既然精力这么旺盛……"

路秾秾一愣，才明白他的意思，脸一热。

他已然覆上来。

"我在跟你说正经事！"

"这难道不是正经事？"

余下话音便都被衣物的窸窣声代替。

被霍观起折腾了一晚，隔天路秾秾起来，恨恨地在身旁空无一人的枕头上重重锤了两下。

洗漱过后，她思索着要找个时间和赵致桦沟通，将电影推了，这时路君驰的电话忽然打了进来。

"你在哪儿？"

"我在家啊。"路秾秾奇怪，"怎么了？"

"姑姑在找你，一直打你电话打不通，找到我这儿来了！"

一听和路华凝有关，路秾秾语气淡了三分："哦，我懒得接。她有事吗？"

"我哪知道，她着急得很，你赶紧回个电话过去。"

路秾秾嘴上说好，实则只是敷衍过去，挂了电话该干吗干吗，转头就抛到脑后。

路华凝找她有事？能有什么事。

不想，傍晚时分，路华凝竟找上门了。

路秾秾以为是霍观起提前回来，心下还奇怪，好好的怎么按门铃。她透过猫眼一看，围着丝巾的路华凝穿一身淡紫色套装，站在她家门口。

她不想开门，路华凝却跟吃了秤砣似的，铁了心一直按，大有不见人不罢休的意思。

路秾秾听得烦，开门质问她："干什么？"

路华凝盯着她的脸，先是皱眉，将到嘴边的话压回去，沉沉道："换衣服，跟我走！"

"去哪儿？"

"别问那么多，快点跟我走。"

路秾秾甩开她的手："你有病吧？"

路华凝脸沉了沉，少见的没有发脾气。

"你走错地方了。"路秾秾说着就要关门。

路华凝伸手卡住，焦急道："跟我去医院！"

没头没脑的一句叫路秾秾皱起了眉："我干吗跟你去医院？"视线瞥过她卡在门缝里发红的手，抿了抿唇。

"去医院做个检查，我已经约好医生了。你换衣服，马上跟我去，我就在这儿等你！"

"好好的做什么检查？"

路秾秾等了几秒，没等到回复，挤出的耐心消耗殆尽："不说算了，我关门了，别在这儿烦我。"

路华凝急了："你一定要去！"

"我干吗一定要去？"

"隋杏都去了！"她道，"隋杏特意飞回港城去医院做检查，你……"

路秾秾真觉得她病得不轻："隋杏去医院检查我就要去？那她要是去死你是不是也要我去死？"说着趁机又要把门关上。

路华凝又急又气，忍不住嚷道："是遗传病！隋家家族遗传，隋杏飞回去检查就是因为这个！"

路秾秾一顿："你说什么？"

路华凝不得不告诉她："隋家有个长辈生病入院，查出来跟遗传有关！他们家的女性和有血缘关系的女性亲属都去做检查了！"

在路秾秾的认知里，隋少麟已经和陌生人没两样，突然之间他们就被血缘这种东西联系起来，还是逃不开的紧密关联，她只觉得既讽刺又好笑。

"他打电话告诉我，我提前两天就飞回来了。算他有良心……"路华凝咬牙，"你现在马上跟我走，我找了望京最好的医生，早做筛查早安心！"

这大概是她的母亲第一次关心她。

路秾秾站了片刻，终究还是道："不用了，你回去吧。"

"你说什么？怎么能不用——"

路秾秾不想跟她纠缠："我自己的事自己会安排，用不着你插手。"

去做检查，她自己会安排。

"你走吧，我懒得招待。"

"你……"

争执间，一辆车停下。

下班到家的霍观起从车上下来，目睹这一幕，大步走到近前："秾秾。"看了看拽着她手的路华凝，他眉头微蹙："怎么了？"

路秾秾刚想说没事，让他赶紧帮忙把路华凝从门口弄走。

谁知路华凝比她更快，一扭脸就从霍观起身上下手："她爸爸家族里有人检查出遗传病，我让她去医院做个筛查，她非不肯！"

霍观起脸色登时一沉。

路秾秾非常不喜欢医院的气味，从踏进大门的第一刻起，脸色就变得不好看起来。

她真的极其无语。

本来以为是盟友的霍观起"叛变"得始料未及，路华凝才说完，霍观起连反应的机会都不给她，直接就把她弄上车。

路华凝见目的达到，于是也乘着她来时的座驾跟在后头，就这么一路开到霍氏旗下的私人医院。

霍观起和医生沟通完回来，就见路秾秾坐在凳上板着张脸。

他满脸无奈："身体健康不是玩笑。"

路秾秾说："我知道，又没说不检查。"

"那你板着脸。"

"我是不高兴你居然跟她一个阵营！"路秾秾抬起头，眼里满是谴责，"明知道我跟她什么关系，干吗听她的？让她走人，过后我们自己再安排不行吗？"

霍观起难得说她："还说知道不是玩笑？身体是自己的，早检查不好吗？非要跟她较这个劲。"

路秾秾偏开头，嘴上不服："就要较劲。"

霍观起眼里有无奈，更多的是柔和，虽然觉得她这时候犯偏太糊涂，但听她话里话外将他归类为"我们"，是和路华凝不一样的自己人，隐约又有点熨帖。

"医生安排好了，马上检查，你好好配合。"不提其他，霍观起拣重点说。

路秾秾叹气答："知道了。"

走廊角落那一边，路华凝正打电话，大概是在联系路家人。

路秾秾坐了一会儿，霍观起在她身边陪着，检查快开始时，戴芝苓匆匆赶到。

原来路华凝是给戴芝苓打的电话。

路华凝和戴芝苓不常见面，但姑嫂俩倒是挺合得来，就冲戴芝苓帮路华凝带大了路秾秾这一点，姑嫂俩的情分就非同寻常。

路秾秾一个头两个大，戴芝苓平时就把她当小孩看，总觉得她是瓷娃娃易碎，这下更好，执起她的手，左看右看上看下看，还没怎么着，眼里就快沁泪了。

她这个接受检查的反倒要安慰："舅妈，我没事。"

"当然没事！一定会没事！"戴芝苓双手合十，"老天保佑，我们秾秾千万要平平安安。"

"舅妈……"

"姓隋的真不是好东西！家里有遗传病不早说，坑了华凝，还连累你！"戴芝苓话头一转，已经骂起来。

路秾秾让戴芝苓放宽心，路华凝在旁边不说话，路秾秾视线经过她身上数次，还是什么都没跟她说。

路秾秾不知道说什么。

待医生过来，霍观起提醒："该进去了。"

路秾秾提步，两位长辈跟着送到门口，眼里瞅着都是不放心。

检查前后做了几十分钟，路秾秾从里面出来，只见霍观起一人。

"舅妈呢？"她看了看四周，还有下半句，又忍住了咽回肚子里。

霍观起说："在走廊外面，她们在说话。"

正说着，路华凝和戴芝苓走过来，见她出来，忙问："怎么样？"

"结果要一周才出。"路秾秾说，"先回去吧，舅妈。"

见路华凝一直看着自己，路秾秾故意忽视，当作没看到，不防路华凝突然开口："我有话和秾秾说。"并用眼神示意霍观起，是要他暂时走开的意思。

路秾秾想刺她几句，不知怎的，没开口。

戴芝苓和霍观起让出空间。

两人沉默相对，路秾秾打破安静："你要和我说什么？"

"你……你感觉还好？"路华凝看看她，眼神飘忽一瞬，垂下眸，狠狠骂道："隋少麟那个该死的，害了我不够，还要害你！他……"

"我没空听你骂他。"路秾秾冷淡地打断。

他们从相爱再到反目，其间种种如何，她没兴趣知道，作为这段爱情的牺牲品，她想她有资格同时厌恨他们两个。

路华凝动了动唇："我知道你怪我。"

"我不怪你，我怪自己，做你们的女儿，是我命不好。"

"你——"

路秾秾克制不住自己的刻薄，看着她受伤的表情，哪怕只是短短一瞬，也莫名觉得痛快。

"其实你没必要这么激动，今天的事说一声就是了，打不通我的电话，就打给君驰哥或者舅妈让他们转达，都一样。反正我病不病的都影响不到你，这么多年你也没管过我。"

"我没管过你，可你也是我身上掉下来的肉！"路华凝忽然激动起来，"你这话……我会盼着你不好吗？我难道不希望你好？"

路秾秾凝视她，道："抱歉，你说的这些，我真的感受不到。"

路华凝一脸受伤。

路秾秾不愿意再多加纠缠，冷脸甩开她。

背后没人跟上来，路华凝在原地如何，路秾秾不清楚，她走到走廊外，被戴芝苓拦住。

"你和你妈说什么了？又吵架了是不是？"

看脸色就看得出来。

路秾秾不答："没什么。"

"你不要老是和她吵嘛，她心里其实也是关心你的。"

"我没感觉她哪里关心我。"

戴芝苓作势拧她，皱眉："你这孩子！"又叹了口气，道，"刚才你在里面做检查，她都哭了。"

路秾秾一愣，意外道："哭？她哭什么？"

"自责呗。"戴芝苓说，"她确实做得不好，这么多年没怎么尽到母亲的责任。但她……哎，她哪里不知道，她知道的，自己没有给你一个正常的家庭，你以为她心里过意得去吗？闹出这种事，她真是难过死了，生怕连一个健康的身体也没能给你。"

喉咙莫名发堵，路秾秾一时说不出话。

路华凝会做母亲吗？不会。她生性如此，永远爱自己胜过爱别人，一段感情结束了，立刻寻找下一段，仿佛不爱会死。

爱情和男人是她的营养剂，她就像一朵矜贵的花，需要这份土壤保鲜，否则就会凋零。

路秾秾是恨过她的，现在仍然做不到无动于衷，然而恨无济于事，路华凝就是不懂得爱人，不懂得该如何做一个母亲。

"我知道了。"许久，路秾秾低声说。

这个自私的人，如今因为她的健康自责流泪，那颗她以为装的只有路华凝自己的心，竟然也有一小块角落分给了她。

但又能如何。

这一小块不尴不尬，她只能这么回答。

她知道了，没有然后。

戴芝苓还在劝说，试图缓和她们母女的关系，路秾秾似在听似没在听，抬眸一看，不远处霍观起站在那儿，临着窗户，站在光线大好的地方，静静等着她。

路秾秾轻轻吐出一口气，心莫名安定许多。

阳台前的区域又被用上。

路秾秾开了酒，拍拍隔壁的沙发："坐。"

霍观起依言坐下，慢条斯理地往两只空酒杯里倒酒。

"在想什么？"他问。

路秾秾望着窗外："很多。"

"很多？"

"嗯，我自己也搞不清。"路秾秾感觉乱糟糟的，脑袋里闹哄哄一片。

"想不清就别想了。"

路秾秾转过头看着他："你说，我是不是很傻？"

霍观起问："具体？"

她眨着眼，却没说话。

没头没脑地，路秾秾转回头去，继续看窗外，舒了口气道："我考虑好了，赵致桦的电影我不演。"

霍观起没出声。

"很久以前我想，我要在娱乐圈混出名堂，不靠舅舅，就靠自己。"她说，"可是我一直想错了，就算我混出名堂来，又能怎么样？隋少麟的女儿还是隋杏，路秾秾依然是那个需要逃课跑到机场，混在人群中才能远远见他一面的人。"

路华凝会因她骄傲，隋少麟会知道她这个女儿强过从小在他身边长大的隋杏，她曾经这样试想过。

但今天，她突然觉得，没意思，没意义，更没必要。

时间不会回溯，缺失的十几年，回不来了，她路秾秾没有得到过的，就是没有得到。

面前的酒没有人动，他和她都没喝，霍观起静静看着她，并不插话，窗缝开了一点，凉凉的风渗进来，像是在提醒人要清醒。

霍观起看着她的侧脸，线条优美，她的长睫缓慢地轻轻颤动，望着窗外的眼神悠远而空洞，许久她才垂下眼睫。

"我放弃了，霍观起，我不想再做无用功。"她说，"我决定认输，放过他们，也放过自己。"

放下很难，但要试一试。

隋少麟是不合格的父亲，路华凝是不合格的母亲，他们不值得，得不到的，她就让它过去。

她决定不再让自己为难，也不再和从前较劲。

霍观起凝视着她，轻轻说："睡一觉吧，睡醒就好，醒来忘记这些。"

屈起双膝踩在沙发凳上，路秾秾抱着腿，闭上眼，慢慢将脸埋在手臂之间。

霍观起站起来，缓缓走到她面前，手掌轻轻放在她头上。

她闷声说："我突然很想抱你……"

他的手行至她背上，很轻很轻地拍了两下，随后将她往自己身前揽。

"嗯，抱着呢。"

总有一天，人要像这样学会妥协。

这是好事。

他只希望，这样的时刻，他永远在她身边。

路秾秾的检查结果出来是七天后，等拿到报告，所有人都松了口气。

平安无事。

赵致桦那边，她早就打去电话，推掉了《玲珑桥》的出演邀请，她心意已决，赵致桦虽觉可惜，但挽回几次之后见她态度坚定，只好作罢。

网上早就结束了两轮议论，所有人都认定这大概率会是个声势浩大的烂片，赵致桦工作室的官方微博忽然发文：

> 对于近日的网络流言，特在此澄清，路秾秾小姐确实参与了电影《玲珑桥》试镜，试镜结果双方都很满意，但由于时间安排以及个人原因，路秾秾小姐已经拒绝了我方邀请，决定不出演女主"文蔓"一角。所谓"带资进组"等均为不实谣言，路秾秾小姐并未投资影片，后续也不会有资金方面的合作，我方将保留法律手段追责维权。

文字之外，另附一段视频。

赵致桦是个实诚人，和路秾秾合作不成，出于对她的欣赏，便令团队员工在微博放出她当日试镜时摄录的影像。

短短不到三分钟的视频，正是那段路秾秾发挥极其精彩的片段——路秾秾的动作、神态以及眼神，在镜头下被完美捕捉。

评论里还贴上了试镜这一段的原文。

闻讯赶来的网友不论是看完视频再看文字，还是先看文字再看视频，都觉得无比贴切。

> 这是路秾秾？？看起来像另一个人啊！
>
> 她演得好好，我看书的时候就是这个感觉，简直活了，我的天。
>
> 大小姐竟然这么灵吗？我以为只是花瓶来的。

评论更新得飞快，大跌眼镜的人不在少数，工作室微博下热闹非常。

论坛各处也开帖讨论起路秾秾的演技。

先前许多提名自家的小花粉，好几个被拉出来嘲，都说比起路秾秾，她们那些只会瞪眼噘嘴的演法，简直像小学生，丢了科班的脸。

被同行吊打就算了，被个外行碾压这叫什么事儿？还有脸嘲笑人家花瓶带资进组。耻辱！实在是耻辱！

风头一转，早先表态“路秾秾演就不看”的网友，纷纷发问：

她真的不演吗？？

赵致桦工作室官博说她不演，哎，真的假的？

太可惜了，我感觉她演会不错的……

就在这时候，路秾秾发了一条微博，态度十分谦虚——

@路秾秾V：能够参与赵致桦导演的新电影试镜非常高兴，但我自知天赋不足，演技欠缺，不是吃这碗饭的人，不敢担当重任，就把美好的文蔓交给更合适她的人吧。提前预祝电影《玲珑桥》大卖，届时上映一定包场鼎力支持。

这话一出，网友们不干了。

你这都不是吃这碗饭的，那些演技稀烂的演员是不是该羞愤退圈？！

唐纭截图发来时，还不忘调侃：

没记错的话，这是你为数不多的正面热搜吧？

微博里是稳定上升的话题：

#路秾秾文蔓#

该词条下，大片大片的网友喊着希望她出演《玲珑桥》。

不畏浮云遮眼，真真假假，路秾秾看得清楚：

> 他们现在说是这么说，等我真的演了，有一点不如意，
> 转过头来骂我的又会是这些人。你天天上网吃这么多瓜，还
> 不了解套路？

网络上的"喜"与"爱"，都太假太不牢靠，纵然有真心，更多的
还是如雾似幻，瞬息之间说变就变。

太当回事吃亏的只会是自己。

她早就看透了。

电影一事在路秾秾这儿已经告一段落。

秋意渐浓，冬天隐隐透出影子，然而意料之外的事情，却在降温
的时节不期而至。

隋少麟要见路秾秾，他从路华凝那儿费了很大功夫才要到她的联
系方式，辗转找来。医院一别后路华凝就没打电话找过她，许是记住
了她的话，托路君驰转达："你想见他就见，不想见他就别理。"

路秾秾考虑了足足两天，在最后一日傍晚才拿定主意。

隋少麟这次是特意飞到望京来的，说来有些讽刺，路秾秾第一次
"见"他就是在望京，然而这一回才是他们真正意义上的见面。

他们约的地点在繁华区的一间高级餐厅，私密性很强。特意找了
个适合谈话的地方，父女俩面对面，却有半分多钟谁都没开口。

隋少麟已经五十五，保养得不错，看起来只有四十出头，脸上留
有年轻时的俊朗痕迹，身板硬朗未发福，如今也是个翩翩美大叔。

路秾秾五官和他有点像，但更多的是像路华凝。

本来以为自己见到他会很激动，可是并没有，连路秾秾自己都意
外，想象中的紧张、不平，统统没有。他坐在面前，就像一个有点眼
熟的陌生人，她的内心居然毫无波澜。

半晌，隋少麟先说话："我听说赵致桦的新电影女主人选属意你，
你拒绝了？"

路秾秾不知该笑不该笑，他和路华凝真不愧曾经是一对，问的问题都这么巧，她语气淡淡地答："拒绝了。"

"为什么？"

路秾秾觉得他问得奇怪，眉头轻抬："不为什么。"

"以赵致桦团队的功力，《玲珑桥》的剧本不会差到哪里去，况且他一向最擅长拍这种题材，接这个角色大有前景，说不定还能冲奖。"隋少麟不满意她的态度。

路秾秾只是笑："你说的这些我都知道。"

"那你为什——"

"不想演就不演喽。"

隋少麟眉一皱，斥道："胡闹！你但凡有点事业心，行事都不该这么轻狂，你妈是怎么教你的？"

路秾秾眼里滑过讽刺："这话你得问她啊！她没教过我，你不是也没教过？说得好像你们谁尽到了教我的责任似的。"

隋少麟一怔。

"我还挺好奇。"她道，"你们希望怎么教我，倒是也跟我说说？"

隋少麟面色变幻，压下气，似是不太愿意提这些："我今天不是来和你谈这些事。"

"那你想谈什么？"

隋少麟看了看她，说："你什么时候有空，到家里来，吃个饭。"

路秾秾怀疑自己幻听了。

"你妹妹也是演员，你们可以互相帮衬着，有什么事……"

"你说这些，我妈知道吗？"路秾秾打断他的话，"安漪芳和隋杏知道吗？"

隋少麟沉晔："我和她们提过。"

"她们同意？我看是你自己的意思吧。"她说得不留情面，"就算她们肯，我也不去。谁和隋杏是姐妹？你少往她脸上贴金。"

"你——"

"我今天只是来见你一面。"

见一面，做个开始，也做个了断。菜还没上，她已经准备要走，她看着隋少麟，字字认真："你不要再找我了。"

这么多年没有联系过，以后也不必有联系。

来之前料到她会有过激反应，却没想到她是这般做派——冷淡、漠然，把他当陌生人一样，这叫做了好一段时间心理建设才决定见这个女儿的隋少麟愠怒不已："你这是什么意思？你这……"他吸了口气，道，"你妹妹说你总在背后找她麻烦，我还不信，现在看来……"

"看来什么？"

隋杏自己做了什么，用得着她说？和霍观起传绯闻那回，还有后来，几次都是隋杏在背后抹黑她。

路秾秾嗤笑一声道："既然你这么说，那我还真要给她点颜色瞧瞧，你让她且等着吧。"

言毕她镇定自若地拎包起身："我没什么胃口，不吃了，你自己吃吧。"

隋少麟气得拍桌："你站住！我让你站住你听见没——"

回答他的只有背影。

路秾秾用行动表示她没听见，甚至走得更快了点。

隋少麟在餐厅独坐半个小时才回酒店，隋杏在望京有房产，不大，每次他和安漪芳来看女儿，为图方便，都选择住酒店。

隋杏今天难得没安排工作，在套间里等他，一见他回来，隋杏就立刻起身相迎："爸爸！"

隋少麟提不起劲，淡淡"嗯"了声。

"秾秾姐呢？"她往他身后看了眼，"怎么没和你一起来？"

隋少麟脸色晦暗："别提她。"

眼神轻闪，隋杏几不可见地扯了下唇："你们吵架了？爸，没事吧？"她叹气，温声开解，"秾秾姐一直脾气不大好，我见过她几次，你不要往心里去。"

隋少麟怎么能不往心里去。

赵致桦工作室放出的那段试镜视频，他看到了，反复看了好几遍，当时就抽了好几根烟，路秾秾演戏的样子像极了当年的路华凝，还比路华凝有天分得多。

隋少麟曾经闻名国内，二十五岁就拿下首个视帝，后来不到三十，成了影帝，只可惜事业高峰期太短，下坡路随之而来，他不得不在彻底被忘却前主动淡出娱乐圈。

为此，他一直对隋杏寄予厚望，希望她能超过自己。

偏偏事与愿违，隋杏在这方面很平庸，他从小悉心教导她，如今由安漪芳这个见惯风雨的资深经纪人兼母亲亲自操刀前程，这条路她走得也还是艰难。

天赋不足是最大的短板，后天弥补得了形，弥补不了神，她之前拍的那些文艺片，撑是撑得住，但实在差强人意。

老天爷没有赏她这口饭，他强求不来。

直到看完路秾秾试镜的表现，他既意外又惊讶——这个女儿，长得像他和路华凝，集齐他们的优点，不仅如此，演戏方面更是遗传了他们的基因，比隋杏强得多！

得知她竟然拒绝赵致桦亲自递上的大好机会，隋少麟忍不住就想见她。

见了，聊了，他才反应过来——

发现他没资格插手她的事。

她是路家人啊！果真是路家人，连高傲的模样都如出一辙。

他一个人在餐厅坐了半天，恍恍惚惚想起来，他拿到影帝那年，似乎就是路秾秾出生的同一年，那时他志得意满，赶到国外和路华凝相见。

抱着襁褓里的孩子，他们一家三口依偎着，人生痛快畅意。

一转眼，二十多年就这么过去了。

"……爸？爸？！"

隋杏连喊几声，隋少麟蓦地回神："嗯？"

"你在想什么？"隋杏打量他的神色，她说了半天，给路秾秾上眼药，他怎么一点反应都没有？

隋少麟看着她更像安漪芳的这张脸，不知怎的生出疲倦："我休息一会儿，你去忙吧。"

"可是我今天没工作——"

"出去找朋友转转也好，不用陪我。"

"爸……"

隋少麟停住，回头打量她，隋杏以为他改变主意了，然而隋少麟沉默片刻，最后还是把话咽了回去。

能说什么。

那孩子说，要给他们点颜色瞧瞧，她说的是气话还是说真的，无从得知，就算是真的又能如何？他没有资格责怪。

只能让安漪芳多多费心。

"你回去吧。"隋少麟再度提步往卧室走。

隋杏站在原地，动了动唇，却说不出话。从小父亲对她就严格，疼爱有之，但如果她上表演课表现不好，他半点情面都不会留。

这么多年，她一直照着他希望的样子在努力。

可为什么今天……

隋杏咬牙。

她忽然觉得，他好像对她有些失望了。

路秾秾其实也被气到了，这些人，一个两个的，理直气壮得让她反胃，她回去后真就吃不进半点东西，睡前跑了两趟厕所干呕。

霍观起连书都看不下去了，关切道："怎么了？"

"没事。"洗了把脸从浴室出来，路秾秾摇头，"大概是心情不好影响的吧，胃可能有点痉挛。"

待她睡下后倒也还好，没再难受。

她见完隋少麟回来，脸色确实不太好。

霍观起满脸不放心。

"没有那么严重。"路秾秾失笑，"别乱操心，睡吧。你明天还要早起，高行叫不动你我可不管。"

霍观起只好关了床头灯，犹豫着嘱咐："有什么事就叫我。"

她含糊"嗯"了两声，闭眼开始找睡意。

第二天，路秾秾和唐纭约出去吃饭，饭毕又开始跑洗手间，唐纭不放心地跟进去，见她趴在池子边吐，连忙替她拍背顺气。

等她缓过劲来，唐纭想起什么，紧张道："你该不会是怀孕了吧？"

路秾秾被她说得一愣："啊？"

唐纭用湿纸巾给她擦脸，道："好好的突然吐成这样，你那个多久没来了？"

路秾秾愣愣地回想，脸色"唰"的一变。

唐纭挑眉："真迟了？"

路秾秾僵硬着，点了点头："好像有段时间了。"

感情这回事，是没有让的

唐纭不说还好，一说，路秾秾心里开始忐忑。当晚回去，她对着霍观起那张脸，愣了好几次，差点被他误以为魔怔了。

隔天一早霍观起刚离开家，路秾秾就在唐纭的陪伴下去了医院，检查做完，结果出来需要一点时间，两人坐在长凳上，哪儿都没去。

"如果，我是说如果，你要真怀了，打算怎么办？"唐纭说，"就和霍观起这样过下去？之前说的那些……"

早先她说过个几年，等时机成熟就考虑离婚，这个打算是建立在没有"节外生枝"的条件下，如今，这"枝"来了。

怎么办？

路秾秾也在想。

他们无颜面对段谦语的死，所以才分开，多年陌路，可她还是没忍住，从同意和霍观起"联姻"的那一刻开始，她就在内心百般自我谴责。

婚后两个人总是因为过去的事"激动"，为此，就说什么做一对当下夫妻，过一天是一天，以后等时机成熟再分开。

这何尝不是另一种卑劣的逃避方式？

追根究底，不过是舍不得，放不下，松不开手罢了。

肚子里这个不确定的因素，让路秾秾又一次无法避免地直面自己。

"我……"她想说不知道，可这句话在这时候听来十分可笑。

唐纭不敢劝，这不是开玩笑的事，不仅仅关系到路秾秾和霍观起两个人的后半生，更有关一个全新的生命，唐纭唯有沉默地搭上她的肩，以作鼓励。

煎熬的等待过去后，检查结果出来了。

唐纭屏着一口气，凑到路秾秾身边看——

没有。

没有妊娠反应，没有怀孕。

"恭喜。"唐纭松了口气，看向路秾秾，后者却对着报告单微怔，

"秾秾？"

路秾秾回神："啊。"又看了两眼报告单，她不发一言地收起。

"你怎么了？"

"没事。"

路秾秾抿了抿唇，摇摇头。

她只是不知该作何感想。

突然怀孕，会是个需要考虑如何抉择的麻烦。

而今检查结果出来，证明她只是空担心……

她好像……好像又没有那么开心。

"医院？"

"对。"

霍观起停下手中的工作："什么时候的事，查的什么？"

"昨天。"高行汇报，"是去做妊娠检查。"

霍观起抬眸看向他，高行垂下眼，不敢直视。

昨天？

难怪，她确实有点怪怪的，路秾秾没跟他说，霍观起本来以为她是身体不舒服，想着等手头上这点事忙完，带她去做个全身检查。

怀孕吗？

"结果呢？"霍观起沉声问。

高行在心里叹气，进来前念了几百遍希望他别问这个问题，没想到还是问了，认命地低声回答："没有妊娠反应，太太是肠胃不好。"

有丁点失落，但还好，不是很严重，霍观起拧了下眉，道："知道了，出去吧。"

高行应声离开。

门关上，霍观起却半晌没动，盯着摊开的文件不知在想什么。

没有提前打电话的情况下，他们都是各吃各的，路秾秾若是在家做饭，也会事先告诉他，免得错开。

霍观起到家时，路秾秾和往常一样窝在沙发上，只不过比起平时，她注意力不太集中，他上楼来，进到厅里她才发现，被吓了一跳。

以往他一上楼她就能听到。

"在想什么？"霍观起脱掉外套，走过去。

路秾秾坐直，说："没什么，刚刚看着剧情，想到点别的。"

霍观起随意瞥了眼大屏幕上的画面，她兴致也不高，随手摁了暂停，霍观起在她对面坐下，问："最近有没有哪里不舒服？"

她一顿："怎么？"

"我看你前两天不是在吐？有没有不舒服，去医院做个检查？"

路秾秾面色舒缓下来，"哦"了声："没事，这两天已经好了。"

"不吐了？"

她点头。

霍观起又问："有什么有趣的事吗？和唐纭出去了吗，或者见朋友？"

"没啊，也就偶尔一块儿吃个饭什么的。"路秾秾道，"你怎么突然有兴趣问这个？"

"忙了一天，有点累，随便问问。"他扯了下嘴角，不再看她，"我去书房。"

路秾秾还想和他说话，他就起身走了。

他不是累吗？怎么又进书房……

路秾秾暗觉奇怪，但还是打住，没有多说。

转眼几天，怀孕的乌龙事过去。

路秾秾和唐纭约着去做美容，敷好膏体后大约需要二十分钟，美容技师暂时离开，她俩躺在相邻的两张床上，闭目养神。

唐纭忽地提起："你跟没跟霍观起说？"

"说什么？"

"到医院检查的事啊。"

路秾秾怪道："要告诉他？"

"不告诉？"唐纭讶异，"他怎么也算是当事人吧，好歹得跟他说一声。"

"可我没有怀孕。"路秾秾皱眉，如果怀了，跟他说那是当然，没有怀……再提，不是多此一举？

唐纭默了几秒，没纠缠："算了，你说得也对，这是个乌龙，不告诉他就不告诉吧。"她只是觉得，霍观起有可能会想知道呢。

唉，唐纭心里叹气，也不多说，他俩的事，外人掺和不清楚，罢了罢了。

不知是不是因为被唐纭那么一说，路秾秾忽然在意起来，一旦在意，便感觉霍观起也不太对劲，他一回家就进书房，一待就是半天，虽然往常也是这样，但她总觉得气氛怪怪的。

好些天没和他说闲话了。

这个月以来，有时两人共处，她会和他说些有意思的小事情，他从不觉得不耐烦，都认真地听，可路秾秾就是觉得有哪里不对，又说不上来。

没等她想出究竟，这天一觉睡醒，时间已经不早，却发现霍观起还在家里没出门。

路秾秾撑着床沿支起身，睡眼惺忪："你怎么……"

"今天不忙。"霍观起说着，问她，"你有空吗，今天？"

"今天？"

"嗯。"

"有啊，怎么……"

"一起去趟越城。"

"越城？"路秾秾微愣。

霍观起颔首。

她问："去干吗？"

他凝着她，没答，而是道："你想不想见见段家叔叔阿姨？"

越城离望京不远，出了市郊，两个小时便能到。

去的路上，路秾秾思绪纷乱，全程呆坐着，缓不过神。到达越城后，司机轻车熟路地开进一个小区，待停进某一栋的地下车库里，她的心跳更是不由得快起来。

霍观起带她搭乘电梯，到十五层，在左边的门前摁门铃。

一声声，宛如砸在她心上，她的手心不知不觉沁出汗，随着开门的动静，她直接握掌成拳。

霍观起道："阿姨。"

没有意外，开门的段太太很平静地扫了路秾秾一眼，对他们道："进来吧。"

路秾秾跟在霍观起身后，进入玄关、换鞋，再到走进客厅，动作全程机械。

段家搬离了望京，这里不是他们曾经到过的那个有段谦语的段家，只是味道很相似，像是线香燃烧后的香气，以前段太太就会在家摆观音像，如今除了拜神，这味道或许也用来祭拜段谦语。

路秾秾喉间涩然，心里堵得慌。

段太太给他们上茶："老头子出去了，晚点才回来，你们先坐。"

霍观起说"好"。

"上次你送来的茶叶，他喝了挺多，就剩这点。"段太太一边泡茶一边跟他们说闲话。

霍观起道："过几天我让人再送来。"

"不用了，随便喝喝就是，不用费那么大的劲。"段太太叹道，"你也不用老往我们这儿送东西。"

路秾秾听着他们说话，插不上嘴，更不敢开口。

段太太瞥她一眼，语气不算陌生："长这么大了。"

路秾秾莫名紧张起来，脸上慌张："阿姨……"

"坐吧，别客气。"段太太将茶杯推到他们面前，又去拿茶几下的果盘。

霍观起让她无需特意招呼："不用拿水果。"

"你坐着吧，别管我。"段太太自顾自地起身，打开冰箱，接着去厨房洗水果，在家里来来回回走动。

趁着空当，路秾秾将目光投向霍观起："这？"

他只说："没事。"

段太太端了盘洗净的水果回来，在茶几前扯了张小凳坐下，边削水果皮边和他们说话，接上前面的话题："你们是要办婚礼了吧？打算什么时候办，年底？"

"对。"霍观起道，"到时候您和叔叔来吧。"

"不了。"段太太摇头，"我和老头子这把年纪，懒得奔波来奔波去。"

路秾秾本就紧张，听她拒绝，脸上不由闪过失落。

段太太削着雪梨说："你寄点喜糖来给我们尝尝就是了。"她话锋一转，"靖言那孩子最近没惹麻烦吧？"

路秾秾一愣，霍观起却回答："没有，他最近一直在拍戏。"

"没有就好，你费心了。他有事从来不跟我们说，我们也插不上手……要不是你，这些年，他不知吃了多少亏。"

"您言重了。"

段太太将削好的梨切成块，摆到茶几上让他们吃。

闲话一阵，不多时，段先生回来，进门拎着一袋子菜，段太太迎上去接过，霍观起两个也起身相迎。

"观起来了。"和段太太的态度一样，段先生语气如常，和路秾秾想的全然不同。

霍观起和他打招呼，路秾秾愣愣地，跟着小心翼翼地喊人。

他们两个男人在客厅聊天，段先生招呼霍观起："下盘棋？"

霍观起应了。

段太太便把路秾秾叫走："你来厨房帮我打打下手，他们一下起棋来啊，没完没了。"

路秾秾二话不说，就进去帮忙。

见她动作利落，不像生手，段太太问："在家做饭？"

"嗯。"

"那挺好。结婚了，两个人过日子，哪能天天下馆子。"

路秾秾听着她这般和蔼的语气，鼻尖微微发酸，犹豫着开口："阿姨……"却不知该说什么。

段太太哪会不知道，她当然知道路秾秾想说什么。

"都过去了。"

低下皱纹遍布的脸，段太太垂眸摘菜："十年了，大半辈子都快过了，就别去想。"

想了也没用，离开的永远离开，再也回不来。

路秾秾眼角发红，低下头。

"谦语以前和你们最要好，现在你们在一块儿，结婚成家，他要是知道，想必也会很高兴。"段太太轻声道，"这十年来，观起隔三岔五就会来看我们。想那时候，我们还住在望京的房子里，他来一次我们赶一次，又打又骂，他带来的那些东西，不知道被扔了多少。"

怎么会不怨呢？

自己的儿子被朋友一通电话叫出去，大半夜在路上发生事故，心脏病发，原本预计二十岁做的手术还没等到，就先白发人送黑发人。

他们恨死了，一度怨恨至极。

可那又有什么用？

活着的人痛苦，走了的段谦语也不会高兴。

"我也记不得是什么时候让他进门的，他跪了不少次，比跪父母还勤，糊里糊涂就到今天。"

段太太仍在说，语气幽幽。

"观起话不多，来了就陪老头子喝茶、下棋，一坐就是一下午。我吃什么喝什么，喜欢的东西，他比靖言记得还清楚。

"尤其是靖言，他那个臭脾气，要不是有观起在背后偷偷护着，在娱乐圈那种地方，怕是要吃不少苦。"

这些话一句比一句让路秾秾惊讶，她一点也不知道这些事，霍观起从没跟她说过。

"段靖言他……"

"靖言不知道。"段太太晓得她想问什么，"那孩子脾气犟，观起一直不让我们告诉他。"

段靖言和段谦语感情好，段靖言最黏他哥哥，他们三人形影不离那会儿，他就时常想掺和进来，干什么都想跟着一块儿，路秾秾总说他小屁孩，不让他跟。

他对段谦语感情有多深，曾经如何把他们当自己人亲近，后来就有多恨。

路秾秾沉默了，段谦语有这个资格，段家人都有。她喉头滚烫滚烫的，沉沉呵出一口气："阿姨，对不起……"

段太太似是听到又似是没听到，未做应答，过后，将手里的菜递给路秾秾，转过身去："洗干净，我炒菜了。"

段太太撸起袖子，系上围裙，在这方寸天地里忙碌，为了招待他们这两个远道而来的段谦语的旧友。

平和、平静、日复一日，就像段谦语还在，一切都不曾变过那样。

回程的车上，气氛比来时更凝重。

一桩桩一件件，若非亲眼看到，路秾秾做梦也想不到。

"你为什么不告诉我？"

安静的后座，他们分列两边，中间隔着空气长河，霍观起沉默着，不予回答。

她锲而不舍："为什么不说？"

"没什么好说的。"霍观起忽然道，"就像你不是也没告诉我，你去医院检查的事？"

路秾秾一愣，看向他："你……"

"对，我知道，你去了医院。"

"我没有……"

"没有怀孕。"他把她要说的话都说了，眼里蒙上了层薄雾般，让人看不清明，反问，"你打算什么时候告诉我？如果真的有，你又打算怎么办？"

路秾秾动了动唇，莫名被问得说不出话。

霍观起了然："你根本没打算告诉我，哪怕只是个乌龙，在你看来，我这个丈夫并不具有知情权，对不对？"

她不是那个意思，路秾秾想说，可他没给她机会。

"我在想，如果不是乌龙，你又会怎样。我想了很久，也不敢给自己答案。"

他的语气少见的低沉，好在隔板升起，后座这些声音影响不到司机，否则怕是连听的人都要胆战心惊。

路秾秾愣怔着："霍观起……"

然而他并不看她。

沉默缓慢降临，狠狠在他们中间划开隔阂。

"那你呢？"默然许久，路秾秾深吸一口气，"这些年，你的想法为什么又变了？你不是不喜欢，不是不接受吗？拼命地想法子躲我，为什么现在又不一样了？"

他执意选择和她结婚，婚后对她百依百顺，体贴入微，这些，她都感觉得到，可不管多少次，不管别人怎么说，她都不敢去想也不敢相信他心里有她。

这是真的吗？

那为什么当初他要那样用力地推开她，在她坦白心意以后，他一次又一次选择避而不见，甚至在她固执地逼他来见自己的时候，宁愿让段谦语代替赴约，也不肯去。

"那个决定，是我这辈子最后悔的事。"霍观起没有正面回答，沉吟后开口，"你恨我怨我十年，我知道，现在我做的这些，只是亡羊补牢，过去的追回不了，但——"

他停了一下。

"在你心里，我真的一点机会也不能再有，对吗？"

承受的痛苦，对自己的谴责，谁都不比谁少，只是人活着，还得向前看。他尽力弥补，带她来段家见段家二老，不是想逼她、要挟她原谅。

"是我的错，对自己的情绪和心意，我意识到得太晚，谦语出事，是我的责任。"他说，"现在在你心里，我们是不是真的已经不能重新开始？"

路秾秾扭头看向窗外，用力抿紧唇，没有回答。

从越城回来的这一晚，两人没有交谈，他俩各自走动，各自洗漱，各自躺下，相安无事地入睡。

身旁路秾秾背对着他侧躺，霍观起平整地面对天花板，窗外透进的月光让屋里不那么黑。

十七岁那一年。

天气很好的那天，他们三个曾经一起去露营。

路秾秾或许记不太清楚，那天她很累，看星星看到一半就在帐篷前的椅子上睡着，霍观起和段谦语没有吵醒她，小声地讲话，彼此都将身上的毯子盖在她身上。

霍观起去帐篷里拿东西的时候，回来就看见段谦语俯身靠近路秾秾的脸，最后一刻他却又停下，叹了口气。

霍观起无法形容当时的心情——惊讶、意外、预料之中……以及一丝清浅的、化不开的怅然和难过。

段谦语想亲她。

虽然他未能真的亲下去，但这一点已经叫霍观起如临寒窟。

他们是最好的朋友，段谦语是他为数不多亲近的人，包容他、关心他，亦兄亦友，可是他们喜欢上了同一个人。

那一晚，霍观起彻夜难眠，几乎睁眼到天亮。

第二日一切如常，不知情的路秾秾，温柔平和的段谦语，还有心事重重的他。他挣扎了好几天，每一秒都煎熬难度。

最后，他决定退让。

那时候他不知道，感情这回事，是没有让的。

他自以为是的觉得那样对三个人都好，默默退出、成全，谁都不必尴尬，可以长长久久地一直走下去。

他知道路秾秾对他的好感，为了扼杀掉她的这一点喜欢，他开始躲她，私下不再两个人会面。

路秾秾怎么会察觉不到？他越是躲，她追得越是凶，于是一时的阴差阳错，造就了三个人的遗憾。

霍观起望着天花板，许久不能入眠。

那时露营的事，路秾秾并不知道；如今段谦语已经不在，他也不打算告诉她。

就让她以为……

是他退缩，是他不够胆、不够喜欢她才逃避。

所有的错误和责怪，就由他一个人来背。

天亮。

离开家前，霍观起在床边道："这段时间我不回来住，你有什么事就找高行。"

路秾秾没应声，随后脚步声渐远，楼梯上的动静消失，路秾秾睁开眼，一动不动。

当晚霍观起果真没回来，傍晚时分高行到家取霍观起的衣物。接着一连数日都如此——白天不见霍观起，晚上也不见，只有傍晚跑腿的高行证明这个家不止住了她一人。

记不清第几天，在高行再一次登门的时候，路秾秾忍不住问："他人呢？"

高行当然知道老板娘问的是谁，小心回答："霍总在公司。"

"这几天他住在哪儿？"

"忙得晚就在办公室隔间里睡下，不晚就去公司附近植优花园的那套公寓……"高行说着觉得不对，忙打补丁，"也不是不晚……挺晚的，每天都不算早。"

"他最近吃什么？"

"都是我给霍总订餐。"

高行暗暗看她眼色，又道："霍总这些天一直拼命工作，没怎么进食。"

路秾秾一听，眉头皱起："你不是给他订餐了吗？"

"是订了，但霍总他不乐意吃。"高行咽了咽口水，说，"每餐都随便吃两口就不动了。晚上睡觉也是，熬到凌晨，我们几个助理不催他就不休息，这样下去，我真怕他吃不消。"

"你不会劝吗？"路秾秾心里憋着一股火，压抑了几天，听他说霍观起这般行事，一下又急又怒，当场就忍不住了，"都干看着，就让他乱来？不吃不喝不睡，能吃得消吗？"

高行告饶："我们劝了的，劝不动——"

这哪是能劝得动的，霍总不肯，他们磨破嘴皮子又能怎样？

路秾秾坐不住："你东西拿好没？"

"好了。"

她起身："我跟你一块儿去公司看看。"

高行连忙跟上。

到公司，高行在前面给路秾秾带路，她甚少来公司，且还这般周身被低气压围绕，其他几个助理无不小心再小心。

高行到办公室门口敲了几下，得了里面允许，自己不入内，替路秾秾推开门，她一进去，就立刻把门关上。

霍观起见是她，顿了一下，表情淡淡："你怎么来了？"

路秾秾一眼就看出他脸色不好，比平时白得多，才走到近前，就发现一旁柜子上放着几盒药，她快步过去，拿起来一看，是感冒发炎的用药。

"你病了？"

霍观起蹙了下眉："没什么大事。"

"病了为什么不回家休息？"路秾秾走到他桌前，"身体不重要吗？你说我的时候知道，轮到自己怎么就不记得了？"

霍观起不看她，仍翻着文件："我没事，你回去吧。"

"霍观起！"她气急，提高音量。

他这才抬头，仿佛看一个无理取闹的人，平静之中有一点……冷淡。

路秾秾被他这个眼神看得一愣，压下心里那一抹不适，说："工作缓一缓再做也来得及，你不要这么玩命，不舒服先回家休息，等休息好了再解决——"

"不用。"他打断，"我有数。"他还是那句话，"让高行送你回去。"

"霍观起！"路秾秾真的压抑不住，"你和我闹别扭归闹别扭，非要这样吗？你要是觉得我在家，你不想回去，那我出去行不行？"

霍观起说："你想多了。"

他岿然不动，半点要起身的意思都没有，路秾秾再问："你回不回？"

"这些事情需要处理完，我今天留在公司。"霍观起看向她说，"让高行送你回去。"

"你赶我走？"

他沉默不答。

"好。"路秾秾深吸气，"我走。"

最终他们不欢而散，她甩手出了办公室，高行等人在离门几步远的地方，低着头大气不敢出，见她出来，高行迎上去："太太，我送您回去……"

"不必，我自己认得路！"路秾秾头也不回，沉着脸离开霍氏大楼。

"送走"路秾秾，高行回办公室复命。

"霍总。"

霍观起对着文件，一改先前专注的模样，压根没在看："她回去了？"

"是。"

"让人多注意点，有什么事立刻告诉我。"

"好的。"

高行答得老实，不敢惹他不快，高行虽腹诽多多，却也不敢说出来。

阎王打架小鬼遭殃，他们这些助理，难哪！霍总明明在意得要命，还摆出这副样子，这些天霍总在公司住，往常雷厉风行手腕利落的人，发呆频率以肉眼可见的速度上升。

也只有他们汇报太太每天在家做了什么的时候，霍总的脸色能好看点。

可苦了他这个助理，衣服还不让一次性拿完，非得每天让他跑一趟，他这头被霍总折磨得大气不敢出，那边到喆园去，还得看太太的冷脸。

他真是有苦无处可诉，每天往外拿衣服，太太看他就像看杀千刀的偷家贼似的，他要是走慢点，估计能死在那儿。

今天就更绝了，他离开办公室的时候桌上明明没有药的……太太一来，感冒药、发炎药都摆上了，也不知是哪个副助被他临时支使去买的，唉……

不过程小夏那边最近好像也不好过，想到她和自己倒苦水的几次，说是餐厅里的事，以往太太最上心，结果这次找太太一说，碰了一通软钉子，被训斥："店长经理都在干什么？这点小事还要你来问我？"

知道不是他一个人遭殃，有人陪着受罪，高行总算是稍微平衡了那么一点，他坏心地想着，脚下生风一般离开霍观起的办公室。

路秾秾后知后觉地反应过来，那天从越城回来的车上，霍观起话里话外吐露的受伤，不只是短暂的情绪。

他们在他的办公室里不欢而散，她气冲冲离开，过后他也没有联系她，这种情况持续不是一天两天，而是连续多日，她甚至要上网才能看到他的消息。

他参与了科技交流会、他出席了商业论坛晚宴、他和行业大佬会面互相交换意见和看法……

霍观起行程满满，忙得脚不沾地，似乎一点也没有受影响。

好像只有她陷在难言的情绪中，没兴趣吃喝，没心情玩乐，连找上门的邀约都推了好几个。

唐纭第三次约不到她，在电话里质问："你窝在家干什么呢？出来啊，今天人特多，来喝酒！"

路秾秾兴致缺缺："不了，懒得去。"

"你是懒得来还是不敢来？"唐纭在那头调侃，"别是霍观起管得严，你不敢出来哦？用不用这么二十四孝好妻子，天天待在家给他做饭你就不闷？"

路秾秾无话可答，做饭？霍观起已经好久没回来，更别说在家吃饭，她连人都没见着，至于管得严……路秾秾自嘲一笑。

"我不来，你好好玩。"心情不好，她不多说，直截了当地挂断电话。

傍晚，路秾秾正等着看上门的高行这次编什么借口——他每回来拿衣服，不是说今天霍观起在加班开会，就是说哪个开发案没有定下，为霍观起不回家找了无数理由。

何必呢，他又不是不知道他们在闹别扭。

门口传来响动，入目的身影却不是高行。路秾秾刚做好冷淡的表情，不由脸上一怔。

回来的人是霍观起。

她下意识提步朝那边走了两步："你……"

霍观起神色浅淡，说："我回来拿东西。"

路秾秾怔住。

拿东西？她以为他愿意和她好好谈一谈。

霍观起说着上楼，进书房找东西，路秾秾跟在后头，见他取了印章就要走，当即上前拦住。和他面对面静滞几秒，她忍着气道："吃饭没？我煮点东西吃？"

"不用，我回公司，现在就走。"霍观起说着脚下绕开她。

路秾秾提步挡上前，质问："你到底什么意思？"

他这样什么也不说，躲着她，不见她，到底是什么意思？！

"你气我没有告诉你去检查的事，我可以道歉，你……"

"不是因为这个。"霍观起打断，定定看着她，"不止是因为这个。"

路秾秾一噎，等他下文。

他说："早前你说等将来时机合适，就考虑结束这段婚姻，我承认当时答应你是我口是心非，我以为时间久了，我做得够多，慢慢地，你总会愿意重新来过。

"是我错了。

"你去医院检查告不告诉我，并不是最重要的，重要的是你不接受这段婚姻，也根本不愿意接受我。"

路秾秾脸色一白。

"即使过得不开心，我也想和你过，但这只是我一厢情愿的想法，我只想到自己，想着我能接受所有不和睦，却忘了你的心情。"

霍观起已经很久没有说过这么长、这么多的话："你是不愿意的。"

不知从哪一句开始，路秾秾觉得自己指尖发凉，就要站不住，只想找个地方躲开，可她没有动，还是听见了那些不敢往下听的内容。

霍观起说："路华凝和隋少麟的事，你做得很好，你已经学会放手，或许，我也该放下。"

心怦怦直跳，耳边骨膜躁动，身体里的血液仿佛在倒流，呼吸灼热得让路秾秾觉得气闷、难受，她感觉自己的心像一团棉花，被人重重打了一拳，一下子，用力地陷下去。

"霍观起——"她僵硬地看着前方，想伸手，霍观起却已经提步，从她身边走过去。

"剩下的事我会让高行处理。"他只扔下这句话。

这意味不明的一句话，包含了无数种含义，路秾秾大脑宕机，反应不过来。

而他的脚步声很快消失在楼下。

霍观起回过家的第二天，高行再度出现，他不是来帮霍观起拿换洗衣物，而是来送东西的，这些东西有大件有小件，其中的珠宝几乎可以用系列命名，全都和墨涅有关。

不是墨涅设计的，就是墨涅曾经的藏品。

高行告诉她："您以前说过喜欢墨涅的风格，这些年，霍总到世界各地出差，只要遇上了墨涅风格的东西，就一定会买下。"

除此之外还有画，出自国内外不同风格不同流派的各个画家，唯一的共同点就是，都是她喜欢的。

这些东西满满当当摆在厅里，看得人眼花缭乱。

"本来霍总是想等婚礼办完之后，再慢慢让人搬来。"高行这样说。

路秾秾艰难出声："他这是什么意思？"

高行不敢直视她的眼睛，只说："霍总说，这些都给您。"

路秾秾握紧拳头。

"还有一样东西——"高行顿了顿，神色犹疑，但还是开口，"霍总不让我告诉您，不过我想，还是让太太您知道比较好，所以偷偷带来了。"

满脑子都被眼前的东西和霍观起的态度占据，路秾秾连疑惑都慢了半拍。

高行拿出一叠纸张，递给她，路秾秾翻开一看，里面记载的都是她这些年公开的行程，诸如出席各大活动以及拍卖会、晚宴之类。

"这些东西别人看不懂，您应该是懂的，外人都说霍总不愿意见您，但实际上，每一回为了见您一面，他都花了不少心思。"高行语气缓慢地说，"您出席的场合，他哪怕没时间也会特意空出时间赶去。"

但每当路秾秾知道霍观起"突然"要到，她便会立刻更改行程，这纸张里记录的，不知有多少次他都扑了个空。

霍观起从没有不想见路秾秾过，是一直都想，但她躲他，而他能见她的场合，就像有次唐纭生日，老爷子邀请了他，但她又必定得出席，躲无可躲，霍观起不想她为难，为了让她自在，反而选择特意避开。

高行一直都知道这些，以往不论，单就提到的这些事，多少也替自己的老板不平："他从没不想见您。"

路秾秾愣愣地看着手中的东西，每一桩她的活动之后，打了钩的，他都"突然到场"，打了叉的，则是没有去，而画了圈的，比如唐纭那年的生日会，便是不想她为难而选择了避让。

路秾秾心里难受不已。

高行不再多言，道："霍总说，财产分割会请律师处理。"

路秾秾捏紧文件，动了动喉咙，看向他："让霍观起来见我。"

"太太……"

"你让霍观起自己来跟我说，否则就什么都别谈！"

两天之后，路秾秾见到了霍观起。

傍晚的暮色映入屋内，给所有物件蒙上一层昏黄。

路秾秾问："你要跟我离婚？"

霍观起说："是你想离，你一直都想离不是吗？最开始是你提的，你在做准备，也是你给自己留的后路。"

有一口气在支撑着自己，尽管眼睛像犯了沙眼，干涩过度，痛得想流泪，路秾秾还是竭力忍住了，她凝视着霍观起，只问："你想跟我离婚？"

没有得到回答，她一瞬不瞬地盯着他："你说啊，你想跟我离婚，是不是？"

霍观起不看她，眼神在空气中有无数个着落点，就是不在她身上。

路秾秾执拗得一如当年，那时候逼问他为什么躲着自己，现在换了个问题，却忽然感觉时间从没走远，那一天他是什么心情，此刻只比当时深刻百倍。

心被拧成一团，破布还能挤出水来，而她的心什么都不剩，眼里只有他冷漠的脸、平淡的表情。

他看也不看她，眼睛里没有她的影子。

路秾秾的眼泪"唰"地掉下来，固执地问："霍观起，你想跟我离婚？"

她鼻尖泛红，闸头一旦打开就再也关不上，眼泪汹涌如潮水，顷刻将眼眶这两道堤坝淹没，喉咙里热热的，说出的每一个字都变得含糊不清。

"你说话啊……"

是他说的，哪怕做一对不睦夫妻，他也想和她过一辈子。

明明是他，分开这么多年，突然又那样地让她产生动摇，她本来都准备好孤独一生，他却还要让她把持不住，坚守不了，她尽管饱尝内心的谴责，也动摇着一步步向他靠近。

现在，他却来说他要成全？

"房子，车子，我名下的东西，你喜欢的都可以拿去。"霍观起面向窗的那一侧开口，"所有流动资金一分为二，除去霍氏的资产，其他东西你都有份。"

路秾秾很想蹲下，捂住脸不让人看到自己崩溃流泪的样子，但她只能低下头，留住最后一丝体面："好……"

他还在说，细细地说着所有的一切该怎么分。

路秾秾视线模糊，屋子里的东西全都看不分明，他们同床共枕用过的被子、枕头，谈心时坐过的沙发凳，摆过成对酒杯的矮桌；浴室是共用的，衣柜里还挂着他们的衣服，她的梳妆台在对面，清早化妆晚间护肤，她坐在那儿，经常能透过镜子看到路过的他。

还有，还有……

这座房子里，每一样东西都属于他们两个人。

短短几个月的时间，所有的一切都打上了他和她的烙印，他口中所说的切割，轻飘飘两个字，却有种让人骨和肉生生分离的痛楚。

"如果你还有异议，我们可以坐下来慢慢谈。"霍观起停了停，叫她，"路稣稣？"

路稣稣几乎喘不过来气，背过身，满面泪痕，她艰难地开口："……我知道了，我找律师跟你谈。"

说着，她低着头绕开他要走。

霍观起一把拉住她。

"你在这里住，我走。"

"不用了。"路稣稣深吸一口气，脸偏向另一侧不肯让他看到，鼻音浓重，"你留下吧，这是你的房子，我出去。"

霍观起不放手。

眼睫还是湿的，她哭得晕乎乎，皱起眉，威胁的声音显得十分没有力道："松开。"

霍观起不说话，就那么用力抓着她。

"放手！霍观起，你放开——"路稣稣甩手挣了挣，音量没控制好，带得情绪又有些泛滥。

毫无防备地，霍观起一把拽过她，将她扯到怀里，抵在胸前。

她脸上都是眼泪。

路稣稣慌了一刹，别开头："松手！"

她越是试图挣扎，他搂得越是紧，两道锐利的目光，直勾勾地盯着她。

路稣稣挣脱不开，颓然地低下脑袋，被困在他的手臂和胸膛里哭出声。

"很难过？"他问。

她掉眼泪，没说话。

"那你知不知道，我也很难过？"他说，"你随时都在想离开我，你知不知道，我也会难过？"

路稣稣哭花了脸，满屋子里只有她的哭声。

霍观起看了她许久，抬起手，一下一下抚掉她的眼泪。

"你恨了我十年，刚刚那一刻，有没有比这十年更恨我？

"心里疼吗？

"是不是喘不过气……"

他一边说，一边用指腹摩挲她的脸颊，冷淡的眼里渐渐浮起强硬之色。

"我不想和你离婚。"

他终于答了。

语气刹那间放软。

在路秾秾泪眼微睁的时刻，他亲了亲她的脸颊，将泪痕亲吻干净："你可以继续恨我怨我，不管你以后怎么怨恨，永远都别想再和我撇清关系——"

那双眼里黑沉沉一片，疯狂、执拗，最终落在她唇上，细细描摹她嘴唇的每一寸。

霍观起抱着她，不愿有片刻放手，她被禁锢在他的怀中，背后究竟何时变成了柔软的薄被，她已经记不清楚，只知道他深深地看着她，看了很久很久。

"路秾秾……"属于他的气息，轻轻拂在她脸颊一侧，鼻尖贴着鼻尖，而他的声音听起来无比痛苦。

"不要离开我。"他说。

所有的压抑、渴求、挣扎，全都在颤抖的声音里。

她的心宛如被凌迟，碎成一片一片。

她听到他说：

"……求你，不要离开我。"

决堤的眼泪汹涌而下，路秾秾紧紧抱住他，在他怀中无声痛哭。

第 15 章

与你，皆好春光

路秾秾的眼睛肿得不像话，一碰就疼，霍观起浸了热毛巾给她敷，她却莫名娇气起来，不停偏开脑袋："痛……"

"敷完就不痛了。"霍观起坐在床沿，对上她满脸幽怨的表情，语气无奈至极，"忍一忍。"

路秾秾缩在薄被里，顾不上理乱七八糟的衣服，瞅着他问："你晚上还回来吗？"

"回？回哪儿？"

她眼一瞪："你还要住公司？不是都……"

"我晚上没打算出去。"霍观起说，"你别胡思乱想。"趁她分神，他轻柔又迅速地将热毛巾捂在她眼睛上。

路秾秾被迫闭眼，初接触的那一下不舒服，之后热源传递过来，确实感觉好受多了。她平躺着，看不见人，安静感受了片刻，张唇："霍观起？"

"嗯？"

"……"

"怎么了？"

"没，问问你在不在。"一副生怕他跑了的样子。

霍观起被逗笑，扯了下唇："在，我就在这儿，哪儿也不去。"

路秾秾老实躺了一会儿，忽地问："霍观起，你有没有真的动过离婚的念头？"

她的声音里还留有几分心有余悸。

霍观起眼眸微沉，握住她身侧的手，说："没有。"

"那你说的那些，那么详细，跟真的一样……"

"说得不真你会信吗？"

她噎了噎，作势抽回手，却被他更紧地握住。

这些天的事，是有些过火了，如果不是没办法，霍观起不会这样，路秾秾这个人有时候就是这样，需要别人逼一把，因为她特别擅长逃避。

他何尝不知道她舍不得，用"将来时机合适再离婚，现在好好过"这种借口，让自己能够心安理得地在这段婚姻里龟缩久一点，想着反正会结束来麻痹自己，好暂时放下那些让他们痛苦的过去。

逼她走出来直面自己的内心，虽很残忍，却很有必要。

只有到失去的那一刻，人才会真正明白自己到底想不想要。

霍观起承认自己卑劣，但比起无止境的逃避，不如痛快一刀来得彻底，从今往后，他们大大方方，一起坦诚接受来自内心的谴责。

对段谦语的愧疚永永远远。

错误无可改变，他们将怀抱着永恒的歉意与自责，一同活在这世界上。

——并，带着对彼此的爱。

拿掉她眼睛上的热毛巾，路秾秾后知后觉地睁眼，霍观起睇她两秒，俯身在她红肿的眼皮上轻吻。

就一下。

他说："放心吧，我比你更不想分开……永远都是。"

沉寂许久的路秾秾突然在朋友圈里异常活跃。

朋友刷到她莫名其妙发的一条：

> 婚礼很快就要到了，大家都来参加啊！！

众人都以为时间穿越了。

这不是早就公布了吗？怎么突然又说一遍？疑惑归疑惑，大家还是捧场，不论关系近的还是远的，都在评论里留言：

> 当然！！一定来！
>
> 请我请我！
>
> 我能喝喜酒吗？
>
> 大红包准备好啦！！

唐纭留了个表情，她也回复：

嘻嘻嘻。

有眼睛的人都能看得出她心情好。

别人不明白，高行刷到老板娘这条朋友圈，差点就流泪了。

和好了！终于和好了！！

内心咆哮着，激动之下高行点开程小夏的头像，分享这个喜讯：

你看到太太的朋友圈动态没有？他们和好了！

然而他忘了，那俩人闹"离婚"的事只有他知道，路秾秾心烦得不行，根本没和程小夏细说。

程小夏莫名其妙地回他两条：

谁和好了？秾秾姐和霍总？

你昏头了吧？他们一直都挺好的啊。

高行无语，这傻孩子怕是忘了前一阵因为餐厅挨骂的事。

她不知道，他也不能提。

作为参与全程的唯一知情者，高行孤独又寂寥地，默默关上了手机。

心情好了，看什么都顺眼，路秾秾不仅打起精神将餐厅的事情解决完毕，也终于出门应酬，参与交际。

不过她的重心主要还是放在婚礼上。

原本不过问的事，如今她开始一一上心，霍观起不想她累，但更希望她能喜欢，因为不管怎么说，这都是人生中只有一次的重要场合，因此许多细节便都照着路秾秾的喜好更改。

程小夏跟着忙起来，在筹备婚礼的空当，顺便还向路秾秾汇报了季听秋的事，其实季听秋的事她们基本已经不插手，不过这次事关另一个人——段靖言。

程小夏想了想，还是决定提一句："他们在剧组里经常别苗头，两个人针锋相对，剧组工作人员也不好劝。"

路秾秾皱眉："季听秋有没有吃亏？"

程小夏说："还好，能避的他都避开了。"

段靖言的脾气她略知一二，从前跟在他们身后，一口一个"姐姐""哥哥"地喊，她曾经也把他当弟弟看待。

只是人事已非，她原本想着，只能这样了，上次越城一行回来，她的想法又有些变化。

还是见一见吧，无论怎样，见一面。

路秾秾拿定主意，对程小夏说："你问问季听秋那边，我能不能去探班。"

"啊？"程小夏一愣。

"去问。"

见她态度坚决，程小夏不好说什么，应声道"是"。半天不到，季听秋那边便有了答复。

季听秋问过导演，剧组方面没问题，已经痛快应下。

程小夏看好时间，就替她定下机票。

路秾秾没忘知会霍观起，当晚就说了。

被通知的霍观起动作一顿："去探班？"

"嗯。"

"横店？"

"对。"

"什么时候回来？"

"待两天吧，去看看就回。"

霍观起问题不少，路秾秾一点也不觉得烦，她侧趴在床上，歪着头笑嘻嘻看他。

他站着，居高临下，手上拆着领带，眉头一挑："回来还爱我吗？"

路秾秾不防他突然说这么冷的笑话，一愣，继而"扑哧"一声，立刻爬起来，跪立在床沿，倾身朝他靠过去，一把抱住他的腰。

"你猜？"

霍观起皱眉："那不准去了。"

路秾秾笑着在他脸上轻啄两下，最后一下落在他唇上。

"爱爱爱，最爱你——"

霍观起这才满意，轻扯唇角，莞尔一笑。

季听秋和段靖言的关系，说是不好，但并没有真的坏到什么地步。

最常见的就是斗嘴，段靖言总阴阳怪气，有一句没一句地刺季听秋，季听秋一开始还忍，后来也不忍了，三不五时回个嘴。

季听秋是不想跟他计较的，但他话里话外总爱捎带路秾秾，季听秋听不得他说路秾秾坏话，于是反击得不留情面。

两个人都很拎得清，不会拿工作开玩笑，并没有出现拍对手戏互相较劲拖累剧组进度的情况。

甚至，在别人不知道的情况下，他们之间的气氛还有所好转。

起因是某次他俩在湖边演对手戏，段靖言状态不好，差点脚下一滑掉进去，季听秋鬼使神差伸手拉了他一把。

两人对视一眼，谁都没说话。

后面正式开拍时，季听秋有无数种方法可以为难他让他吃苦，却什么都没做，还好心地给他提醒台词。托季听秋配合的福，那一天拍得十分顺利，段靖言得以在身体吃不消之前完工去看医生。

段靖言还算有人性，从那以后态度稍稍好转，虽然嘴上仍然针锋相对，但两人并未产生实质上的矛盾。

有时拍戏对方忘词，另一个在镜头外还会翻着白眼提醒一句——当然，翻白眼的主要是段靖言。

时间一长，季听秋察觉出段靖言的眼神不对，段靖言像路秾秾一样，有时候会看着他出神，像是在看着另外的人。

季听秋是聪明人，结合段靖言唯一一次"走心"采访里提到的内容以及他对路秾秾的态度等，几下相加，心里有了个模糊的猜想。

只是很识趣地，季听秋从没去问。

这当口，路秾秾说要来探班，季听秋分外高兴，蒋浩同样乐见他和这些有话语权的人物来往，却也比不上他发自内心的喜意。

许久没见了，不知道她好不好。

季听秋朋友不多，放下多余的心思后，路秾秾绝对算得上是重要的一个。

到了片场，段靖言见他这副眉眼都带笑的样子，又是一个白眼："花痴症发作了？"

季听秋不跟他计较，配合地任化妆师在脸上忙活。

今天两人的戏是分开拍的，没有对手场景，季听秋刚来，段靖言已经要去前面，助理陪着段靖言到布置好的厅，走位、试光、各种调度，准备工作做好，段靖言和该场演员就位。

一条过得很顺利，导演喊卡后还说了声"好"，夸赞道："这条不错。"

段靖言走到机器后面，助理拿来喝的，化妆师给他补妆，造型师走到近前替他整理服装，其他几个演员也都被各自的助理、化妆师围住。

段靖言将杯子递到嘴边，入口味道却和往常不一样："哪来的咖啡？"

他来得早，助理没来得及去买，正给他补妆的化妆师回答："今天有人探班嘛，给全组买的，外面还有餐车。"

"餐车？"段靖言随口问，"谁家粉丝的应援？"

化妆师说："不是粉丝，是路……"说到这里他一顿，后知后觉地想起来，面前这个人是段靖言。

段靖言最讨厌的人是谁？

路秾秾。

餐车正是路秾秾安排的，三明治、套餐饭、水果、甜点、饮料、各式各样的吃的一应俱全，剧组工作人员都很开心，但眼前这位就未必了。

化妆师噤声，不敢说话。

段靖言脸色果然一变，眉头蹙起："路秾秾来探班？"

"嗯。"化妆师含糊应了一声。

"探谁的班？"问完，他自己都觉得多余，还能探谁的班，当然是季听秋。

恰好那边导演叫准备，化妆师等人赶紧撤了，助理小心翼翼道："言哥……"

段靖言沉着张脸，放下咖啡，活像有人欠他几百万。

季听秋的戏份在中午，段靖言拍完两条回休息棚时，他刚上好妆，正坐在桌前看剧本。见他进来，季听秋瞥他一眼，想到什么，拿起桌上的暖宝宝贴递给他："你昨天……"

东西刚递出去，就被段靖言一把挥开，接着他坐到自己的位子上。

季听秋差点没拿稳把暖宝宝贴扔出去，皱眉看向他，又犯病了？昨天拍夜戏，明明是段靖言自己一脸鄙夷加羡慕地盯着他的暖宝宝贴。

好心好意，他不应承就算了。

季听秋转过身去，和他背对背的段靖言倒是开口了："路秾秾要来探班？"

他一愣。

"我忘了，你们关系那么好，她当然要来探班。"段靖言语气凉飕飕，冷笑道。

原来是因为这个。

季听秋想到他每每提到路秾秾的语气，有些不悦："她来看看，你……"顿了顿，季听秋试图劝解，"我觉得你们之间有误会，段靖言，不如趁这个机会，你们好好谈一谈？"

周遭安静数秒。

最后段靖言站起身，转过来，盯着镜子里的季听秋："误会？没有误会，我们没什么好谈的。"

"她——"

"你以为你是谁？"段靖言打断他，刻薄的语气将这些日子攒下的交情彻底击碎，"轮不到你多管闲事。"

季听秋的脸色慢慢沉下来。

段靖言不再说话，提步离开了休息棚，和他戏份错开在 B 组拍摄的季听秋，一直到下午收工也没再见过他。

季听秋让助理一问才知，段靖言拍完自己的戏份，早早就走了。

季听秋在傍晚天擦黑的时候收工回了酒店，他和段靖言住同一个酒店，还是同一层。

助理给他买了粥垫肚子，试探着开口："秋哥，用不用我去那边敲门……"

他俩的关系，说好吧看着有点差，说差吧还挺合得来，助理出主意出得小心翼翼。

季听秋思索着，皱眉。

助理道："粥多点了一份，段老师应该也没吃，要不我送一份去？"

"给他送什么粥，又不欠他的。"季听秋一向脾气温和，对人甚少话里带刺，在段靖言身上却屡屡破戒，这会儿他的语气比平时更差，可见他在化妆棚里是真的被气到了。

然而嘴上这么说，下一秒他还是同意了："送去吧。"

助理应声去了，不多时回来，东西拎去又原样带回："秋哥，段老师……他不饿……"

不饿？

用脚想也猜得到那张嘴里能说出什么难听话来，季听秋冷下脸："不饿算了。"闭口不再提。

路秾秾晚上才到，是带着程小夏一起来的。季听秋只喝了点粥垫肚子，为了等她没再进食。路秾秾订的房间和剧组在同一个酒店，放下东西，一行人外出去吃晚饭。

说是晚饭，其实已经快到吃夜宵的点。

季听秋没说饿，要不是他助理顺嘴提了一句，路秾秾还不知道他在特意等着自己，当下让他点了好些喜欢的菜。

横店最好吃的还是那些路边的老馆子，他们在二楼要了个包厢，两个助理起身去冲洗碗筷、倒茶水。

路秾秾面色犹豫，被季听秋看出来："秾秾姐，怎么了？"

她笑了下："没事，你和段靖言……处得怎么样？"

季听秋默了默："还行吧。"

"还行？他没找你麻烦？"

"口头上说几句，没真的闹出什么。"

听他语气正常，路秾秾放心了："他……脾气不好，但心不坏，你别和他计较，当然，他要是做得过分你也不必忍他。"

季听秋心里早有猜想，如今听她这般熟稔的语气，毫不意外，笑着点头道："好。"

路秾秾看他："你不好奇我跟他的关系？"

"私人的事，能说的你自然会说，不方便说的我也没必要问。"

季听秋是真的有分寸，路秾秾再一次感慨，以前他行事畏缩，太过忧愁丧气，现在他的身上少了那种气质，整个人爽朗起来，真的很难让人不喜欢。

"我们有点过节。"路秾秾含糊道，"他要是说什么不好听的，你别往心里去，不是针对你。"

季听秋道："我只是觉得，他可能对你有误会。"

"也不算误会。"路秾秾扯扯嘴角，无奈道，"他确实有资格怨恨我。"

没再多说，路秾秾叫服务员进来，催促上菜。

助理们回座，有事的蒋浩姗姗来迟，一个劲地告饶说抱歉，路秾秾让添了碗筷，就热热闹闹开席了。

没过多久，一桌几人吃得正开心，季听秋的电话突然响起，他拿起手机一看，面露难色，侧过身去接听。

"喂？"

"……"

"喂？！"

"……"

沉默中，他的脸色越变越难看，没忍住压低声斥了句："你发什么疯？"

路秾秾抬眸，小声问："谁啊？"

季听秋蹙了蹙眉："段靖言。"

"他说什么？"路稔稔放下筷子，"开免提。"

季听秋动作犹豫，见路稔稔点头，才慢吞吞打开免提。

段靖言的声音里带着酒意，怒气冲冲："……你不信我，你等着吧！路稔稔她不是好人！你趁早离她远点……我告诉你，她就是个害人精！你跟她走得近没有好下场……"

路稔稔拿过手机冲那边道："段靖言，你出息了？"

那边听见她的声音，顿了顿，而后激动起来："我说错了吗？我说错了什么……我说得不对？害人精！……要不是你……我就知道……早晓得我肯定……我说什么来着……"

他糊里糊涂，话越说越不清楚。

路稔稔冷声问："你在哪儿？"

段靖言嘟嘟囔囔，随后电话就挂了。

季听秋皱眉："他好像喝了酒。"

路稔稔也听出来了。

季听秋拿回手机，又回拨过去，嘟了半天才接通，还没和段靖言说上话，就听那边吵吵嚷嚷不知在闹什么。

"喂？"

"段靖言？"

"喂——"

没几秒，又挂了。

见路稔稔没了胃口，季听秋道："我问问剧组的人。"说着他开始打电话，其余几个也纷纷停筷。

十分钟后，他们还真问出了段靖言的去向——在横店的一个夜店里。

路稔稔和季听秋饭也不吃了，当即动身赶过去。坐上车，路稔稔头疼得直按太阳穴，好巧不巧，这时霍观起又打来电话。

听她声音疲惫，他关切："怎么了？"

"我在去找段靖言的路上。"

"你不是去吃饭了？"

"对呀，吃得好好的，他打电话来发酒疯，我还能吃得下？"

霍观起稍作沉默，道"等等"，接着他挂了电话，发来视频。

背景在办公室，路秾秾一瞧就认出："你怎么还没回家？"

那边晃了晃，背景变成一道刷白的墙。

路秾秾："我已经看到了。"

霍观起的脸出现在镜头里，说："加班。"

"你吃饭没？"

"吃了。"

"吃的什么？"

"公司内部的餐。"

"什么菜啊？我看高行朋友圈发了红烧鱼？"

霍观起"嗯"了声："红烧鱼。"

路秾秾立时眉头倒竖："你根本没吃！高行没发朋友圈，我瞎编的！"

被诈出马脚的霍观起沉默不语。

"家不回，饭也不吃，OK，我们没什么好聊的，拜拜——"路秾秾作势就要挂断。

霍观起忙道："我想吃你做的菜。"

"那不得我在家，我不在家你就不吃？"

"等下马上吃。"

路秾秾没好气地瞪他，说了半天话题全跑偏，这会儿才想起来车上还有别人："季听秋也在这儿，我都被你气忘了。"

镜头往后照，季听秋闻言探出个脑袋，微笑道："霍先生。"

霍观起表情变淡，点了下头："好久不见。"

两人随便寒暄几句就没再说话，季听秋哪里感受不到，这位霍总占有欲着实有点强，于是识相地没往镜头里凑，不打扰他们夫妻聊天。

重新对上路秾秾，霍观起问："你去哪儿找段靖言？"

"夜店。"

霍观起眉头立刻皱起："怎么不让别人去？"

"小夏和季听秋的助理都跟着一块儿呢，放心吧。"路秾秾知道他担心，"我把人弄出来就走，他不知道喝了多少，在那边撒酒疯。"

比起段靖言，霍观起更在意她，叮嘱："注意安全。"

他们说了很久，快到店门口才挂断。

季听秋调侃："吃了这么多'狗粮'，我看我晚饭可以不用吃了。"

路秾秾有些不好意思："咳，他话比较多。"

话多？怕是全世界只有她一个人觉得霍观起话多吧。

季听秋暗暗摇头，不由发笑，这两人比起上回吃饭，好像又更亲近更甜蜜了些。真好。

季听秋由衷地为他们高兴。

车开到夜店门口，轻松的气氛有所收敛，路秾秾直接叫来保安，季听秋这边已经联系上段靖言的助理，往他们所在的包厢走去。

段靖言和人起了冲突，似乎是喝醉了的路人想合影被拒，之后追到了包厢来，闹哄哄的。

保安把人赶跑之后，路秾秾一看段靖言醉成那副样子，就气不打一处来，当场让其他人都出去，段靖言的助理想留下，被蒋浩一把拉走。

见瘫在沙发上的段靖言连站稳的力气都没有，路秾秾站着骂他："你是不是觉得事业太顺利，想给自己找点麻烦？被人拍到拿去做文章你就高兴了？"

段靖言红着醉眼看她："我用你管？"

"我是不想管你，你照照镜子看看自己这副样子！'自毁前程'几个字怎么写要不要我教你？！"

被骂了几句，他仍是一副死相。

路秾秾懒得跟他废话，生气地拽起他："回酒店，让你经纪人跟你说——"

段靖言甩开她，跌跌撞撞摔回沙发："滚！"

"你再说一遍？"

"我让你滚！你没资格管我！"

路秾秾看他几秒，直接上手，抄起靠垫狠狠打他："我没资格？好，我让你看看我有没有资格！"她边说边打，一点不留情。

段靖言躲闪不及："路秾秾！你是不是有病——"

"你是他弟弟，就一样是我弟弟！现在在这里没谁比我更有资格管你！"路秾秾连抽几下，几乎是吼出声，气得胸口起伏，"段谦语要是看到你这副样子，他只会比我打得更厉害！"

段靖言死死瞪着她："你还有脸提我哥？"

路秾秾没有回答，眼睛气得发红，抓起靠垫继续打他："我今天就替他好好教训你！"

段靖言手脚没有力气，还不了手，抑或不愿意还手，他能蹬开，能推开，却始终只是一边骂骂咧咧地咆哮，一边慌乱地躲。

包厢外的几人听着动静，想进又不敢进，段靖言的助理几次按捺不住想冲进去，都被拦住。

直至路秾秾在里面喊人，他们才往里冲。

段靖言蜷在沙发上喘气，二十出头的大男孩像个小孩子，路秾秾站在茶几边，手里还拽着靠垫，说："扶他回酒店。"

段靖言的助理立刻上前，季听秋的助理也一道帮忙，给他裹上外衣戴好帽子，把他脸捂严实才架着出去。

回去的路上，季听秋问她还好吗，路秾秾摇了摇头，疲惫地靠着车椅，没有说话。

段靖言被架回酒店房间，季听秋放心不下，第二天一大早就去看他。

宿醉的人容易头疼，段靖言精神颓靡，眼神空洞洞地盯着天花板，见他来了也毫无反应，季听秋放下让助理赶早去买的粥，问："你没事吧？"

段靖言不说话。

"粥放在这儿，你等会儿吃一点。"季听秋也不多言，只嘱咐在房里守了一夜的段靖言的助理，"有什么事及时看医生。"季听秋上午有戏，得赶紧去片场。

季听秋走后，屋里安静下来，助理走到近前："言哥，吃点东西？"

段靖言沉默半天，许久后，才哑着嗓子说："我想休息两天，帮我跟剧组请假。"

段靖言向剧组请了两天假，什么东西都没收拾，只买了张机票，轻装简行地回了越城。

段家二老得知他回来，非常意外，段太太立刻忙着买菜买吃的，准备给他做点好的补补身子，和所有家长一样，一段时间不见，他们瞧着段靖言，只觉得哪里都瘦了，心疼得不行。

相比他们，段靖言一回来就把自己关在房里，他什么都没做，只是翻出一些旧东西，看了很久很久。

他盘腿坐在地上，旁边的蓝色盒子里装着信件。

这是段靖言上半年的时候收到的，来自十年前的一份快递，由段谦语亲手寄出。

那个时候时间胶囊还没流行，这种服务方式多用于明信片，段谦语寄了两封，一封是给父母和他，一封是给霍观起和路秋秋。

写给家人的那封信，封面上写着：

最爱的爸爸妈妈和靖言亲启。

信的内容段靖言翻来覆去看过无数遍，字里行间是再熟悉不过的关切，这封信跨越了十年的鸿沟，将段谦语的一字一句，温柔带到他面前。

他说，你已经长大，十年后的你，肯定是个非常出色的男孩，要记得照顾爸爸妈妈，不要让他们操心，去做自己想做的事，实现你的梦想。

他也说，我不知道自己能活多久，或许我还在，或许不在，希望你看到这封信的时候，心情是好的，哪怕事实不如人愿，也不要因为我而难过。

他还说……

段靖言的眼泪停不住，却不舍得落在纸上，他拇指摩挲着熟悉的字迹，仿佛段谦语隔着时间站在他面前，和他对话。

段谦语在信上写了那么多，还记下了寄出明信片的那天：

　　你今天闹着要我带你出门，可你马上就要考试了，考得不好，放假就更没得玩。你不知道你有多气人，竟然说再也不喊我"哥"，我还特意出来给你买了你最喜欢吃的牛肉汉堡。

　　温和的絮叨，是段谦语一贯的语气，段靖言甚至可以想象得到他当时脸上的笑。

　　那是多么遥不可及的，寻常的一天。

　　段靖言红着眼无声哭泣，他埋首在膝间，脚边放着另一封信，那是他同样拆开看过的，给霍观起和路秾秾的信件。

　　如果一切都没有发生该多好。

　　路秾秾还是揪着他耳朵耳提面命不准他耍横的姐姐，霍观起也依然是沉默寡言但总会捺着性子陪他拼乐高的哥哥。

　　没有意外，时间平缓温柔地向前，和哥哥一样，他们一直会是他生命里重要的人。

　　而他又有多想，信上的最后一句能够成真，就像段谦语说的那样——

　　十年后的你，一定会成为一个优秀的大人，我好想亲眼看一看。

　　段靖言请假从剧组离开后，路秾秾又在剧组待了一天就回了望京，她回去和霍观起说完前后经过，彼此都只剩无奈。

　　她放心不下，后来的几天，时不时就想起这件事，总要提上几句段靖言。

　　霍观起不希望她为这些忧思过重，看她大晚上不睡又开始纠结，不得不从她手里拿掉手机："别去想了。"

　　路秾秾也知道有些事无可奈何，叹了口气，只能暂时放到一边。这厢才刚搁置完这桩事，路秾秾的胃又突然开始不舒服。

　　她这回的反应比上回还大，有了先前吵架的事做前车之鉴，这次一出现症状，她几乎是第一时间就告知了霍观起。

路秾秾自己拿不准，反倒还问他："我是不是怀孕了？"

霍观起的眼睛也不是 X 光，没那个透视的本事，又怕试纸不准，被她这么一说，他按捺着心里的情绪，面上不显，第二天早早就带她去了医院。

检查很快，结果一出来，却又是白紧张一场——没怀孕，胃不舒服。

回了家，霍观起立时让人重新定制了一份营养菜谱，他一边给她倒水，一边不放心地道："你的胃确实要好好看看，再去做个胃镜？"

路秾秾本来还懒洋洋的，一听这话，反得飞快，脑袋立刻就从他身上挪开，坐直了身子干笑："不用了吧，其实我感觉还行……"

她自我感觉胃没太大毛病，大概是前些天没注意饮食才会难受，再者医生已经开了药。

霍观起见她一脸不愿，便没继续这个话题，默了默，道："上次的事情过了就算了，你不要一直放在心上。"

他哪里会不清楚，那回吵架，他埋怨她疑似怀孕不告诉自己，她心里还记着，这次才会一有动静就格外在意。

路秾秾瘪了瘪嘴，没说话。

不知是他的话还是药起了作用，总之，她的胃倒是消停下来，没再闹毛病。

很快，季听秋为上次的事联系她，还是因为段靖言。段靖言请假几天，回了剧组之后一切正常，安分拍戏、照常工作，没出半点么蛾子。

他对季听秋的态度也还是那样，头几天有点别扭，后来还是他自己主动打破尴尬，和季听秋缓和关系。

季听秋观察了段靖言一阵，这才来给路秾秾透信："我看着他各方面都挺正常的，也没怎么闹过脾气。"

路秾秾问："喝酒买醉什么的有吗？"

"没有，他其实不爱喝酒。"季听秋顿了顿，许是想到那天他烂醉的样子，补充，"平时确实没见他碰过，这阵子也是，每天拍完戏，他就回房间窝着打游戏，没事很少出门。"

路秾秾闻言总算是放下心来，停了片刻，她又问："他有跟你提到我什么吗？"

季听秋沉默两秒，声音轻了些："没有，他没提，那天的事情也没有再提，就像什么都没有发生过。"

似乎怕她多想，他随后解释："不过我们最近也没有聊很多，说的都是工作上的事，对剧本的理解之类的。我们本身就不太会聊和私生活有关的这些，你不要……"

路秾秾叹了声，打断他的宽慰："没事，你不用解释这么多，他提不提的，也没什么。"

这么多年，她早都习惯了。

话题进行到这里，季听秋一下不知该怎么接话，还没等他想好要如何措辞换话题，路秾秾先开口了："对了……"

"嗯？你说。"

她问："婚礼那天你有空来吗？"

仔细算一算，离她婚礼的时间越来越近了。

"有的。"季听秋几乎是脱口而出，想都没想，"那时候我们剧组差不多也快拍完了，应该在收尾，我请一天假过来，一定到。"

他还说："礼物我都准备好了，哪有不来的道理。"

路秾秾笑了下，道"好"，又闲说几句，这才挂了电话。

日子照常前行着，微博上依旧热热闹闹的，三不五时就有新的事情，不是这个瓜，就是那个爆料，好几次动静都不小，但那些都和她无关了，唯独一回，扯上的主人公和她沾了点拐了十八道弯的边——隋杏。

说起来也不是别的事情，隋杏的母亲安漪芳在给隋少麟做经纪人之前，还负责过别的人，隋少麟拿影帝前那两年，她手上也不止他一个艺人。

不知怎么的，一众营销号突然开始追忆从前，整理了好多以前的八卦事件，一篇篇长文铺天盖地，博尽了眼球。

其中就有不少和安漪芳有关系。

那些文章以八卦的方式，起底过去的旧闻，将安漪芳做经纪人的时候下过的那些黑手盘点了个一清二楚。

像是什么对自己的艺人严苛磋磨，如何剥削如何榨干之类的事，盘点得异常详尽，还有她给隋少麟做经纪人时对竞争对手使的那些手段，一一被扒了出来。

这些先是当成故事讲，再到后来就成了舆论。

风向从吃瓜变成引起众怒的谴责，等隋杏那边反应过来想处理的时候，已经错过了最佳时机。

竞争对手之间彼此下黑手，这在圈里是常事。

只是这种圈内心照不宣的东西，见了光总归难看，扒拉到太阳底下来，不免会让看客觉得刺眼。

尤其是那几个经过她手的艺人，早年塑造过不少经典角色，偏偏晚年又过得甚是凄惨，对比之下更显得有冲击力，于是便引起了许多看客的不忿。

隋杏在这件事里深受波及，没办法，因为她的粉丝以往最爱吹嘘她的家世，安漪芳确实算是厉害的经纪人，但远远没有达到在这一行封神的地步，早先她们为了给隋杏提升格调，将安漪芳吹得天上有地上无，着实糊弄到了许多年轻小孩。

如今经这一扒，可不就幻灭了，连带着隋杏也引起群嘲。

在这样的当口，隋少麟手里的产业——店面、股份，还有在各处做的投资，突然一个接一个出了问题，一下子叫隋家三口人急得焦头烂额。

直至最后风波消停收场时，隋少麟的资产亏损了大半，隋杏的代言和角色合约也大受影响，这个年，他们怕是过得着实不痛快。

路秾秾全程旁观，从微博到各个论坛，一开始是安漪芳，后来重点偏移，讨论的焦点聚集到隋杏身上，有关她的帖子开了一个又一个。

路秾秾恍惚间看着，像极了当初她做什么都被骂的时候。

她不用在娱乐圈摸爬滚打，不挣这口饭吃，这些其实无所谓，隋杏却不一样，口碑败坏如斯，她的演艺生涯以后怕是难有大出路。

她当个小明星不成问题，想登高怕是只能做梦，偏偏隋少麟剩下的那点资产，也再不够她装什么千金大小姐了。

路稔稔接到路华凝的电话时并不太意外，意外的是听到她说，隋家的事居然和她有关。

"你说什么？"

"是我下的手。"路华凝语气平静，话里那一丝浅淡的快意像已然逝去的岁月一般，快得宛如错觉。

"你为什么……"路稔稔不理解她的举动。

距离他们当初分开，早就过去了这么多年，一直以来路华凝都未曾做过什么，她不明白她为何突然这个时候发难。

"我知道你怨我。"

路华凝的回答牛头不对马嘴，却一下让电话两边的空气都变得沉重起来。

"这段时间我和你舅妈聊了很多。"她说，"我确实没有尽到做母亲的责任，你怨也好恨也罢，都是应该的。

"把你送回来那年，我没有想太多，只是觉得这样可以轻松一些，对你也好。

"我从小任性，爱自由，总想着以后还有机会，谁知道等再回头，你已经长这么大了，和你舅妈也比跟我亲得多。

"你说得对，我根本没有好好关心过你，是我的错。"

路稔稔握着手机，没有说话。

"你爸……隋少麟找过你，对吧？他后来给我打了电话，我和他吵了一架。"路华凝先前沉下去的语气又重新上扬，"从前不理会他，是我懒得理会，不代表真的动不了他。

"以后他再也不敢骚扰你了，你是我们路家的女儿……"她顿了顿，那股锐利中，不知何时带上了一丝小心翼翼的柔和，"也是我路华凝的女儿，不必忍着。"

电话两端是长长的沉默。

时间过了太久，路稔稔很难描述自己的心情。

父爱、母爱，她曾经无比渴望过，后来变成了逃避，接着又演变成了愤怒，直至现在，她连愤怒的感觉也没了，她好像是真的已经并不在乎。

路华凝此刻的道歉和为她做主，为了保护她做出的这番姿态，能弥补什么吗？

或许吧。

但成长的岁月里，她经历过的，都已经是切切实实无法改变的了。

她不知道路华凝和舅妈聊了什么，也不知道路华凝为什么突然间想做一个母亲，她甚至不知道这时候该说什么。

她的沉默像把钝刀，一刀刀割着这漫长的时间。电话那一边，路华凝声音似乎有微微的哽咽："下一次你过生日的时候，妈妈……会记得帮你庆祝。"

安静漫开一秒又一秒。

路秾秾低下头，无声地挂断电话，始终没有说话。

婚礼筹备了很久，在一切准备就绪后，终于步入正轨。

路秾秾忙得像旋转起来的陀螺，休息玩乐的时间大大减少，每天都有新的、数不尽的关于婚礼的事需要她处理。

婚礼正式开始的前一周，季听秋突然给她打来电话。

她好不容易得空，多余的话也顾不上说，直截了当问："怎么了？"

"是这样——"季听秋那边听起来像是也有些为难，"今天段靖言突然跟我问起你的事，我们聊了几句，然后他说有东西要给你。"

"东西？"路秾秾意外，"什么东西？"

季听秋不知道："我也不清楚，我问了他，可他不说，只说是挺重要的东西，一定要你收下。"

路秾秾心下越发诧异。

上次横店一别，后来几天她从季听秋那儿了解了一些段靖言回组后的动向，见没有异状，便没有再过问段靖言的事。

据季听秋当时所说，段靖言回去之后恢复正常，又变回了平时做派，她本以为，以后大概也就是这样了。

他短时间内应该不会再发疯找她麻烦，他什么时候不正常起来或许又在微博闹一闹，其余的，他们就只是两个陌生人，各自过各自的生活。

他这么突然地说有东西要给她，路秾秾意外之余，有点受宠若惊，稍稍沉吟片刻，她道："你把小夏的地址给他吧，小夏收了会转交给我。"

季听秋说"好"。

这通电话结束的几天后，程小夏便带着段靖言寄的东西来了喆园。

霍观起正好在家，路秾秾正在厨房里忙着为晚餐准备食材，见程小夏到了，路秾秾暂时停下手里的事。

程小夏带来的东西薄薄一份，看着像是信件的模样，程小夏没拆，原封不动地将它送到路秾秾面前。

路秾秾拆开外面封着的防水纸一看，果真是一封信。

信封的正面写着一行字：

　　　亲爱的观起和秾秾亲启。

只一眼，路秾秾接到手只看了那么一眼，当场一僵，整个人愣在原地。

霍观起在不远处往这边看，察觉她表情不对，起身走过来："怎么了？"

路秾秾捏着信，动了动喉咙，摇头："没什么。"说罢让程小夏先走，"你回去吧，我这边没事了。"

程小夏没敢多问，点头道"好"，立刻离开。

路秾秾出神地拿着那封信，走到沙发旁坐下，手指无意识地摩挲着信封表面。霍观起陪在她身边，还没开口，垂眸瞥见封面上的字迹，眸色一顿。

段谦语的字很好认，飘逸、洒脱，又有几分和他人一样的温柔，况且他们曾看过那么多遍，无论如何都不会忘记。

路秾秾无声地深吸一口气，指尖微不可察地颤着，她打开信封，见纸张保存得很好，没有霉变也没有破损，但多少还是有些泛旧。

大片熟悉的字体映入眼帘，她一瞬间，突然就觉得鼻子发酸。

今天天气好吗？

我在十年前给你们写这封信，不知道你们过得好不好。

是段谦语的字，是他的语气，是他亲手写下的内容。

他在十年前的某一天，踩着午后正好的阳光，出门买教辅。沿着长长的热闹的街，他逛到了这家跨时间寄送信件的店，于是心血来潮，给他们写下了这封浪漫又遥远的信。

那一天还没长大的段靖言在跟他闹矛盾，因为他不肯带段靖言出去玩，段靖言要起了脾气不管不顾，口不择言地放话，说以后再也不叫他"哥哥"。

……靖言的臭脾气让人头疼死了，要是秾秾你在就好了。

他一向怕挨你的揍，在你面前他绝对不敢这么放肆。

然而这样抱怨着的他，却还是给段靖言买了他最爱吃的牛肉汉堡，在这中途停下的时刻，玩笑着写给他们知道：

没办法，我要是不哄他，他估计要闹好几天。这汉堡的味道真的好重，靖言老是喜欢吃这些，我实在搞不懂他的口味。

你们都不知道，从店里出来的时候有个小朋友不小心把饮料洒在我身上，我用湿巾擦了半天，手还是黏黏的。回去我妈又要念叨了，都怪靖言那个兔崽子。

半真半假责怪的语气，让人仿佛能看到他无可奈何又带着笑的表情。

路秾秾眼睫微颤，看向后面那一行又一行的字。

他琐碎地念叨了好多，不放心路秾秾冲动的毛病，数落她挑食，感叹她总是口是心非吃亏；说霍观起话太少，不爱惜自己的身体，有什么事都爱憋在心里……

　　他把所有不太方便当面讲的话，面对面时略显羞耻的关切和操心，都一一写在信里。

　　写下这些的时候，他在想什么呢？

　　是不是他也抱着一分或许不会有以后的想法，把这张纸当成了唯一可以抓住的东西？

　　他在那样的当下看向未来，却仍然在为他们操心，一遍又一遍地说着，希望十年后的他们，不要再和自己较劲，要过得开心、舒畅。

　　而关于二十岁的那场手术，他第一次正面谈及，把心里话讲给他们听：

　　　　……我其实也很忐忑，有点想快点到那天，又觉得害怕。上次复诊的时候，医生说手术的成功率大概是百分之六十，比起其他人，这个几率算是挺大了。可我爸妈因为这个，私下里总是唉声叹气，我本来没那么难受的，每次一听见，突然就也觉得特别难受。

　　他从来没有在他们面前说过这些，偶尔提及病，他都只是笑笑，云淡风轻，似乎不放在心上。

　　那样温柔平和什么都不怕的谦语，原来也有害怕的时候。

　　路秾秾抿了抿唇，忍住眼角的酸意。

　　看他又接着安慰自己：

　　　　不过静下来想一想，其实也没必要担心太多。生死有命，这是我注定要经历的，不论结果好坏，我都接受。

　　寥寥两行就跳过这个话题，他重新说起前面的内容，又都是和他们有关的东西：

　　　　你们是我最好的两个朋友。认识的这些日子，说长不长，你们都吃了很多苦，受了很多委屈，我陪着旁观过，也一起

314

经历。

　　劝慰的话你们大概不会想听，我也不想太矫情，但有些话，我还是想告诉你们。

　　人生就是这样的，起起落落，有苦有甜。你们现在经受的这些不会白费，老天爷一定会回报值得的人。

　　十年后的你们会是什么样子，我不知道，但我想象，也希望，观起你能够自由自在做自己想做的事情，不被限制，不被束缚，为自己，也为所爱的人和事活着。

　　秾秾你呢，永远做一个骄傲、幸福、被人宠爱的大小姐，无忧无虑、无灾无难，拥有属于你的一切。

　　对了，我应该没告诉你们吧？上周我偷偷去了一趟寺庙，就是在景观湖那一片最有名的那个，我给我爸妈和靖言求了签，也给你俩一人求了一个。

　　解签的内容都是很好的，非常吉利，也算没白跑一趟。

　　好像写得有点长了。本来只是想随手写写，再写快有一篇作文了。

　　不多说了，最后再写几句吧。

　　那天解的签，签文写在红条上，我系在了寺庙院子里的树上。希望它能保佑你们，像我想的那样。

　　我自己本来也想求一个，后来想想还是算了。我的前途太不确定，等挺过二十岁那场手术再说吧。

　　如果我还有更长的日子，到时候再去一次好了。

温热的眼泪滴在手背上，路秾秾无声地吞咽着，不知不觉间泪流满面。

这是很长很长的一封信，在这封信的结尾，段谦语写：

　　十年后的你们，一定要过得很好。

　　做幸福的人。

落款是——

无论发生什么，无论什么时候，永远爱你们的谦语。

纸张在指间被紧紧捏住，路秾秾闷声哭得喘不过气，霍观起沉默地垂下眼，将她搂进怀里。

无论发生什么，无论什么时候，段谦语永远爱他们。

路秾秾和霍观起的婚礼在年关、在春节之前，是个天气很好的日子。

到场的宾客很多，微博上热闹一片，论坛里也有许多人等着看，但婚礼现场安保十分严格，没有走漏半点消息。

季听秋是请了假来的，结果计划还是赶不上变化。

路秾秾穿着婚纱，化好妆在休息室里被唐纭带头的一群闺密围着起哄，正好接到季听秋打来的电话。

"……什么？没赶上飞机？"

季听秋焦急又懊恼："我本来一早就出来了，结果快到机场的时候，段靖言突然打电话让我等他，又说没车让我回去接他，一来一去就没赶上……"

"段靖言？"路秾秾一愣，"他和你在一块儿？"

那边传来一句小声的打断："你话怎么那么多？"

季听秋似是斥了句"不都怪你？"，随后才答她："嗯，他和我在一块儿。"

路秾秾问："他……要去哪儿啊？"

"他——"

那边话还没说完，又是一阵乱七八糟的声音，隐约传来几句季听秋的骂声，诸如"别抢""把手机还我"之类。

片刻后，许是夺回了手机的控制权，被整得没有半点温柔气度的季听秋压抑着脾气道："他本来要和我一起来参加婚礼！"

"他也来？"

"是，他扭扭捏捏几天，看我的眼神奇奇怪怪，我还以为他得病了。"季听秋的语气恢复如常，但说出的话却实在不温柔，"结果今天才说订了机票要和我一起来，又不早点出门，磨磨蹭蹭到这么晚，连累我也没赶上飞机……"

路秾秾默了默，半晌道："你把电话给他。"

闻言，那边立刻将手机塞给段靖言，后者嘟嚷着不愿意接，半天才含含糊糊发出点声音。

路秾秾叹气，说："赶不上就算了，等你们到了，婚礼也该结束了。我让我助理寄喜糖给你们吃。"

段靖言沉默着，许久才冷哼："谁稀罕吃喜糖。"

大好的日子，路秾秾懒得跟他计较："回去拍戏吧你们俩，反正也赶不上了。"

"今天请了假，没戏……"

"那就去周边玩一天。"路秾秾忍住翻白眼的冲动，顿了几秒，语气放软，"等你们回望京，我和观起请你们吃饭。"

段靖言没吭声，好几秒过去才无所谓地嘁道："又不是没吃过好吃的，用你们请？"说着他将手机丢还给季听秋，那边又响起季听秋训他的声音。

叛逆期还没过去的小孩太难应付，路秾秾只得拜托季听秋："你好好看着他，别让他到处惹事。"

季听秋说"好"，再一次祝她："秾秾姐，新婚快乐。"

路秾秾笑道："我新婚半年都不止了。知道了，你好好休息。"

挂完电话，她特意让到一边的唐纭等人再度围过来。

外头一切都在按部就班地进行，路秾秾静等着出去的那一刻，等着和霍观起完成仪式，正式成为夫妻。

微信一响，路秾秾又收到季听秋的消息，他发了张截图，是段靖言的微博。

很简短的一条，谁都没 @，只有一句话：

@段靖言 V：新婚快乐。

今天她结婚，上网冲浪的网友怕是都知道，这一发，当即引起热议。

路秾秾顿了顿，拿起手机登上微博，第一次给段靖言留言评论，她说：

> 知道了，明天给你买牛肉汉堡。

屋子里一群闺密得知微博上的消息，纷纷诧异，一个接一个问：

"秾秾你怎么了？？"

"你和段靖言什么情况？"

"你怎么评论他微博了，他是在祝你新婚快乐？"

"他不是老找你麻烦吗？太阳从西边出来了？！"

路秾秾很淡定地回答："小孩子叛逆期，理解一下。"

没出一分钟，段靖言回复了：

> @段靖言V 回复 @路秾秾V：谁说是发给你的？！

这下一屋子目光齐刷刷看来，这是要出事的节奏啊。网友们也这么想，嘲讽路秾秾和看戏的嘴脸刚露出一小撮，路秾秾心平气和地拿起手机：

> @路秾秾V 回复 @段靖言V：不是祝我啊？行，那牛肉汉堡不买了。

在一片吃瓜留言中，季听秋的身影也突然出现：

> @季听秋V 回复 @路秾秾V：他骗人，刚刚还在问我，你说请吃饭是具体哪月哪天什么时候请。

微博、论坛，各处都因他们三人的这番互动炸了。

本来想朝路秾秾开炮的段靖言粉，也嗅到不同寻常的味道，暂时按捺住了自己。

万众期待之下，那个一向又酷又拽说不正眼看人就绝不正眼看人的段靖言，在沉默两分钟后，删了动态，发布了一条新的微博：

@段靖言 V @路秾秾 V：新婚快乐，姐姐。

后来，当这些事被问起时，段靖言回答他们的关系是从小认识的姐弟。

路秾秾被问到对他之前所作所为的看法时，则统一答复是因为误会，小朋友脾气大，情有可原。

她也成了他微博评论里的常客，他发照片、发行程、宣布新的角色，她点评总要在前头加一句"小朋友"。

比如：

小朋友不适合这个发色。

小朋友演戏很不错。

小朋友今天的造型挺好看。

……

段靖言因此多了个爱称，粉丝们发现他们原来是真的关系亲近以后，跟着改口管路秾秾叫姐姐，有事没事也喜欢喊他"小朋友"。

当然，这都是后话。

眼下，路秾秾和段靖言的随手互动，将微博闹得沸沸扬扬，当事人之一的她转头就撂开，全然不顾及吃瓜群众的好奇心。

婚礼开始，伴娘们托着路秾秾的裙摆，陪伴她走出去。

路闻道站在红毯入口，宾客坐满整个现场，有好多好多人为他们送上祝福。

路秾秾挽着舅舅的手，一步一步朝前方走。

红毯的尽头，霍观起在等她。

他站在那儿，静静地朝她看，眼神坚定而温柔。

路秾秾想起他们夜话时说到孩子的名字，那时他说已经想好，不管是男是女，都要起一个"愿"字。

这个字包含了他们对那个将会到来的新生命最好的祝愿。

愿他一生喜乐，愿他百岁无忧，愿他平平安安，也愿他幸福健康。

而此刻，她朝着霍观起走去，脚下光明坦荡。

她期待的、盼望的、心心念念将要到来的一切，都在视线所及之处。

都在触手可及的前方——

前路山遥水长。

与你，皆好春光。

（正文完）

段靖言，季听秋

凭借着《遮天》爆红的季听秋，在那部他和段靖言一起拍的古装剧播出后，人气又更上了一层楼，两个人的事业都再攀高峰，同时也多了一批 CP 粉。

他俩在剧里对手戏不少，光明正大的兄弟情，可不知怎么被一群人看出了"奸情"，思来想去，问题主要还是出在他俩的脸上。

同款不同型的两个大帅哥站在一起，画面养眼，简直是颜狗的天堂，一时间，"段季"CP 以超强势头杀入 CP 榜前端，圈了一大波粉。

粉丝从剧里嗑到剧外，又从角色嗑到真人。

CP 粉也想克制，只怪属性太美味。

段靖言出道即爆红，走到哪儿都是人群焦点，堪称行走的八卦头条，他在吃人的灯光下和无数不怀好意的视线中一路走来，对人情一向冷淡，合作过的人，向来是点头之交。

偏偏他到季听秋这成了例外。

眼见着剧组杀青后，他俩私下几次相约，粉丝们想闭着眼睛撇清关系都无从下手。CP 粉更是一天比一天疯魔，甚至连路秾秾有一阵都深感疑惑，旁敲侧击地开口问过："你们，最近……关系挺好的吧？"

季听秋在观众和粉丝眼里是个十足的温柔大哥哥形象，听见这话，表情差一点没绷住，反问道："秾秾姐，你在想什么？"

她当然是在想不该想的，又不好说出口，一边打哈哈一边含糊地表态："没关系，不管怎么样我都支持你们。"

季听秋的脸更绿了。

绿归绿，他又不能因为看客的猜测和发散与朋友绝交，拍戏几个月，他和段靖言早从最开始的相看两相厌，成了彼此为数不多的圈内好友。

相比季听秋的"敏感"，段靖言则要大大咧咧得多，这人我行我素惯了，外界的声音时听时不听，想做的事谁都拦不住。

于是他三不五时就要出个乱子。

这天，两人约好一起出门吃饭。

他们这阵子各自拍戏，差不多有一个多月没见，段靖言回到望京，一句话没说，直接扔了个定位给他。

季听秋愿者上钩地答复说："知道了，请你吃饭。"

刚订好时间，订好位置，季听秋简单收拾一番，助理来接，上车没多久，助理就捧着手机看过来："秋哥，段老师他……"

季听秋立刻警戒十级："他怎么了？"

助理不说话，用眼神示意他自己看，季听秋打开微博一瞧，一个头两个大。

段靖言点赞了一个粉丝，本来不是什么大事，问题在于那个粉丝是他俩的 CP 粉。

季听秋微信发语音给他："你干吗？？"

段靖言十分无辜地回了个问号："？"

季听秋截图给他："你干吗点赞 CP 粉。"

他这一赞，一帮人开始"过年"了。

段靖言："我看她画的图挺好看，顺手就赞了一下。"

季听秋无言以对。

下一秒，那边发来一句："你介意啊？"

不等季听秋回答，段靖言马上做出补救措施——又点赞了几个粉丝，那个 CP 粉夹在其中，属性就没那么突兀了。

补救完就算了，明明是段靖言的问题，完事后他竟然反咬一口："男人，一点气量都没有。"

季听秋气得半死："我什么时候没气量？"对上段靖言，他的温柔总是端不住，"你自己上次采访，人家问你 CP 的问题，你脸那么黑。我不是看你不喜欢才让他们在公开场合少提的吗？！"

段靖言更理直气壮："滚！我什么时候黑脸了？什么不喜欢？你少冤枉我。"

吃什么吃，不吃了！季听秋当场就想让司机掉头。

两人就这么通过语音，一路骂骂咧咧地聊天，直至目的地。

助理半句话都插不上，一沾上段靖言，他家秋哥就犯病，不仅一点不温柔，还十分暴躁。行为上虽然习惯了，心理上仍然接受不了，助理在心里感慨连连，能把秋哥带跑偏成这副"崩人设"的样子，段老师着实有点厉害。

到私人餐厅包厢，两个人"仇人见面分外眼红"，你推我一下，我踢你一下，结果没多久，又亲亲热热坐在一块儿翻菜单。

"吃这个。"

"难吃。"

"那吃这个？"

"更难吃。"

"你意见怎么这么多，不然你来选？"

"那就第一个。"

"段靖言，我真是看见你都要气饱了！"

"不好吗？给你省点钱。"

"……"

两个助理坐在角落喝水，互相对视一眼，尴尬地笑笑，低下头去谁都不说话。

真不想承认自己认识那边那俩仿佛幼稚的小学生的人……

一个菜单，看来看去选了半个小时，到桌边落座以后总算消停了。季听秋问起段靖言最近工作的事，段靖言的助理偶尔插嘴帮着回答几句。

饭毕，俩助理正想带着各自的艺人回家，不知什么时候达成共识的两人手一摆。

"你们先回去，我们出去逛逛。"

"等等——"

逛？逛什么逛，他俩到街上去还能完整的回来？

季听秋看出他们的担心，笑说："没事，我们戴着口罩和帽子，人多的地方不去。"

"可是……"

"别可是不可是的，让你回就回。"段靖言不耐烦。

季听秋瞪他一眼，转脸和颜悦色地对两个助理说："我们会小心的，有什么事电话联系，不用担心。"

不管助理怎么不放心，两位祖宗还是走了。

季听秋和段靖言许久没有出来放风，每天的通告都排得满满当当，不是在工作就是在去工作的路上，这会儿心情倒是不错。

段靖言开着车，忽然问："想不想喝酒？"

"喝酒？"

"嗯。"

季听秋不客气地嘲笑："你那酒量，喝菠萝啤吗？"

段靖言不满地睨他一眼，大力踩下油门。

半个小时后，车停在一家夜店门口。

季听秋透过贴了防窥膜的车窗望向不远处："这就是你说的喝酒？"

段靖言："……"

这里人多到爆。

夜店门前已经排起长龙，十点半才正式开始预热场，门外已经有许多人拿着号码等待入内。

他们俩要是进去，万一被认出来，明天必上新闻。

段靖言难得地有点小尴尬，咳了声："我以为没什么人的。"

闻言，季听秋好奇地问："你来过？"

"来过，有合作过的前辈带我来过，几次而已。"

以前不得不向现实低头的时候，季听秋曾在夜场有过不太好的回忆，成名后，他几乎没再出入过这种场合。季听秋想也没想把难题丢还给"始作俑者"，两手一摊，道："现在怎么办？"

段靖言哪肯就此罢休，想了想，重新踩下油门。

他掉头转弯，车朝另一个方向开，途经一家小超市，两个人下车，做贼一样将脸遮得严严实实，进去买了两袋啤酒。

掏兜的时候找手机慢了点，两人你问我问你，口罩拉了下来，等找到手机，有几个路人已经看过来，他俩立刻结账走人。

车开到段靖言家，歇了片刻，两人拆了两听酒，盘腿坐下打电玩。段靖言早把这些游戏玩了八百遍，季听秋是生手，被他吊着锤了几十遍，毫无还手之力。

烦躁地把游戏手柄一搁，季听秋不干了："不玩了！"

段靖言一脸"就知道你会耍赖"的表情，悠哉道："输了叫爹。"

"滚！"

边打边闹，季听秋从地上坐回沙发，中途休战，顺手拿起手机，他不看不要紧，一看才知道事情有点不妙。

他俩一个小时前在路边买酒被拍到了。

微博上闹哄哄的，照片里的他俩口罩摘了一半，贴在下巴上，说话、掏手机、结账……画面虽然模糊，但还是能认得出脸。

段靖言凑过来："怎么？"

季听秋无语："这是在哪个角落藏着，这都能被拍？"

段靖言脸上没什么反应，伸指一划，将屏幕划拉下去，见评论里一众 CP 粉激动得嗷嗷叫。

放眼望去一片虎狼之词，随手点开一个看起来稍微含蓄一点的头像，主页最新的一条却是——

啊啊啊啊啊啊段秋好配！我命令你们马上结婚，民政局我现在就搬过来！给我往死里甜！！！

季听秋："……"

段靖言："……"

抖了抖鸡皮疙瘩，季听秋无语地瞪他："你干的好事。"

"我又怎么了我？"

"不是你说要喝酒能被拍？"

"我问你你也没拒绝啊。"

"……"

这人强词夺理一套一套的，季听秋说不过他。

正要收起手机，段靖言忽然发现重点："不过你说……"

"干吗？"

"为什么看到的所有这种粉丝，我的名字都在你的前面？"段靖言抬眼，一本正经地朝他投去疑惑的目光。

季听秋默了几秒，脸色慢慢变红变黑又变绿，最后忍无可忍一脚踹在他身上："你给我滚啊——"

"我去……你激动什么？？"

段靖言摔在地上滚了一圈，季听秋还追着他踹。

一时间客厅里吵吵嚷嚷，热闹十足。

是夜。

安静的阳台上，段靖言和季听秋并肩坐在一块儿，一人一听啤酒，有一口没一口地喝着。

这种时候适合谈心，段靖言终于正常了一回，问了个符合气氛的问题。

"你有没有什么遗憾？"

"遗憾？"季听秋看了看他，思考片刻，微微弯唇，"当然有啊，有好多。"

二十几岁以前，他肩负家庭重担，为了还清赌鬼父亲欠下的钱，那些年过得人不人鬼不鬼。

遗憾又何止一桩一件。

"不过还好，现在这样，我已经很满足了。"他说。

有稳定的事业，工作虽然累，但比普通人挣的要多得多，还有许许多多支持他喜欢他的人，也有朋友，像路秾秾，像身边这个。

段靖言道："你还挺好满足。"

"不然呢？"

沉默片刻，季听秋开口："你不开心？"

相识这么久，季听秋对段靖言的过去已经有所了解，虽然不多，也没资格说什么劝慰的话，但季听秋还是道："人总要往前看的。"

"……是啊。"段靖言仰头喝下一大口酒，见季听秋看过来，扯唇笑了下，"放心吧，我没那么脆弱。"

他有太多遗憾，有无数想要弥补的时候，但……

不再多说，段靖言拿起易拉罐一笑，和季听秋对视，后者也举起杯，与他轻轻碰了碰。

这样已经很好。

珍惜当下。

足够了。

我们的秋天

风从窄小的缝隙撩动窗帘，太阳光被遮挡的纱半拢着落在木质地板上，光影斑驳得不太明显。

路秾秾做了一个好长的梦，辗转间醒来，已是午后。

平时家里就很安静，除了偶尔会让人来打扫做饭，大多数时候都只有她和霍观起两个人。

现下家里就只她一个，更是针尖落地可闻。

新的项目开始，霍观起这段时间一直忙着，昨天开会开到半夜，今天一早又走了。

她中午食困，饭后小憩了一会儿，不想却在梦中耗费了这么多精神，睡醒了反而更累。倒了杯温水润喉，路秾秾还半蒙着，楼下突然传来响动，她走到楼梯口，还没出声，便听到霍观起熟悉的声音："秾秾？"

她应了声，霍观起已经上楼。

本以为他要在公司待到晚间，路秾秾问："怎么突然回来了？"

"会开完了，今天没有什么要紧的事，就回来陪你。"霍观起看她脸色疲惫，皱了下眉，"怎么脸色不太好？"

路秾秾走到沙发坐下，拍拍身旁，示意他坐过来，扯唇笑了笑说："没事，午睡做了个梦，好长好长，累。"

身旁的沙发陷下去，他问："什么梦？"

她挪动位置，靠着他的胳膊和肩膀调整舒适的姿势："你记不记得读书那时候，我们吵架的那一次。"

霍观起皱眉思索："哪一次？"

她说："因为比赛那个事。"

听她这么一说，他便想起来。

那个时候他们偶尔也会有磕磕绊绊，但那次冷战，足足有一个星期她都没理他，原因无他，和霍观起的继母赵苑晴有关。

他们学校每年会有很多比赛，那次的计算机竞赛，霍观起原本要参加，结果被赵苑晴搅和了。

路秾秾在得知消息的第一时间就气得要去霍家找她理论，被霍观起拦住了。

"你别拦，我非要跟她好好理论理论，什么人啊，真是的。"

她气得脸都红了。

霍观起拉住她，却只是说："算了。"

路秾秾又心疼他，又气他逆来顺受，一腔脾气发泄不出去，和他闹了别扭，两个人一个星期都没说话。

段谦语时常和他们一起，发觉总是见她不见他，要么就是见他不见她，连中午去食堂吃饭，也只能约着一个，否则她不是不来，就是听见霍观起要来扭头就走，想都不用想，就猜到两个人吵了架。

段谦语问了路秾秾一次，她倒没瞒着，简短讲完过程，还有点不开心："我不想理他了，不然迟早被气死。"

往常他们仨总是凑在一起，他俩吵架了，那一周的周末，小分队自然而然就不成行。

段谦语没说什么，提前约她去家里玩："我买了新的桌游，一个人看不住靖言，你也来吧，我凶他一点用都没有。"

路秾秾想了想，答应了。

段谦语又贴心地补充："你放心，我不叫观起来，你不想理他，那就不让他来惹你烦。"

路秾秾张张嘴，最后什么都没说，只闷闷地"嗯"了声。

段家大人不在，家里只有段谦语和段靖言。

段靖言的作业没做完，她一到，段谦语丝毫不跟她客气："你先替我教靖言写一会儿作业，我头都快大了。"路秾秾随意应了声，便走进段靖言的房间。

段谦语便在外头问："你要喝什么？家里没喝的了，我让附近的店里送过来。"

路秾秾扯了张凳子在段靖言身边坐下，朝开着的门外道："奶茶。"

段靖言写作业很不老实，好在他比较服路秾秾管，她在旁边盯着，他安分不少。外头的段谦语也没闲着，他收了衣服，叠好放进各个房间，去厨房给他们弄吃的。

段靖言的作业做完大概两页，门铃响起，段谦语在厨房喊她："秾秾你开下门，我走不开。"

路秾秾朝段靖言撂下一句"不许偷懒"，便起身去开门。

门一开，不是什么店里的员工，是几天没有说话的霍观起带着几杯奶茶站在门外。

段谦语很适时地从厨房走出来，笑吟吟说："哎呀，观起来了！附近的店家说没人配送，只好麻烦你去买了，快进来。"

路秾秾抿着唇没说话，哪会不知道段谦语是故意的，朝他瞪了眼，他不以为然，哄小孩一样哄他们："吵了这么久也该好了，别闹脾气了都。"

霍观起不说话，眼睛一直看着她，路秾秾当作没看见，转身往里走。

段谦语把吃的端到客厅，让路秾秾不用教段靖言写作业了，顺带把桌游摆了出来，段靖言闻讯跑出来，也闹着要玩。

四个人盘腿在茶几边干净的地毯上坐下。

大富翁类的棋牌游戏，全程路秾秾都故意和霍观起对着干，她运气好，游戏币攒得多，每每经过他的地盘，非要买走他的地，又买下他容易经过的地方，不停地加盖房子，几圈下来把他的游戏币赢走大半。

她不吭声地挑衅，霍观起只是受着，没有半点脾气。

段谦语活跃了半天气氛，收效甚微，也不怎么在意，笑说："打起精神来，最后赢的人，要让输的人做一件事。"

路秾秾听出他的别有用心，睨他："玩的时候你没说。"

段谦语挑眉："玩这个游戏就是这个规则啊。"

他一本正经地胡说，路秾秾撇了下嘴，拆台都懒得拆，游戏还没玩完，霍观起就先把游戏币输得不剩几张。

路秾秾瞥见，突然没了兴致："不玩了，就到这儿结束吧。"又懒洋洋说，"我没兴趣让输的人做什么。"

段谦语听她语气，笑了："你是不是忘了还有我？"

他说着，拿起厚厚一沓不知何时赢来的游戏币，清点下来，竟是四个人里最多的。

路秾秾微愣，她只顾着针对霍观起，把段谦语给忘了，他不声不响地，居然攒了那么多。

段靖言也不甘示弱："还有我还有我。"他边嚷嚷边数了一遍手里的游戏币，不多不少，正好比路秾秾多一张五百，顿时乐开了花。

"好了。"段谦语拎起段靖言的领子，"你该做作业了，我先带你去检查一下刚刚做完的。"他边走边回头对剩下两人道："你们两个输了，负责把桌上的吃的和游戏收好，再清理一下客厅的卫生。"

他带着弟弟回房，还关上门，留下路秾秾和霍观起相对无言。

路秾秾看看霍观起，背往后一靠，靠住沙发边缘，动也不动："你收拾。"

霍观起眼睫轻颤，说："好，我来吧，你坐着。"然后他就真的开始收拾卫生，一点都没让她碰。路秾秾默不作声地看着他，他动作从容，表情温和，她却越看越生气。

他拿来抹布擦茶几的时候，她终是忍不住，开口："你就一辈子被人欺负好了。"

霍观起顿了一下："我没被人欺负。"

"没有？呐，现在不是？两个人搞卫生，我什么都不干推给你一个人，这不是欺负？"她抨击起自己来半点不留情。

霍观起抿了下唇，说："那是因为是你，别人不一样，不是谁让我做我都会做。"

路秾秾一顿，别开眼，语气还是很生硬："那你那个继母呢？她总是这样有事没事折磨你，你就一辈子忍着？"

他不接话，沉默地低下头，把桌子擦干净。

"不说话了？她不让你去参加比赛你就不去？！是，这虽然不是什么大比赛，但她也太过分了。你为什么不争一下，怎么就……"

"她说我每周末总是出去见朋友，待在家里的时间太少，哪来的空参加比赛，如果要参加，以后就都不要出去找朋友玩，省得浪费时间。"霍观起突然道。

路秾秾一愣，哑言。

他见的朋友，不外乎是她和段谦语两个，段谦语的课比他们多，每周只有一天休息，他们俩则是一天半。

每周末他们都会在一起，段谦语没空的那半天，就是他们两个待在一块儿。

他继母这样说，分明还是在拿捏他，他在不在家，她根本不在乎，甚至明明更希望他不在家眼不见为净，但她偏偏就是要在这样的事情上为难他，给他添堵，让他不痛快。

路秾秾想着又觉得生气，可难听的话却说不出来了。

"她说不让你见我们，你难道就真的不见吗？你理她……"她声音渐低，自己也知道没有说服力。

客厅里安静了一会儿，霍观起把桌子擦干净，又拿起手边干燥的毛巾，擦拭第二遍，谁都没说话，直至茶几光滑表面不见水迹。

他轻拭着桌角，说："以后不会的。"

或许是气氛不同，他也不像先前那样着急，语调变得低缓下来，他没有看她的眼睛，不重的言辞，似是在向她保证，又似安慰："我不会永远被她欺负……

"你别担心。"

路秾秾垂下眼没说话。

段谦语过了好久才出来，像是料到他们会和好一样，对客厅里恢复如常的气氛没有丝毫意外。

"出去逛逛吗？天气这么好，一直闷在家里太可惜了。"大概是教段靖言写作业太累，他轻声提议。

路秾秾和霍观起都没意见。

段谦语很喜欢逛公园，或是去一些景致不错的地方散步，他们早都习惯了。

听见要出门，段靖言赶忙从房间出来："我也要去，我也要去！"

路秾秾伸指抵在他额头："去什么去，你作业写完了吗？"

段靖言一把抱住她的胳膊："带我去，我也要出去玩。秾秾姐，求你们了！"

段靖言好不要脸皮地撒娇纠缠，路秾秾翻个白眼，没再说拒绝的话，而段谦语笑着看他们闹完，默许了段靖言的要求。

四个人搭乘公交，一路慢慢悠悠。

去的河边公园人不多，地上落了些叶子，路边开了好多一簇一簇很小的花，夏天已经过去，初秋的风还没变冷，下午正是温度适宜的时候。

有人在操控遥控飞机，段靖言抓着霍观起的袖子，兴冲冲拉他过去看。阿姨推着玻璃小推车经过，段谦语停下，买了两支糖糕，一抬头，见路秾秾在前面两步远停住等他。

他扬唇笑，朝她走近，递了一支给她，另一支留给段靖言。

"不生我气了？"

他擅自把霍观起叫来，之前在家时，她连带着对他都没好脸色。

路秾秾撇嘴："你好烦啊。"

她边走边咬下糖糕，过了会儿才说："我没生气。"

段谦语只是笑着，走在她身边。

"那天的糖糕还挺好吃的。"

沉默半晌，路秾秾将头靠在霍观起的胳膊上，似叹非叹地道。

霍观起陪她回忆了半天从前，见她情绪不太高昂，便打断："饿不饿，弄点东西吃？"

离吃晚饭还有一段时间，是有些饿。

见她点头，他道："上次你说喜欢的那家年糕，冰箱里还有，我给你煎一点？"

他刚要起身，路秾秾拦住他："我去吧，你上次弄的酱汁不对，还是我自己来。"

她到厨房去，没让他搭手，开小火煎起块状年糕。

霍观起便去冲了个茶。

十分钟后，淡淡的香味从厨房传来。

路秾秾用盘子盛好年糕端到餐桌上，霍观起给她和自己一人倒了一杯花茶。

　　酱汁做了甜的和辣的两种，甜的是桂花糖汁，路秾秾蘸着吃了几口甜的，忽地想起什么："我们去公园那天桂花的味道就特别香，本来还不觉得，等我和谦语哥追上你和靖言，后来那一段路，就只闻得到桂花的味道。"

　　她笑了笑，又说："你记不记得谦语哥问我们看没看过那本……那本什么外国小说，我们都说没看过，他也不知道怎么突然有兴致，非要给我们安利。我满鼻子都是桂花的味道，只能一个劲地点头，他一直说一直说，一定要我们去看，我第一次见他那么认真给我卖安利……"

　　霍观起的筷子突然停顿，抬眸看她，微微皱眉："谦语哥没有和我们聊小说。"

　　路秾秾笑意止住："没有？"

　　"没有，那天我和靖言去看遥控飞机，你们落在后面，你们跟上来以后，我们走了一会儿，靖言吃完糖糕闹着要去游戏城玩，我们就陪他去了。"

　　"没有吗？"路秾秾愣了，坐直身子，"可是……可是我记得我们后来散步散了好久，一直边逛边聊……是梦吗？"

　　在梦里，他们四个沿着那条路，说说笑笑，走了很久很久。

　　她愣愣地把筷子放下，没了胃口。

　　灵光一闪，她蓦地起身："那本书……"

　　霍观起忙问："去哪儿？"

　　"我要找那本书。"路秾秾奔向客厅，脸上有一点茫然，又有一点急切。

　　没有吗？霍观起说，那一天并没有发生后来的那些，可是她真的记得段谦语提了，还说了很久，说得非常认真。

　　只是她的梦吗？

　　路秾秾找到手机，凭着记忆想起那本小说的名字，在网上搜索，搜出结果，她脸色一变。

　　真的有。

　　那是一本比较小众的书，网络上没有中文电子版。

路秾秾转而搜起附近的书店，有一家五公里外的书店显示有售。霍观起跟过来，走到她身旁，她一把抓住他的袖子，眼里急切："观起，我们……"

霍观起懂她的意思："走吧，我带你去看看。"

谁都没有多说，拿上东西就出了门。

一路上，车开得又快又平稳，路秾秾盯着前方的挡风玻璃，眼神发蒙，她知道自己有点神经质，只因为一个梦，反应便这么大。

旁边忽然伸来一只手，将她的手握住，轻轻捏了捏。

路秾秾朝霍观起看过去，见他直视着前方没有看她，但莫名地，她突然就有了安全感。

书店开在路边，街道风情盎然。

路秾秾进店询问店员，很快找到了那本小说，她拿着包装完好的书到前台，付了钱走出店门，站在路边迫不及待便拆开塑封。

她捺着性子翻看了前几页，没有看出什么，又往后翻，一页页，几页几页地翻，动作有几分不沉稳。

霍观起正要开口让她先回车上，她忽地想起什么，直接翻到最后，视线扫了几行，整个人便定在原处。

这是一本欧式爱情小说，男女主角经历坎坷波折，在末篇终于步入婚宴殿堂，达成圆满结局，其中那个作为配角的他们的挚友，跋山涉水，从很远的地方千里迢迢赶来为他们道贺。

路秾秾只翻了几页，没有完整地看完前文，她不知道这个配角的"他"生平如何，之前又是去了哪里。

但在故事的最后，他推开门笑着走进屋内，在新郎新娘喜悦的相迎中，给了他们一个拥抱。

"嘿！新婚快乐，我的挚友们。"他这样说。

路秾秾眼里惊诧、茫然，看向同样有些怔的霍观起，动了动唇，却说不出什么话。

是……梦吗？

还是，他在另一个时空的来信。

道旁的树忽然被一阵大力的风吹得晃了晃，他们下意识回头看去：

落叶飘下来。

路秾秾手里拿着书，眨了眨眼，不知是不是落了尘灰，眼里突然有些酸意。

风摇曳着从满道树木的枝叶间穿过。

又是一个秋天。

她听见了。

（全文完）

图书在版编目（CIP）数据

愿好春光 / 云拿月著. —— 成都：四川文艺出版社，
2021.10
ISBN 978-7-5411-6110-0

Ⅰ. ①愿… Ⅱ. ①云… Ⅲ. ①长篇小说 – 中国 – 当代
Ⅳ. ①I247.5

中国版本图书馆CIP数据核字(2021)第156844号

YUAN HAO CHUN GUANG
愿好春光
云拿月 著

出 品 人	张庆宁
出版统筹	刘运东
特约监制	王兰颖
责任编辑	邓　敏
选题策划	王兰颖
特约编辑	王译葶　夏君仪
封面设计	卷帙设计 · 菩提果
责任校对	汪　平

出版发行	四川文艺出版社（成都市槐树街2号）
网　　址	www.scwys.com
电　　话	010–85526620
传　　真	028–86259306

印　　刷	天津鑫旭阳印刷有限公司		
成品尺寸	145mm×210mm	开　本	32开
印　　张	10.75	字　数	310千字
版　　次	2021年10月第一版	印　次	2021年10月第一次印刷
书　　号	ISBN 978-7-5411-6110-0		
定　　价	42.80元		